10|18
12, avenue d'Italie — Paris XIIIe

Sur l'auteur

Originaire de Christchurch en Nouvelle-Zélande, Miss Ngaio Marsh (1895-1982) est une artiste aux multiples visages. Tout d'abord décoratrice, elle se laisse cependant séduire par les « les planches » et va sillonner la Nouvelle-Zélande et l'Australie durant deux ans, avec la troupe shakespearienne d'Alan Wilkie. En 1932, elle publie son premier roman, *Et vous êtes priés d'assister au meurtre de...*, mettant en scène l'inspecteur Roderick Alleyn de Scotland Yard. Elle devient vite une nouvelle reine du huis clos criminel. En 1977, après trente romans, elle reçoit l'*Edgar Poe* des *Mystery Writers of America*. Elle reste néanmoins fidèle à sa passion pour le théâtre, continuant de porter à la scène néo-zélandaise les pièces du répertoire classique. Ngaio Marsh a été anoblie en 1966 pour l'ensemble de son œuvre théâtrale et littéraire.

L'ASSASSIN ENTRE EN SCÈNE

PAR

NGAIO MARSH

Traduit de l'anglais
par Roxane AZIMI

10|18

« Grands Détectives »
dirigé par Jean-Claude Zylberstein

Du même auteur
aux Éditions 10/18

Au jeu de la mort, n° 2482
La mort en habit noir, n° 2483
Le rideau tombe, n° 2507
▶L'assassin entre en scène, n° 2533
La clinique du crime, n° 2562
Et vous êtes priés d'assister au meurtre de..., n° 2592
Mort en extase, n° 2620
Un vrai crime d'artiste, n° 2636
Un piège pour Miss C., n° 2669
L'assassin aux fleurs, n° 2685
La mort en embuscade, n° 2717
Meurtre en coulisses, n° 2741
Croisière mortelle, n° 2761
Comme à Rome, n° 2791
Le cercueil de Noël, n° 2837
Descente fatale, n° 2884
Parfum trompeur, n° 2938
L'empreinte de la justice, n° 3005
Cauchemar à Waiatatapu, n° 3080
Photo d'adieu, n° 3111
La source de tout mal, n° 3206
Une couronne de sang, n° 3213
Affaire à enterrer, n° 3235
Un linceul de laine, n° 3285
Le gant maudit, n° 3320

Titre original :
Enter a murderer

ISBN 2-264-02084-9

INTRODUCTION

Lorsque j'ai montré ce manuscrit à mon ami, l'inspecteur principal Alleyn des Services d'Investigation Criminelle, il m'a dit :

— C'est un excellent compte rendu de l'affaire de la Licorne, mais n'est-ce pas courant dans les romans policiers de dissimuler l'identité du criminel ?

Je le considérai avec froideur.

— Vous êtes désespérément vieux jeu, mon cher Alleyn. De nos jours, l'identité du criminel est révélée dans les premiers chapitres.

— Dans ce cas, répondit-il, toutes mes félicitations.

Mais je ne fus pas entièrement satisfaite.

1.
Prologue à la pièce

Le 25 mai, Arthur Surbonadier, dont le vrai nom était Arthur Simes, alla rendre visite à son oncle Jacob Saint, dont le vrai nom était Jacob Simes. Avant de devenir directeur de théâtres, Jacob avait été acteur : il avait choisi Saint pour nom de scène et l'avait conservé pour le restant de ses jours. Il lui servait de prétexte aux mauvais calembours — « Je ne suis pas un Saint » —, et son neveu n'eut pas le droit de l'adopter lorsque, à son tour, il monta sur les planches.

— Un seul Saint dans le métier, avait rugi Jacob. Appelle-toi comme tu voudras, Arthur, mais ne marche pas sur mes plates-bandes. Je te ferai débuter à la Licorne et je te laisserai l'argent... la plus grande partie, du moins. Mais si tu es un mauvais acteur, tu n'obtiendras pas de rôles : les affaires sont les affaires.

Tandis qu'Arthur Surbonadier (« Surbonadier » avait été une trouvaille de Stephanie Vaughan) suivait le domestique vers la bibliothèque de son oncle, cette conversation lui revint en mémoire. Il n'était pas un mauvais acteur. Il était un acteur correct, et même, se dit-il, un acteur rudement bon. Il tenta de se durcir en prévision de cette rencontre. Un acteur rudement bon, une personnalité. Il ne ferait qu'une bouchée de Jacob Saint. Et, s'il le fallait, il se servirait de l'arme ultime, arme dont Saint ignorait l'existence.

Le domestique ouvrit la porte de la bibliothèque.

— M. Surbonadier, monsieur.

Arthur Surbonadier pénétra dans la pièce.

Jacob Saint était assis à son bureau ultramoderne dans son fauteuil ultramoderne. Une lampe de forme cubiste éclairait les bourrelets de graisse qui lui mangeaient la nuque. Son veston à carreaux gris et blancs moulait les muscles de son dos. Surbonadier ne vit pas son visage, penché sous les volutes de fumée qui s'élevaient au-dessus de son crâne rose. La pièce sentait le cigare et son parfum habituel, créé spécialement pour lui. Aucune de ses hétaïres — pas même Janet Emerald — n'en avait jamais reçu un flacon.

— Assieds-toi, Arthur, gronda-t-il. Prends un cigare ; je suis à toi dans un moment.

Arthur Surbonadier s'assit, refusa le cigare, alluma une cigarette et s'agita sur son siège. Jacob Saint acheva d'écrire, grogna, sécha l'encre avec du papier buvard et pivota dans son fauteuil d'acier.

Il ressemblait à une caricature de magnat du spectacle. On eût dit qu'il jouait son propre rôle, avec ses énormes bajoues écarlates, sa voix rauque, ses yeux bleu pâle et ses lèvres épaisses.

— Qu'est-ce'tu veux, Arthur ? demanda-t-il.

— Comment allez-vous, oncle Jacob ? Ces rhumatismes, ça va mieux ?

— Ce ne sont pas des rhumatismes ; c'est de la goutte, et c'est abominable. Qu'est-ce'tu veux ?

— C'est à propos de la nouvelle pièce à la Licorne.

Surbonadier hésita, et Saint attendit.

— Je... je ne sais pas si vous êtes au courant du changement dans la distribution.

— Je suis au courant.

— Oh !

— Et alors ?

— Et alors, répondit Surbonadier dans une tentative désespérée de paraître désinvolte, l'approuvez-vous, mon oncle ?

— Oui.

— Eh bien, pas moi.

— Que veux-tu que cela me fasse ? s'enquit Jacob Saint.

Le visage empâté de Surbonadier blêmit. Il essaya de s'imaginer maître de la situation et, mentalement, porta la main à son arme.

— Au départ, déclara-t-il, c'est moi qui devais jouer Carruthers. Je suis capable de jouer ce rôle, et de le jouer bien. Or, voilà qu'on le donne à Felix Gardener... que tout le monde aime tant.

— Que Stephanie Vaughan aime tant.

— Là n'est pas la question, répliqua Surbonadier.

Ses lèvres se mirent à trembler. Avec une sorte de joie mesquine, il sentit la colère monter en lui.

— Ne sois pas infantile, Arthur, gronda Saint, et ne viens pas pleurer dans mon giron. Felix Gardener a obtenu le rôle de Carruthers parce qu'il joue mieux que toi. Il a probablement conquis Stephanie Vaughan pour la même raison. Il a davantage de charme. Toi, tu seras le Castor. C'est un rôle très spectaculaire, et ils l'ont enlevé au vieux Barclay Crammer qui s'en serait tiré fort honorablement.

— Je vous dis que cela ne me convient pas. Il faut que vous changiez la distribution. Je veux être Carruthers.

— C'est hors de question. Je t'avais prévenu avant même que tu ne montes sur scène : notre lien de parenté ne te servirait en aucun cas à accéder au vedettariat. Tu as eu ta chance grâce à moi ; à toi de te débrouiller maintenant.

Il dévisagea son neveu d'un air inexpressif, puis pivota vers son bureau.

— Je suis occupé, ajouta-t-il.

Surbonadier s'humecta les lèvres et s'avança vers lui.

— Vous m'avez tyrannisé pendant toute mon existence, dit-il. Vous m'avez payé des études uniquement parce que cela flattait votre vanité, et aussi parce que vous aimez le pouvoir.

— Prononcé avec délibération... en descendant lentement de scène. Quel bon petit comédien tu fais !

— Il faut vous débarrasser de Felix Gardener !

Pour la première fois, Jacob Saint reporta pleinement son attention sur son neveu. Les yeux légèrement exorbités, il tendit le cou en avant, geste étrangement déconcertant et qui lui avait servi pour affronter des hommes moins commodes que Surbonadier.

— Si j'entends ce langage encore une fois, fit-il très doucement, c'en sera fini avec toi. Et maintenant, dehors !

— Pas encore.

Agrippant le bord du bureau, Surbonadier s'éclaircit la voix.

— J'en sais beaucoup trop sur vous, déclara-t-il enfin. Plus que vous ne le croyez. Je sais pourquoi... Pourquoi vous avez payé deux mille livres à Mortlake.

Leurs regards se croisèrent. Un rond de fumée s'échappa des lèvres entrouvertes de Saint. Lorsqu'il parla finalement, ce fut avec un calme venimeux :

— On a envie d'essayer un peu de chantage, hein ?

Sa voix s'assourdit.

— Qu'as-tu manigancé, espèce de... ?

— N'avez-vous pas perdu la lettre qu'il vous avait envoyée en février dernier quand... quand j'étais...

— Quand je t'avais invité chez moi. Parbleu, je n'ai pas dépensé mon argent en vain pour toi, Arthur !

— En voici une copie.

Surbonadier plongea une main tremblante dans sa poche. Il semblait avoir du mal à détacher les yeux de Saint. Ses mouvements rappelaient ceux d'un automate. Saint jeta un bref coup d'œil sur le papier.

— Une autre surprise de ce genre...

Sa voix rauque monta de plusieurs registres.

— ... et je te ferai boucler pour chantage. Je te briserai. Plus jamais tu ne trouveras d'emploi à Londres, tu m'entends ?

— Je le ferai.

Surbonadier battit en retraite, comme s'il craignait que l'autre ne le frappât.

— Je le ferai.

Sa main trouva la poignée de la porte. Jacob Saint se leva. Avec son mètre quatre-vingts et sa stature de colosse, il aurait dû dominer la scène. Cependant, Surbonadier, mou, maladif, et visiblement tremblant, semblait arborer un air de triomphe sournois.

— Je m'en vais, annonça-t-il.

— Non, rétorqua Saint. Non, viens te rasseoir. Je parlerai.

Surbonadier retourna à sa chaise.

Le soir du 7 juin, après la première de la pièce *le Rat et le Castor*, Felix Gardener donna une réception dans son appartement de Sloane Street. Il avait invité tous les membres de la troupe, même la vieille Susan Max que le champagne rendit téméraire et qui évoqua les rôles qu'elle avait joués en Australie avec Julius Knight. Janet Emerald, le personnage « dramatique » de la pièce, écoutait son récit avec une gravité morose.

Stephanie Vaughan, très premier rôle, se montrait sereine, gracieuse et délicieusement aimable envers tout le monde, et en adoration manifeste devant Felix Gardener lui-même. Nigel Bathgate, le seul journaliste de l'assistance et vieil ami de Felix depuis Cambridge, se demandait si lui et Miss Vaughan allaient annoncer leurs fiançailles. De toute évidence, leur intimité avait franchi les limites d'une simple familiarité entre gens du spectacle. Arthur Surbonadier était beaucoup trop amical avec les autres, songea Nigel qui ne l'aimait pas ; et Barclay Crammer, qui l'aimait encore moins, foudroyait Surbonadier du regard par-dessus la table. Dulcie Deamer, la *jeune fille* de la pièce, était également la *jeune fille* de la soirée. Elle disposait d'un bon partenaire en la personne de Howard Melville, avec son charme juvénile, son insolence juvénile, et aussi quelque chose de spontanément... juvénile et plutôt attachant. Jacob Saint était de la partie, bruyamment jovial et jovialement bruyant. « Ma compagnie, mes acteurs, mon spectacle », semblait-il clamer sans cesse, et il le faisait, en effet. A propos de l'auteur, présent et docile, Saint disait « mon auteur ». Et l'auteur ne bronchait pas. Même George Simpson, le régisseur du théâtre, avait été invité. Ce fut lui qui entama la conversation dont Nigel devait se souvenir quelques semaines plus tard pour la répéter à son ami, l'inspecteur principal Alleyn.

— La scène du revolver s'est bien passée, Felix, observa-t-il, mais je dois avouer que j'ai eu peur. J'ai horreur des truquages.

— Et de la salle, quelle impression cela faisait-il ? demanda Surbonadier, se tournant vers Nigel Bathgate.

— De quoi parlez-vous ? s'enquit Nigel. Quelle scène du revolver ?

— Seigneur, il ne s'en souvient même pas ! soupira Felix Gardener. Au troisième acte, mon enfant, je tire sur le Castor — Arthur — M. Surbonadier à bout portant, et il tombe mort à mes pieds.

— Bien sûr que je m'en souviens, riposta Nigel, agacé. C'était très bien. Parfaitement convaincant. Le coup était parti.

— Le coup était parti ! exulta Miss Dulcie Deamer. Vous l'avez entendu, Felix ?

— Le coup n'est pas parti, expliqua le régisseur. C'est justement le problème. Felix a fait le geste, mais c'est moi qui ai tiré dans un coin. Voyez-vous, il abat le Castor à bout portant... en fait, il enfonce le canon du revolver dans son gilet ; nous ne pouvons donc pas utiliser de cartouches à blanc : cela abîmerait ses habits. Les balles avec lesquelles le Castor charge son revolver sont bidon, des douilles vides.

— Tant mieux, dit Arthur Surbonadier. Je déteste les armes à feu, et je sue le sang dans cette scène. La rançon de notre métier d'acteur, ajouta-t-il avec un coup d'œil appuyé sur son oncle, Jacob Saint.

— Oh, pour l'amour du ciel, murmura Barclay Crammer, avec un amer dédain, à l'adresse de Felix Gardener. Il est à vous, ce revolver, Felix ? demanda-t-il tout haut.

— Oui, répondit Felix Gardener, il appartenait à mon frère... Il avait traversé toute la Flandre avec lui.

Sa voix se fit vibrante.

— Je ne le laisse jamais au théâtre : j'y tiens trop. Le voici.

Un silence momentané s'instaura parmi les convives tandis qu'il posait un revolver de guerre sur la table.

— Combien la pièce semble dérisoire à côté de lui, commenta l'auteur de la pièce.

Après quoi, plus personne ne reparla du revolver.

Le 14 juin au matin, alors que *le Rat et le Castor* se jouait à guichets fermés depuis une semaine, Felix Gardener envoya à Nigel Bathgate deux places d'orchestre. Et comme Angela North, qui n'apparaît pas dans cette narration, était absente de Londres, Nigel téléphona à Scotland Yard, demandant à parler à son ami, l'inspecteur principal Alleyn.

— Êtes-vous libre ce soir ? questionna-t-il.

— Pour quoi faire ? dit la voix dans le récepteur.

— Comme vous êtes prudent ! J'ai deux places pour le spectacle qui se joue à la Licorne. C'est Felix Gardener qui me les a données.

— Vous en connaissez, des gens passionnants, fit remarquer l'inspecteur. J'accepte avec plaisir. Mais venez dîner d'abord à la maison, d'accord ?

— Non, c'est vous qui dînerez avec moi. Je vous invite.

— Vraiment ? Cela commence bien.

— Splendide, conclut Nigel. Je passerai vous prendre à sept heures moins le quart.

— Entendu. Justement, j'ai droit à ma soirée, répondit-il. Merci, Bathgate. A ce soir.

— J'espère que la pièce vous plaira, dit Nigel.

Mais son interlocuteur avait déjà raccroché.

Le même jour, à l'heure du cocktail, Arthur Surbonadier se rendit chez Miss Stephanie Vaughan à Shepheard's Market pour lui demander de l'épouser. Ce n'était pas la première fois qu'il accomplissait cette démarche. Miss Vaughan se sentit obligée de faire appel à toute sa diplomatie personnelle et professionnelle. La situation était délicate et nécessitait son entière attention.

— Chéri...

Elle prit son temps pour allumer une cigarette et pour adopter inconsciemment la meilleure de ses six poses devant la cheminée.

— Chéri, je suis tellement bouleversée. Je sens que c'est ma faute. *C'est* ma faute.

Surbonadier se taisait. Miss Vaughan changea de position. De par une longue expérience, il connaissait d'avance la pose qui allait suivre et savait qu'elle le séduirait comme s'il la voyait pour la première fois. Elle baisserait la voix et ronronnerait.

— Arthur chéri, ronronna-t-elle, je ne suis qu'une pelote de nerfs. Cette pièce m'a vidée de ma vitalité. Je ne sais plus où j'en suis. Vous devez vous montrer patient avec moi. Je me sens incapable d'aimer qui que ce soit.

Ses bras retombèrent mollement, puis elle porta une main à son décolleté afin d'y attirer son regard.

— Absolument incapable, ajouta-t-elle dans un long soupir.

— Même Felix Gardener ? interrogea Surbonadier.

— Ah... Felix !

Miss Vaughan eut son célèbre sourire en coin et redressa légèrement les épaules. Son air à la fois méditatif et résigné laissait supposer tout un univers sur lequel elle ne pouvait avoir aucune prise.

— Justement, parlons-en, poursuivit Surbonadier. Dois-je comprendre que Gardener...

Il fit une pause et acheva sans la regarder :

— ... Que Gardener m'a évincé ?

— Mon ange, quelle expression surannée ! Felix

parle l'un de mes langages. Vous, vous en parlez un autre.

— Je prie le ciel, répliqua Surbonadier, pour que vous vous contentiez de vous exprimer en anglais. Je le parle aussi bien que lui. Je vous aime. Je vous désire. Cela fait-il partie de l'un de vos langages ?

Les mains jointes, Miss Vaughan se laissa choir sur une chaise.

— Arthur, fit-elle, je tiens à ma liberté. Je refuse de me laisser enfermer dans une relation sentimentale. Felix m'apporte un certain nombre de choses.

— Fadaises !

Surbonadier s'assit à son tour, et, l'habitude de la scène étant la plus forte, il s'assit d'une manière plutôt théâtrale. Mais ses mains tremblaient d'une émotion réelle, et Stephanie Vaughan qui l'observait s'en rendit compte.

— Arthur, fit-elle, il faut me pardonner, mon chéri. J'ai beaucoup d'affection pour vous et je déteste vous faire de la peine, mais — si vous le pouvez — cessez de me désirer. Ne me demandez pas de vous épouser : je serais capable de dire oui et de vous rendre encore plus malheureux que vous ne l'êtes.

Tout en parlant, elle comprit qu'elle venait de commettre un impair. Il s'était empressé de s'approcher d'elle et la prit dans ses bras.

— J'en prends le risque, marmonna-t-il. Je vous désire tant...

Il enfouit son visage dans son cou. Elle frissonna. Dissimulé à la vue de Surbonadier, son visage prit une expression de dégoût triomphant. Ses mains se posèrent sur ses cheveux, puis elle le repoussa avec brusquerie.

— Non, non, non... je vous en prie ! Laissez-moi.

Ne voyez-vous pas que j'en ai assez, assez ? Laissez-moi tranquille.

Dans aucun des rôles de « méchants » qu'il avait joués, Surbonadier n'avait eu l'air aussi mauvais qu'en cet instant.

— Vous laisser ? Ah ça, certainement pas ! Je n'ai pas l'intention de me faire éjecter. Peu m'importe que vous me haïssiez. Je vous désire et, par tous les diables, je vous aurai.

Il lui saisit les poignets, et elle n'essaya pas de résister. Ils se dévisagèrent avec hostilité.

Une sonnerie retentit au loin, et aussitôt, son moment d'abandon — si abandon il y avait eu — prit fin.

— C'est la porte d'entrée, dit-elle. Lâchez-moi donc, Arthur.

Elle dut se débattre pour pouvoir se libérer, et il se trouvait toujours auprès d'elle, dans un état d'agitation manifeste, lorsque Felix Gardener entra dans la pièce.

2.

« Premier acte, en scène ! »

Le gardien posté à l'entrée des artistes de la Licorne leva les yeux sur le cadran poussiéreux de l'horloge. Sept heures dix. Tous les acteurs devaient s'affairer déjà dans leurs loges. Tous, à l'exception de la vieille Susan Max qui faisait une brève apparition au dernier acte et à qui le régisseur avait accordé une faveur : Susan n'arrivait en général qu'à huit heures.

Un bruit de pas résonna au-dehors. Avec un soupir gémissant dont lui seul avait le secret, le vieux Blair se leva péniblement de son tabouret et jeta un coup d'œil dans la pénombre tiède. Deux hommes en habit de soirée se tenaient dans le pâle halo de lumière dispensée par l'ampoule accrochée au-dessus de l'entrée. Blair se planta dans l'encadrement de la porte et les dévisagea en silence.

— Bonsoir, dit le plus petit des deux hommes.

— Bonsoir, monsieur, répondit Blair, attendant la suite.

— Est-il possible de voir M. Gardener ? Il nous attend. Je suis M. Bathgate.

Nigel tira une carte de son étui à cigarettes. Le vieux Blair la prit et reporta son regard sur le plus grand des visiteurs.

— M. Alleyn m'accompagne, déclara Nigel.

— Si vous voulez bien patienter quelques instants...

Blair referma les doigts sur la carte comme s'il en avait honte, et s'éloigna dans le couloir.

— Ce vieux gentleman n'avait d'yeux que pour vous, observa Nigel Bathgate, tendant son paquet de cigarettes à son compagnon.

— Peut-être m'a-t-il reconnu, répliqua Alleyn. Moi aussi, je suis une célébrité, vous savez.

— Vraiment ? Alors vous devez être blasé pour ce genre de choses...

Nigel pointa sa cigarette en direction du couloir.

— Pas du tout. Malgré ma brillante intelligence, j'ai su rester simple : c'est un trait attachant de ma personnalité. L'idée de voir un acteur dans sa loge m'emplit d'excitation. Je serai bouche bée devant lui, vous verrez.

— C'est plutôt Felix qui sera bouche bée devant vous. Quand il m'a envoyé les places pour ce soir, je lui ai dit qu'Angela ne pourrait pas venir, et... je veux dire, ajouta Nigel précipitamment, je lui ai appris que je vous inviterais, et il est resté saisi devant l'important personnage que je suis.

— C'est normal. Lorsque votre petite amie est absente, invitez toujours un policier. Felix Gardener est un homme intelligent, et aussi un excellent acteur. Ça tombe bien : j'adore les pièces à suspense.

— Oh, fit Nigel, je n'y ai pas pensé. Cela ne vous changera guère les idées, je le crains.

— Mais si ! Est-ce l'une de ces histoires où il faut deviner l'identité de l'assassin ?

— Oui. Et de quoi aurez-vous l'air si vous n'y parvenez pas, inspecteur ?

— Taisez-vous. Je vais soudoyer ce vieux monsieur pour qu'il me donne la solution. Ah ! le voilà !

Le vieux Blair apparut à l'autre bout du couloir.

— Si vous voulez bien me suivre, dit-il sans aller plus loin.

Nigel et Alleyn franchirent le seuil de l'entrée des artistes ; et, en cet instant même, l'inspecteur principal Alleyn venait, sans le savoir, de s'engager dans l'une des affaires les plus inextricables de sa carrière.

Aussitôt, ils furent plongés dans l'atmosphère indescriptible des coulisses avant le début du spectacle. L'entrée des artistes donnait sur un petit univers, étrange ou familier, mais toujours clos, toujours à part. Au bout du couloir, il y avait la scène, faiblement éclairée et qui sentait la peinture, le fard et l'obscurité poussiéreuse, odeurs immémoriales du théâtre. Des pans de décor étaient posés contre un mur : un pompier se tenait adossé à celui qui représentait des étagères chargées de livres. Un homme en bras de chemise les contourna d'un air absent. Un garçon portant un bouquet de pois de senteur disparut dans le rectangle illuminé sur la droite. Au-delà des éléments du décor qui se perdaient dans une ombre opalescente, on distinguait, à la lueur voilée des lampes, une bibliothèque qui faisait face au rideau baissé. De l'autre côté du rideau provenait, inquiétant et infiniment exaltant, le brouhaha de la salle, ainsi que l'éternel tintamarre des violons qu'on accordait. Devant l'entrée du souffleur, un autre homme en manches de chemise scrutait les cintres du regard.

— Qu'est-ce que vous fabriquez là-haut ? s'enquit-il.

Les meubles et les tapis étouffèrent sa voix. Quelque part, très loin, quelqu'un lui répondit. Il y eut un déclic, et, subitement, le décor s'illumina. Une paire de jambes apparut à la hauteur du visage de Nigel. Il leva la tête. Un homme se tenait debout sur la plate-forme d'éclairage, la main sur l'interrupteur. Un autre était assis, les jambes pendantes. Blair les conduisit vers l'entrée brillamment éclairée qui, en fait, donnait sur un autre couloir. Une rangée de portes s'alignait sur le mur gauche : la première arborait une étoile ternie. Derrière ces portes, on entendait des voix étouffées... une atmosphère intime et accueillante, quasi familiale. Il faisait très chaud. Un homme déboucha dans le couloir, l'air soucieux. En les croisant, il leur jeta un regard interrogateur.

— C'est George Simpson, le régisseur, chuchota Nigel Bathgate avec importance.

Le vieux Blair frappa à la deuxième porte.

Il y eut une pause, puis une agréable voix de baryton questionna :

— Oui, qui est-ce ?

— Vos visiteurs, monsieur Gardener, annonça Blair en entrouvrant la porte.

— Oui ? Ah oui... un instant, répondit-il. Je suis d'accord avec vous, mon vieux, ajouta-t-il à l'adresse d'un interlocuteur invisible, mais vous n'y pouvez rien. Rien. Non, ne partez pas.

Une chaise racla le sol. L'instant d'après, la porte s'ouvrit.

— Entrez, entrez, fit Felix Gardener.

Pour la première fois de sa vie, Alleyn se retrouva dans une loge d'acteur, en train de serrer la main à son occupant.

Felix Gardener n'était pas beau, à proprement parler ; autrement dit, pas au point que la moitié masculine de son public rêve de lui faire un croc-en-jambe à son passage. Cependant, il émanait de lui une distinction insaisissable. Ses cheveux couleur de blé encadraient souplement l'ovale régulier de son visage. Les yeux, très rapprochés, étaient étonnamment bleus, son nez, fin et droit ; sa bouche généreuse aux coins curieusement repliés faisait le bonheur des caricaturistes. Le dessin net de sa mâchoire conférait de l'énergie à ses traits, au fond plutôt délicats. Il était grand et avait beaucoup d'allure, sans trop afficher son appartenance au milieu théâtral. De plus, il possédait une voix réellement envoûtante, à la fois vibrante et mélodieuse. Les femmes lui attribuaient cette propriété indéfinissable que l'on appelle le « charme » ; les hommes le jugeaient bon camarade, et les critiques, comédien remarquable.

— Je suis ravi que vous soyez venu, déclara-t-il en se tournant vers Alleyn. Je vous en prie, prenez place. Oh... laissez-moi vous présenter M. Barclay Crammer. M. Alleyn... Bathgate, que vous avez déjà rencontré.

J. Barclay Crammer était un acteur de genre. Il était suffisamment connu pour que les gens se demandent : « Comment s'appelle-t-il, déjà ? » à son entrée en scène, mais pas assez brillant pour les inciter à chercher son nom dans le programme. Il était grand, sanguin, et se distinguait particulièrement dans les rôles de composition. Mais il n'avait pas l'air commode, pensa Nigel qui l'avait entrevu à la réception chez Gardener.

— Y a-t-il assez de sièges pour tout le monde ? demanda Gardener.

Lui-même s'installa devant sa coiffeuse. Nigel et Alleyn se trouvèrent chacun un fauteuil.

La pièce surchauffée était inondée de lumière. Un brûleur à gaz pétillait au-dessus de la table jonchée de fioles et de pots de maquillage. L'odeur de fard gras imprégnait l'air. Un revolver et une pipe posés sur la coiffeuse se reflétaient dans la glace. A droite, il y avait un miroir en pied accroché près du lavabo. A gauche, un drap relevé masquait à demi une rangée de costumes. A travers le mur, des voix féminines leur parvenaient de la pièce marquée de l'étoile.

— Je suis content que vous soyez venus tous les deux, Nigel, déclara Gardener. On ne te voit pas souvent ces jours-ci. Vous autres journalistes, vous êtes bigrement difficiles à joindre.

— Pas plus que les acteurs, riposta Nigel. Et nous sommes certainement moins insaisissables que la police. J'avoue que je suis fier d'avoir accompli l'exploit de t'amener Alleyn ce soir.

— Je sais, acquiesça Gardener, en se tournant vers la glace et s'enduisant le visage d'une poudre brunâtre. Cela m'impressionne énormément. Vous rendez-vous compte, J.B., que M. Alleyn est l'un des gros bonnets du Yard ?

— Vraiment, fit M. Barclay Crammer gravement.

Il hésita et ajouta avec une gaieté plutôt forcée :

— Cela m'en impose d'autant plus que je suis l'un des méchants de la pièce. Oh, un méchant très, très secondaire, acheva-t-il sans dissimuler son amertume.

— Ne me dites pas que vous êtes le meurtrier, s'interposa Alleyn. Vous me gâcheriez la soirée.

— Ce serait trop d'honneur, répondit Barclay Crammer. D'après la direction, il s'agit d'un personnage allégorique, et encore, je les trouve généreux.

Il eut un reniflement dédaigneux, probablement un truc de son répertoire, devina Nigel.

— Une demi-heure, s'il vous plaît. Une demi-heure, appela une voix au-dehors.

— Il faut que je m'en aille, soupira M. Crammer. Je ne suis même pas maquillé, et c'est moi qui ouvre cette pièce révoltante. Pouah !

Il se leva dignement et effectua une sortie non dépourvue de majesté.

— Le pauvre J.B. est dans tous ses états, observa Gardener à voix basse. Il devait jouer le Castor, mais le rôle a été donné à Arthur Surbonadier. Une véritable tragédie, croyez-moi.

Il eut un sourire charmeur.

— C'est une drôle de vie, Nigel.

— Des drôles de gens, tu veux dire ? demanda Nigel.

— Oui... en partie. Puérils, mais surtout, comédiens jusqu'au bout des ongles. Leur personnage leur colle à la peau.

— Tu ne les critiquais pas ainsi du temps de nos études à la Trinité.

— Ah, ne me parle pas de notre folle jeunesse.

— Jeunesse ! rétorqua Alleyn. Vous me faites rire, les enfants. Le mois prochain, il y aura vingt ans que je serai sorti d'Oxford. Dieu, que le temps passe !

— Tout de même, Felix, insista Nigel, tu ne me feras pas croire que tu ne tires plus vanité de ton métier.

— Ça, c'est une autre question, répliqua Felix Gardener.

Un léger coup fut frappé à la porte, qui s'entrouvrit, laissant apparaître un faciès plutôt adipeux, coiffé d'une casquette à carreaux et orné d'un foulard rouge et taché. L'apparition exhalait de très nets relents d'alcool, masqués en partie par des cachous à la violette.

— Tiens, tiens, Arthur... entrez donc, fit Gardener d'un ton affable, mais sans grand enthousiasme.

— Désolé, mon vieux, dit-il onctueusement. Je croyais que vous étiez seul. Je ne veux surtout pas vous déranger.

— Pas du tout, rétorqua Gardener. Entrez et fermez cette porte : il y a un courant d'air terrible dans cette pièce.

— Non, non, ce n'est pas important. C'était seulement à propos de... je repasserai vous voir tout à l'heure.

La tête se retira, et la porte fut refermée très doucement.

— C'est Arthur Surbonadier, expliqua Gardener à l'intention d'Alleyn. Il a soufflé le rôle à J.B. et il s'imagine que je lui ai soufflé le sien. Résultat : il me déteste, et J.B. le déteste, lui. C'est ce que je voulais dire en parlant d'acteurs.

— Oh, fit Nigel avec une gravité juvénile. La jalousie !

— Et vous, qui détestez-vous ? s'enquit Alleyn légèrement.

— Moi ? répondit Gardener. Je suis au-dessus de la mêlée et je peux me permettre de me montrer généreux. Mais, tôt ou tard, j'en arriverai là, moi aussi.

— A ton avis, Surbonadier est-il un bon acteur ? demanda Nigel.

Gardener haussa les épaules.

— Il est le neveu de Jacob Saint.

— Je comprends. Enfin... je crois comprendre.

— Jacob Saint possède six théâtres, entre autres celui-ci. Il offre de bons rôles à Surbonadier. Et, comme il n'engage jamais de mauvais acteurs, j'en conclus que Surbonadier doit être un bon comédien. Voilà, je refuse de me montrer plus désobligeant que cela. Connaissez-vous la pièce ? demanda-t-il, en se tournant vers Alleyn.

— Non, répondit l'inspecteur, absolument pas. Depuis le début, j'essaie de juger d'après votre apparence si vous êtes un héros, un gangster, un policier, ou les trois à la fois. La pipe sur votre coiffeuse évoque le héros, le revolver, le gangster, et l'excellente coupe du veston que vous êtes sur le point d'enfiler, un membre de ma profession. J'en déduis, mon cher Bathgate, que M. Gardener est un héros déguisé en bandit, et qui travaille pour le Yard.

— Qu'est-ce que je te disais ! s'exclama Nigel, triomphant.

Il jeta à Gardener un regard empli de fierté. Pour une fois, Alleyn se conduisait bien en détective.

— Formidable ! déclara Gardener.

— Aurais-je raison, par hasard ? s'enquit Alleyn.

— Vous n'étiez pas très loin. Seulement, j'utilise le revolver en tant que policier, la pipe, en tant que gangster ; quant à ce costume, je ne le mets pas du tout dans cette pièce.

— Ce qui prouve, observa Alleyn avec un sourire, que l'intuition vaut largement l'induction.

Ils sortirent leurs cigarettes, et Nigel et Gardener se lancèrent dans d'interminables réminiscences de leurs jours à Cambridge.

La porte s'ouvrit de nouveau, sur un petit homme sec en gilet d'alpaga.

— On peut y aller, monsieur Gardener ? questionna-t-il, prêtant à peine attention aux autres.

Felix Gardener ôta son tricot. Ayant décroché une veste de sous le drap, l'habilleur l'aida à la passer.

— Vous devriez vous poudrer davantage, monsieur, conseilla-t-il. Il fait chaud, ce soir.

— Ça s'arrange, pour le revolver ? demanda Gardener, se retournant vers le miroir.

— D'après le chef accessoiriste, oui. Laissez-moi vous donner un coup de brosse, monsieur Gardener.

— Mais oui, allez-y, nounou !

Felix Gardener se prêta de bonne grâce au brossage de ses habits.

— Le mouchoir, murmura l'habilleur, en en plaçant un dans la poche de la veste. La blague à tabac dans la poche latérale... La pipe... Ça ira, monsieur ?

— Oh, à merveille. Vous pouvez filer.

— Merci, monsieur. Dois-je déposer l'arme dans la loge de M. Surbonadier ?

— Oui, avec mes compliments. Et priez-le de se joindre à nous pour le dîner.

Il tendit le revolver à l'habilleur.

— Bien, monsieur, fit celui-ci en sortant.

— Un drôle d'oiseau, celui-là, commenta Gardener. Vous dînerez avec moi, n'est-ce pas ? J'ai invité Surbonadier parce qu'il ne m'aime pas. Cela donnera du piquant à la bisque de crabe.

— Un quart d'heure, s'il vous plaît. Un quart d'heure, annonça la voix dans le couloir.

— Nous ferions bien d'aller nous asseoir, suggéra Nigel.

— Rien ne presse. Je voudrais vous présenter Stephanie Vaughan, Alleyn. Elle se passionne pour la criminologie et ne me pardonnerait jamais de vous avoir monopolisé.

Alleyn prit un air poliment résigné.

— Stephanie ! cria Gardener.

— Hou-hou ! chantonna une voix étouffée de l'autre côté du mur.

— Puis-je vous amener mes visiteurs ?

— *Bien sûr*, ché-ri, roucoula la voix avec une cordialité bouffonne.

— Elle est merveilleuse, déclara Gardener. Allons-y.

La pièce marquée de l'étoile ternie était plus spacieuse, avec des tapis plus épais, des fauteuils plus confortables, une profusion de fleurs, et une habilleuse en tablier blanc. Stephanie Vaughan les reçut avec exubérance, leur offrit des cigarettes et déploya tout son charme, essentiellement, sans doute, au bénéfice de Gardener. Dans son attitude envers l'inspecteur Alleyn, Nigel perçut une note plus subtile, comme une pointe de défi. Malgré ses paupières bleues et ses narines enduites de fard rouge, elle était ravissante : une chevelure de reine, des yeux immenses, et un visage en forme de cœur. Sans oublier, évidemment, son célèbre sourire en coin. Elle se mit à parler boutique avec Alleyn, lui demandant s'il avait lu l'ouvrage de H.B. Irving sur les grands criminels. Oui, répondit l'inspecteur, et il l'avait trouvé excellent. Elle demanda s'il avait lu d'autres livres sur les criminels et la psychologie ; s'il avait lu Freud et Ernest Jones. Alleyn répliqua qu'il les avait trouvés excellents, tous. Nigel commençait à s'inquiéter.

— Je me suis gavée de littérature policière, annonça Miss Vaughan. J'ai essayé de comprendre en profondeur la psychologie du criminel, mais cela ne m'a pas suffi. Que me conseillerez-vous, monsieur Alleyn ?

— Avez-vous lu Agatha Christie ? s'enquit Alleyn. Je l'ai trouvée excellente.

Il y eut un silence de mauvais augure, puis Miss Vaughan décida de leur offrir une démonstration de son rire délicieux : une cascade perlée de pure allégresse. Gardener et Nigel se joignirent à elle, le dernier sans conviction. Gardener hurlait, la tête rejetée en arrière. Sa main reposait négligemment sur l'épaule de Stephanie Vaughan.

Brusquement, ils se rendirent compte que la porte venait de s'ouvrir à la volée et qu'Arthur Surbonadier se tenait sur le seuil. D'une main, il retenait le battant, et de l'autre, tirait sur le foulard malpropre qui cachait sa barbe de plusieurs jours. La bouche entrouverte, il paraissait hors d'haleine.

— Quelle charmante petite réunion, articula-t-il enfin d'une voix pâteuse.

Ils virent ses lèvres trembler, et leur rire s'arrêta net. La main de Gardener toujours sur son épaule, Stephanie Vaughan s'était figée, la bouche ouverte, comme s'ils posaient pour une photo de théâtre. Un silence atterré s'instaura dans la pièce.

— Joli tableau, dit Surbonadier. Gai et touchant. Puis-je savoir ce qui vous fait rire ?

— C'est une plaisanterie que j'ai faite, s'empressa d'expliquer Alleyn. De mauvais goût, par-dessus le marché.

— Le dindon de la farce, c'est moi, déclara Surbonadier. Stephanie vous le confirmera. Vous êtes bien le détective, n'est-ce pas ?

Gardener et Nigel se mirent à parler en même temps. Nigel s'entendit faire les présentations. Gardener se lança dans les explications au sujet de son dîner. Alleyn s'était levé pour offrir une cigarette à Miss Vaughan. Elle l'accepta sans détacher les yeux de Surbonadier, et il la lui alluma.

— Il est temps que nous passions dans la salle, annonça Alleyn. Ne manquons pas le lever du rideau, Nigel... J'ai horreur d'arriver en retard.

Il prit Nigel par le bras, adressa quelques mots courtois à Miss Vaughan, serra la main de Gardener, et poussa son compagnon vers la porte.

— Je ne veux surtout pas vous chasser, fit Surbonadier sans s'écarter de leur passage. Je suis venu m'amuser avec vous. En fait, je suis venu voir Gardener, et voilà que je le trouve en train de s'amuser.

— Arthur !

Stephanie Vaughan venait d'intervenir pour la première fois.

— Vous savez quoi, déclara Surbonadier en haussant la voix, j'ai décidé d'interrompre votre divertissante réunion. Il n'y a aucune raison pour que vous n'entendiez pas...

Il se tourna légèrement vers Nigel.

— Vous êtes journaliste. Homme de lettres. Eh bien, savez-vous la dernière ? Gardener est homme de lettres, lui aussi.

— Arthur, vous êtes soûl, riposta Gardener.

Il s'avança vers Surbonadier qui esquissa un pas en avant. Profitant de l'occasion, Alleyn escorta Nigel au-dehors.

— A tout à l'heure, lança-t-il. Rendez-vous après le spectacle.

L'instant d'après, ils se retrouvèrent dans le couloir, l'un en face de l'autre.

— C'était abominable, dit Nigel.

— Oui, répondit Alleyn. Venez.

— Cette brute était ivre.

— Oui. Par ici.

Arrivés à la sortie, ils s'écartèrent pour laisser entrer une vieille femme.

— Bonsoir, Miss Max, fit le vieux Blair.

Et, tandis qu'ils sortaient, une voix résonna dans le couloir derrière eux.

— Premier acte, en scène, s'il vous plaît. Premier acte, en scène.

3.

La mort du Castor

— Je me demande, dit Nigel lors du second entracte, comment ce type, Surbonadier, arrive à jouer dans l'état où il est. Jamais vous n'auriez cru qu'il était ivre, juste à l'instant, n'est-ce pas ?

— Je pense que si, répliqua Alleyn. De notre rang, on peut voir ses yeux : apparemment, il a du mal à regarder droit devant lui.

— En tout cas, il joue drôlement bien.

— Oui, murmura Alleyn. Vous avez déjà vu la pièce, n'est-ce pas ?

— C'est moi qui en ai fait la critique, répondit Nigel, condescendant.

— Trouvez-vous que Surbonadier interprète son rôle exactement de la même façon ?

Nigel leva un regard déconcerté sur son ami.

— Maintenant que j'y songe, fit-il lentement, je ne le crois pas. C'est en quelque sorte... plus intense. Tenez, dans la dernière scène avec Felix... Que lui dit-il, déjà ? Qu'il finira par l'avoir, non ?

— « Je t'aurai, Carruthers, cita Alleyn, imitant avec une justesse surprenante la voix épaisse de Surbonadier. Je t'aurai, et au moment où tu t'y attends le moins ! »

— Grands dieux, Alleyn, vous avez une de ces mémoires, commenta Nigel, abasourdi.

— Je n'ai jamais vu un jeu de scène qui m'ait impressionné autant.

— Vous voilà complètement pris, le taquina Nigel.

Mais Alleyn ne plaisantait pas.

— C'était étrange, poursuivit-il, l'ambiance de la loge amplifiée sur scène. Amplifiée démesurément, comme dans un cauchemar. Il dit ensuite : « Tu crois que c'est de l'esbroufe, de la comédie ? » Et Carruthers — Gardener — lui répond : « Oui, Castor, à mon avis, c'est de la comédie. Sinon, gare à toi ! »

— Vous êtes un imitateur remarquable, inspecteur.

— Niaiseries que tout cela, répondit Alleyn, gêné.

— Que vous arrive-t-il ?

— Je ne sais pas... des bêtises. Allons boire un verre.

Une fois au bar, l'inspecteur se plongea dans la lecture de son programme. Nigel lui jeta un regard intrigué. Il éprouvait du remords au souvenir de la pénible scène dans la loge et se demandait ce qui pouvait bien se tramer entre Gardener, Surbonadier et Miss Vaughan.

— Je suppose que Felix a cloué le bec à ce rustre, hasarda-t-il.

— Oui, fit Alleyn. Oh, ça... oui, certainement.

La sonnerie, assourdissante, leur fendit les oreilles.

— Venez, dit Alleyn. Je ne veux pas manquer une seule seconde.

Il trépigna pendant que Nigel finissait son verre et fut le premier à regagner son fauteuil à l'orchestre.

— J'ai peur que le dîner ne soit pas très distrayant, fit remarquer Nigel.

— Le dîner ? Ah oui... Il sera annulé, peut-être.

— Peut-être. Qu'allons-nous faire s'il est maintenu ? Nous excuser et partir ?

— Nous verrons.

— Voilà une idée lumineuse.

— Je ne pense pas que ce dîner aura lieu.

— C'est reparti, annonça Nigel tandis que les lumières s'éteignaient lentement, laissant la salle dans l'obscurité.

Une faible lueur apparut devant eux. Elle s'élargit, et, dans un silence absolu — si bien qu'on entendit grincer les poulies —, le rideau se leva sur le dernier acte du *Rat et le Castor.*

Il débuta par une scène entre le Castor (Surbonadier), son ancienne maîtresse (Janet Emerald), et la mère de celle-ci (Susan Max). Tous les trois étaient mêlés à un trafic d'opium. L'un des leurs avait été assassiné : ils le soupçonnaient d'avoir joué les indicateurs pour le compte du Rat, alias Carruthers (Felix Gardener). Miss Emerald fulminait, Miss Max pleurnichait, Surbonadier grondait. Tirant un revolver de sa poche, il entreprit de le charger sous l'œil intéressé de ses compagnes.

— Qu'as-tu l'intention de faire ? chuchota Janet Emerald.

— Je vais rendre une petite visite à M. Carruthers.

La scène fut plongée dans le noir pour un rapide changement de décor.

On retrouva Carruthers dans sa bibliothèque, parmi les chaises en cuir que Nigel et Alleyn avaient aperçues des coulisses. Personne, pas même le spectateur le plus averti, ne savait toujours s'il était l'abominable Rat, responsable du trafic de drogue, agent nazi et ennemi du peuple, ou bien l'héroïque collaborateur des Services Secrets britanniques. Assis à son bureau, il tapait une lettre sur une machine dont on ne voyait pas le clavier.

— Il n'appuie que sur la lettre Q, chuchota Nigel, fier d'être dans la confidence.

En cet instant, Jennifer (Stephanie Vaughan) fit son entrée. Passionnément amoureuse, elle prenait Carruthers pour un traître, mais, en dépit de ses nobles aspirations, elle n'avait pas su résister au célèbre charme de Felix. Miss Vaughan excellait dans ce genre de rôle ; et le public retenait son souffle ; surtout que, d'un moment à l'autre, un pan de la bibliothèque allait glisser, livrant passage au majordome (J. Barclay Crammer), un tueur à la solde des gangsters. C'était, ainsi que Nigel l'avait fait remarquer dans sa critique de la pièce, l'éternel refrain d'une très vieille chanson, mais Felix Gardener et Stephanie Vaughan l'interprétaient avec finesse et sobriété. En dépit de la nature mélodramatique du sujet, son contenu ne manquait pas de recherche, et « ça marchait ». Même lorsque le pan de la bibliothèque s'écarta et que le tueur saisit Miss Vaughan par les coudes afin de la ligoter, il le fit non sans distinction car, outre ses qualités de tueur et de majordome, il possédait également le diplôme d'Eton.

Miss Vaughan fut emmenée, en proie à toutes sortes d'émotions contradictoires, et Felix Gardener, impénétrable, resta seul. Il bourra sa pipe, l'alluma, et se laissa tomber sur l'une des chaises en cuir avec un soupir audible.

— N'est-il pas merveilleux ! souffla une voix féminine derrière Nigel.

Avec un sourire indulgent, Nigel regarda Alleyn. Les yeux sombres de l'inspecteur étaient rivés sur la scène. « Décidément, se dit Nigel, plus indulgent que jamais, ce brave Alleyn est complètement fasciné. » Soudain, il vit son voisin lever un sourcil, les mâchoires crispées. Il se retourna vers la scène, et le souffle lui manqua.

Surbonadier, le Castor, se tenait au fond de la scène, face au public. D'une main, il retenait la porte, et de l'autre, tirait sur le foulard malpropre qui cachait sa barbe de plusieurs jours. La bouche entrouverte, il paraissait hors d'haleine.

Lorsque enfin il parla, la similitude avec l'incident dans la loge était si frappante que Nigel s'attendit à ce qu'il répétât : « Quelle charmante petite réunion. » Il reçut donc un nouveau choc en l'entendant murmurer :

— Enfin le Rat est dans son trou !

— Castor ! chuchota Felix Gardener.

Dans la bouche de la plupart des acteurs, cette réplique eût semblé dérisoire. Rares étaient ceux qui parvenaient à la donner autrement, mais Felix Gardener était de leur nombre. Prononcé par lui, ce simple mot glaçait le sang.

Le Castor s'avança vers lui, un revolver à la main.

— Tu n'es pas un tueur, Rat, dit-il. Moi, si. Les mains en l'air.

Lentement, les mains de Gardener s'élevèrent au-dessus de sa nuque. Surbonadier le palpa des pieds à la tête, tout en continuant de le menacer de son arme. Puis, reculant, il se mit à invectiver Gardener. La violence de sa fureur, visiblement réprimée au prix d'un immense effort, paralysa les spectateurs. Une tension insoutenable sembla sourdre du plateau dans la salle. Profondément mal à l'aise, Nigel eut l'impression d'assister, non pas à un chassé-croisé entre le Rat et le Castor, mais à une manifestation d'antagonisme entre les deux hommes, impudiquement étalée en public. Carruthers, le Rat, n'était autre que son ami Felix Gardener, et le Castor, Arthur Surbonadier qui le haïssait. La scène était si pénible que Nigel aurait voulu détourner les yeux, mais il se sentait incapable de le faire.

— Tu m'attendais à chaque tournant, Rat, disait Surbonadier. Combien de fois m'as-tu gâché le travail, Rat... Tu as tourné autour de ma poupée...

Sa voix prit un ton hystérique.

— J'en ai assez. Je suis venu en finir, tu entends, Rat, en finir avec toi !

— Pas ce soir, Castor. Désolé de brouiller tes plans, mais, vois-tu, nous ne sommes pas seuls.

— Que dis-tu ?

— Nous ne sommes pas seuls.

Gardener s'exprimait avec l'irritante goguenardise du héros populaire.

— Un ange gardien veille sur moi, Castor. Lâche ton arme avant qu'il ne soit trop tard.

— Me prends-tu pour un imbécile ?

— Loin de moi cette idée, mon cher Castor. Si tu ne me crois pas, jette un coup d'œil dans le miroir sur ta droite.

Le canon du revolver toujours pointé sur Gardener, Surbonadier reporta momentanément le regard sur la glace au-dessus de la tête de son ennemi. Puis, pivotant lentement sur lui-même, il contempla fixement l'entrée au fond de la scène. L'instant suivant, Stephanie Vaughan apparut dans l'encadrement de la porte. Dans sa main, elle tenait un revolver dirigé vers Surbonadier.

— Jenny ! chuchota ce dernier.

Son bras retomba, et le canon de l'arme brilla d'un éclair bleuté. Ses doigts s'étaient desserrés et, comme dans un rêve, il laissa Gardener le désarmer.

— Merci, Jennifer, fit Gardener.

Avec un petit rire, Miss Vaughan baissa son revolver.

— Tu n'as pas de chance, mon pauvre Castor, lança-t-elle.

Avec un curieux gémissement, Surbonadier se retourna et bondit sur Gardener, essayant de le saisir par le cou. Gardener leva les bras. La détonation que la salle attendait dans un silence angoissé retentit, assourdissante. Surbonadier se tassa sur lui-même, et, une expression abasourdie sur le visage, s'écroula aux pieds de Gardener. Jusque-là, les comédiens présents sur le plateau s'étaient partagé les lauriers, mais, en cet instant, Felix Gardener surpassa tout le monde. Ses traits reflétèrent, d'une façon effrayante, la surprise de Surbonadier. L'air ahuri, il regarda le revolver qu'il tenait à la main et le laissa tomber sur le sol. Puis il se tourna, éperdu, vers la salle, comme pour y chercher une explication. Ses yeux se reportèrent sur les coulisses : on eût dit qu'il cherchait une issue pour s'échapper. Enfin, il dévisagea Stephanie Vaughan dont le regard horrifié alla de lui au corps gisant. Lorsqu'il finit par ouvrir la bouche — ses lèvres remuèrent plusieurs fois avant qu'un son n'en fût sorti — il parla d'une voix d'automate. Miss Vaughan lui répondit à la manière d'un écho. Gardener ne quittait pas le revolver des yeux. A un moment, il esquissa un geste pour le ramasser mais retira la main aussitôt, comme s'il avait peur de le toucher.

— Dieu, quel acteur ! fit une voix derrière Nigel.

La main d'Alleyn posée sur le genou de Nigel le tira de sa transe.

— Est-ce la fin ? chuchota l'inspecteur.

— Oui, le rideau va tomber d'un instant à l'autre.

— Alors, sortons.

— Quoi ?

— Sortons, répéta Alleyn.

Puis, changeant de ton, il demanda :

— Est-ce moi que vous cherchez ?

Leurs sièges se trouvaient au bord de l'allée. Levant les yeux, Nigel vit le placeur se pencher vers son ami.

— Vous êtes l'inspecteur Alleyn, monsieur ?

— Oui. Vous avez besoin de moi ? J'arrive. Debout, Bathgate.

Complètement médusé, Nigel suivit Alleyn et le placeur dans le foyer, puis, via une sorte de bureau, vers le couloir des artistes. Leur guide rompit le silence le premier :

— C'est affreux, monsieur... affreux.

— En effet, acquiesça Alleyn froidement. Je sais.

— Vous avez deviné, monsieur ? Tout le monde a deviné ?

— Je ne le crois pas. Est-on allé chercher un docteur ? Ce n'est pas qu'il en ait vraiment besoin...

— Mon Dieu, monsieur, il est mort ?

— Bien sûr qu'il est mort.

Au moment où ils atteignaient l'entrée des artistes, le vieux Blair en sortit en courant, se tordant les mains. Alleyn passa devant lui, Nigel sur ses talons. Dans le couloir, un homme en smoking, le visage livide, vint à leur rencontre.

— Inspecteur Alleyn ?

— C'est moi, répondit Alleyn. A-t-on baissé le rideau ?

— Je ne pense pas. Dois-je sortir pour demander s'il y a un docteur dans la salle ? Nous ne nous sommes pas rendu compte... Je n'ai pas interrompu le spectacle... Personne ne s'est aperçu... ils ne savent pas, au premier rang... je ne crois pas qu'ils sachent. Il m'a dit d'aller vous chercher, bredouillait l'homme d'une façon incohérente.

Ils arrivèrent dans la coulisse au moment de la chute du rideau : Gardener et Stephanie Vaughan se trouvaient encore sur scène. La salle croula sous une tempête d'applaudissements. Simpson, le régisseur, surgit du trou du souffleur. Aussitôt que la frange du rideau eut touché les planches, Miss Vaughan poussa un cri et se jeta dans les bras de Gardener. Simpson retint le rideau, contemplant avec horreur Surbonadier étendu à ses pieds. L'homme en habit qui s'avéra être le directeur financier sortit sur l'avant-scène. L'orchestre entama l'hymne national, mais l'homme avait dû lever la main ou leur dire deux mots, car une seule note résonna, grotesque, dans la grande salle. Ils l'entendirent s'adresser au public :

— S'il y a un médecin dans les premiers rangs, pourrait-il avoir l'obligeance de venir à l'entrée de la scène ? Merci.

L'orchestre réattaqua l'hymne national. Sur le plateau, Alleyn s'entretenait avec Simpson :

— Allez à la porte d'entrée et empêchez les autres de partir. Personne ne doit quitter les lieux, vous avez compris ? Bathgate, trouvez un téléphone et appelez le Yard. Expliquez-leur de ma part ce qui se passe et demandez-leur d'envoyer l'équipe habituelle. Dites-leur que j'aurai besoin de plusieurs agents.

Il se tourna vers le directeur financier qui les avait rejoints sur la scène :

— Voulez-vous accompagner M. Bathgate au téléphone le plus proche ? Ensuite, revenez ici.

Puis il s'agenouilla auprès de Surbonadier. Le directeur financier regarda Nigel.

— Où est le téléphone ? s'enquit celui-ci.

— Je vous y conduis, fit le directeur financier.

Ils sortirent par une porte qui donnait sur la salle et faillirent entrer en collision avec un grand gaillard en queue-de-pie.

— Je suis le docteur, annonça-t-il. Que se passe-t-il ?

— Sur le plateau, répondit Nigel. Si vous voulez bien entrer.

Le médecin lui jeta un coup d'œil et poursuivit son chemin. Dans la salle, quelques retardataires se frayaient encore le passage vers la sortie. Plusieurs femmes, les bras chargés de housses, bavardaient ensemble, les têtes rapprochées.

— Allez, au travail, gronda le directeur financier, féroce. Je m'appelle Stavely, monsieur... monsieur...

— Bathgate, dit Nigel.

— Oui, certainement. C'est affreux, monsieur Bathgate.

« Décidément, songea Nigel, tout le monde ne trouve que ça à dire. »

Ils traversèrent le foyer en direction du bureau. Il y avait encore du monde devant l'entrée, et une voix de femme lança :

— Tu n'es pas très doué pour les taxis, n'est-ce pas, chéri ?

Une fois devant le téléphone, Nigel se rappela le numéro de Scotland Yard. Un homme lui répondit presque immédiatement.

— Je vous appelle de la part de l'inspecteur principal Alleyn, commença-t-il. Il y a eu un accident à la Licorne... un accident mortel. Il vous prie d'envoyer l'équipe habituelle et aussi plusieurs agents. Tout de suite.

— Bien, fit son interlocuteur. Un accident mortel, dites-vous ?

— Oui, à mon avis. Et... je crois...

Il se tut, déglutit, et s'entendit ajouter comme malgré lui :

— Je crois qu'il s'agit d'un meurtre.

4.

Alleyn entre en scène

De retour sur le plateau, Nigel fut surpris de le trouver dans l'état où il l'avait laissé. Il ne pensait pas s'être absenté pendant un laps de temps aussi bref. Le docteur avait fini d'examiner le corps de Surbonadier et restait là à le regarder.

Miss Vaughan, toujours sur la scène, sanglotait dans les bras de la vieille Susan Max. A côté d'elle, Felix Gardener ne semblait voir personne hormis Alleyn et le médecin. Tandis que son regard allait de l'un à l'autre, il remuait machinalement la tête comme quelqu'un de souffrant. A la vue de Nigel, il s'empressa de le rejoindre. Lui prenant le bras, Nigel le serra brièvement. D'autres acteurs, ombres indistinctes, se pressaient dans les coulisses.

— Je ne l'ai pas changé de place, déclara le docteur. C'est un examen très superficiel, mais suffisant pour ce qui vous intéresse. La balle a traversé le cœur, et la mort a été instantanée.

— C'est moi qui ai tiré sur lui, fit Gardener tout à coup. Je l'ai tué. J'ai tué Arthur.

Le médecin lui jeta un coup d'œil gêné.

— Tais-toi, Felix, chuchota Nigel.

Il se tourna vers Alleyn, absorbé dans une conversation avec George Simpson. Les deux hommes s'approchèrent du trou du souffleur, et Simpson montra quelque chose à Alleyn. C'était l'arme qu'il utilisait pour produire une détonation.

— Je ne me suis aperçu de rien, répétait-il. Les deux coups sont partis en même temps. Je n'ai pas compris... Celui-ci était chargé à blanc, et je n'ai même pas visé. Quel mal aurais-je pu faire ?

Revenant sur ses pas, Alleyn s'adressa à tous ceux qui se trouvaient sur le plateau et dans les coulisses :

— Voulez-vous tous regagner le vestiaire, s'il vous plaît ? Je recueillerai vos témoignages plus tard. Vous avez hâte, naturellement, de vous débarbouiller et de vous changer. Je suis contraint, toutefois, de vous interdire l'accès de vos loges avant que je ne les aie examinées. Il y a bien un lavabo et un miroir au vestiaire, n'est-ce pas ? Je vous ferai parvenir vos affaires là-bas. Un instant, je vous prie, ne partez pas tout de suite.

Six hommes se frayèrent un chemin à travers la foule massée dans les coulisses. Trois d'entre eux étaient des agents en uniforme, les autres, des policiers en civil. Les gens s'écartèrent à leur passage.

— Eh bien, Bailey, dit Alleyn.

— Eh bien, monsieur, répondit l'un des hommes en civil. Qu'est-ce qui ne va pas ?

— Voyez vous-même.

Alleyn désigna le cadavre, à la vue duquel les nouveaux arrivants se découvrirent. L'un d'eux posa une mallette à côté d'Alleyn qui hocha la tête. Le brigadier Bailey, spécialisé en empreintes digitales, se pencha au-dessus du corps.

— Vous autres, dit Alleyn aux agents, conduisez tout le monde au vestiaire. L'un de vous restera dehors, et un deuxième, à l'entrée de la scène. Ne laissez entrer ni sortir personne. M. Simpson vous accompagnera. S'il vous plaît, monsieur Simpson.

Le régisseur s'avança, regardant d'un air égaré autour de lui.

— Tous au vestiaire, s'il vous plaît, appela-t-il comme pour annoncer le début d'une répétition. Par ici, je vous prie, ajouta-t-il à l'intention des policiers.

Il quitta la scène, suivi de l'un des agents. Un autre attendit, puis déclara après une pause :

— Allons-y, messieurs-dames.

La vieille Susan Max, pleine de tact et de bon sens, glissa à Miss Vaughan :

— Venez, mon petit.

Miss Vaughan, éperdue, tendit les bras vers Gardener, qui ne lui accorda même pas un regard. Elle se tourna vers Alleyn qui l'observait avec intérêt, puis se laissa emmener, avec une dignité pathétique, par Susan Max. Sur le pas de la porte, elle regarda le mort une dernière fois, frissonna et disparut dans les coulisses.

— Belle sortie, n'est-ce pas ? commenta l'inspecteur.

— Alleyn ! s'exclama Nigel, profondément choqué.

Derrière un élément de décor, la voix de Miss Janet Emerald, le personnage « tragique », lança :

— Goujat !

— Allons-y, répliqua la voix de J. Barclay Crammer. Nous sommes entre les mains de ces gens-là.

Il traversa le plateau et prit Gardener par la main.

— Venez, fit-il. Venez avec moi, mon vieux.

— Dépêchez-vous donc, tout le monde, s'écria Alleyn sans dissimuler son impatience.

M. Crammer le considéra d'un air plus peiné qu'offensé et suivit son conseil. Se redressant, Gardener parvint à esquisser l'ombre d'un sourire.

— Je vois que vous partagez mon avis sur les acteurs, fit-il remarquer.

— Ils sont quelque peu obtus, non ? riposta Alleyn instantanément.

— Je voudrais dire, reprit Gardener, que je sais que je l'ai tué, mais, Dieu m'est témoin, monsieur Alleyn, je n'ai pas chargé ce revolver.

— Tais-toi, rétorqua Nigel. Ils finiront par tout découvrir, et ton innocence sera prouvée. Ne t'inquiète donc pas plus que de raison.

Gardener tarda à réagir. Il ressemblait à un homme qui se remet des effets d'un choc, pour prendre lentement conscience de toute l'horreur de sa situation.

— Écoutez, fit-il soudain, quelqu'un a dû...

Il s'interrompit, une lueur terrifiée dans le regard. Le prenant de nouveau par le coude, Nigel le poussa doucement en avant.

— Tu es un brave type, Nigel, dit-il d'un ton mal assuré. Oh, et puis...

— Enfin ! soupira Alleyn, soulagé.

Tous les regards se tournèrent vers lui.

— Pourrions-nous entendre l'histoire depuis le début ? demanda l'aîné des officiers du Yard.

— Oui, certainement. Il se trouve que...

Un cri perçant en provenance du couloir des artistes interrompit Alleyn. Aux hurlements stridents de la femme se mêlait un baryton exaspéré :

— Laissez-moi tranquille, laissez-moi tranquille !

— Seigneur, une autre hystérique, dit l'inspecteur. Allez voir ce qui se passe, Bailey.

Le brigadier s'exécuta, et bientôt, sa basse profonde s'éleva, apaisante, au milieu du vacarme :

— Allons, allons, en voilà des façons...

« Je ne fais qu'obéir aux ordres, Miss », ajouta l'agent.

Le bruit diminua, puis une porte claqua. Bailey revint, la mine scandalisée.

— C'est une dame, monsieur, annonça-t-il. Elle a essayé de s'introduire dans sa loge.

— Y est-elle parvenue ? interrogea Alleyn avec brusquerie.

— Oui, l'espace d'une minute, peut-être. Elle a dû s'éclipser pendant que l'agent surveillait le gros de la troupe. Il l'en a tirée, vite fait.

— Qui est-ce ?

— Je crois qu'elle se nomme Emerald, renifla Bailey, l'air dégoûté.

— Que voulait-elle ?

— Quelque chose pour sa figure, a-t-elle dit, monsieur.

— Maintenant, en tout cas, elle est parquée avec les autres, observa l'inspecteur sombrement. Asseyez-vous, tout le monde. Vous pouvez rester, Bathgate, si vous le désirez, et vous aussi, docteur Milner.

— Et moi ? demanda le directeur financier.

— Oui, si possible, monsieur Stavely. Je pourrais avoir besoin de vous.

Ils s'installèrent sur les lourdes chaises en cuir, et Nigel trouva qu'ils avaient l'air de se préparer au lever du rideau.

— En deux mots, la situation est la suivante, commença Alleyn. Le cadavre est celui de M. Arthur Surbonadier. Lors du dernier acte, il se trouvait sur scène avec Miss Vaughan et M. Gardener. Il a menacé Gardener avec ce revolver, par terre. Miss Vaughan l'a tenu en joue du seuil de la porte. Gardener lui a pris l'arme des mains. Arthur a fait mine d'étrangler Gardener qui a levé le revolver et tiré sur lui à bout portant. Le coup de feu a toujours été truqué : normalement, la détonation provient des coulisses. Ils n'utilisent pas de cartouches à blanc car les balles auraient abîmé les habits de Surbonadier. Ce soir, il n'y a aucun doute sur l'origine du coup de feu. Le revolver était chargé avec de vraies balles. Prenons une photo du corps, et une autre, de la scène.

L'un des hommes en civil sortit dans le couloir et revint avec un appareil photo. Il prit plusieurs clichés, puis se retira dans un silence absolu, emportant tout son attirail.

— Et voici notre médecin légiste, docteur Milner.

— Bonsoir, dirent les deux confrères en chœur.

Le médecin légiste examina rapidement le corps et alla s'entretenir en aparté avec le docteur Milner.

— Dessinez le contour du corps à la craie, Bailey, ordonna Alleyn, et retournez-le.

Bailey s'agenouilla et se mit au travail. Arthur Surbonadier gisait face contre terre, et, lorsqu'il fut retourné, Nigel se força à le regarder. Le visage luisant de fard avait conservé l'expression de surprise intense qu'ils avaient aperçue de leurs fauteuils d'orchestre. Les yeux étaient grands ouverts.

— Vous remarquerez les vêtements déchirés. Il a été tué sur le coup.

— Une balle en plein cœur, dit le docteur.

— Seigneur, c'est horrible, fit subitement le directeur financier.

— Je pense que ça ira.

Alleyn se tourna vers le médecin légiste, qui s'agenouilla auprès de Surbonadier afin de baisser les paupières fardées. Bailey, qui venait juste de quitter le plateau, reparut avec un morceau d'étoffe chatoyante rouge et or, dont il recouvrit le corps.

— Évidemment, le revolver portera les empreintes

de M. Gardener, reprit Alleyn, mais analysez-le tout de même, Bailey. On ne sait jamais. Il se trouvait dans sa loge où je l'ai vu à sept heures vingt.

Bailey lui jeta un regard étonné.

— Ensuite, l'habilleur l'a porté à M. Surbonadier entre sept heures trente et sept heures quarante-cinq. C'est Surbonadier qui l'a chargé lui-même, une fois sur scène. N'oublions pas que toute la troupe connaissait parfaitement ce qui allait suivre. M. Gardener devait accomplir précisément ce qu'il fit : pointer le canon du revolver vers le cœur de Surbonadier et appuyer sur la détente. Il se pourrait que Surbonadier eût été muni par inadvertance de vraies balles, mais cela me paraît peu vraisemblable. En revanche, s'il s'agit d'un acte délibéré, son auteur pouvait être pratiquement sûr du résultat. Après avoir chargé le revolver, Surbonadier n'a presque pas quitté la scène ; or il ne pouvait pas appuyer sur la détente pendant qu'il jouait car, même si le revolver avait été vide, le public aurait entendu un déclic. Gardener seul était censé le faire. Et, comme il se tenait face à la salle, l'illusion devait être totale. Je me trompe, monsieur Stavely ?

— Non, non, je ne le crois pas, mais vous savez, la mise en scène n'est pas vraiment mon domaine, inspecteur. J'appartiens à l'équipe de direction. Le metteur en scène se trouve actuellement à Manchester, mais le régisseur, M. Simpson, saura vous fournir tous les renseignements nécessaires. Ou bien Gardener lui-même.

— Oui, bien sûr. Pourriez-vous avoir la gentillesse d'aller me chercher M. Simpson ? Oh... monsieur Stavely, emmenez le brigadier Bailey pour lui montrer les loges. Bailey, ne touchez à aucune d'elles excepté celle de Miss Max. Prenez-y du savon, une serviette et un pot de démaquillant, emportez le tout au vestiaire, fermez à clé les portes des loges et laissez-les se nettoyer. Vous, Fox...

Il se tourna vers le deuxième homme en civil.

— ... Soyez un ange, allez appeler le fourgon mortuaire. M. Stavely vous montrera le téléphone. Désolé de me conduire en dictateur, mais cela vous évitera de perdre du temps.

Il gratifia Stavely et le docteur d'un sourire irrésistible.

— Merci infiniment, docteur Milner. Je ne veux pas vous retenir davantage, mais je vais conserver votre adresse. Je suis sûr que vous avez hâte de partir.

A en juger par la mine du docteur, il avait surtout hâte de rester. Cependant, il se laissa escorter, sans protester, par le médecin légiste. Les autres s'en furent accomplir leurs missions, et Nigel resta en tête à tête avec Alleyn.

Un silence profond enveloppa le théâtre. Une porte claqua au loin, et, aussitôt après, une horloge sonna onze coups. Dire qu'une vingtaine de minutes plus tôt, l'homme étendu sous le morceau de brocart était alerte et vigoureux ; dire que l'écho de sa voix avait à peine cessé de résonner ! Nigel avait l'impression que deux heures s'étaient écoulées depuis ce moment-là.

— Alleyn, demanda-t-il brusquement, vous ne pensez pas que ce soit Felix, n'est-ce pas ?

— Ciel, je ne suis pas médium ! Je ne sais absolument pas qui a pu le faire, et je ne le soupçonne pas plus que les autres. Ce n'est pas lui qui a chargé le revolver, et le fait qu'il ait appuyé sur la détente ne devrait pas rentrer en ligne de compte. Je dis bien, ne *devrait* pas. Car on pourrait l'inculper d'homicide involontaire. Je ne connais rien au droit pénal.

— Foutaises !

— Ne soyez pas grossier avec moi, Nigel. Savez-vous prendre des notes en sténo ?

— Oui.

— Tenez, voici un carnet. Vous allez vous asseoir au fond de la scène et noter les conversations qui vont suivre. Sans faire de bruit, compris ? Motus et bouche cousue.

— Gardez votre carnet, j'ai mon propre bloc sur moi.

— Comme vous voudrez. Voici Simpson. Disparaissez.

Nigel se faufila dehors par l'une des portes, la laissant entrebâillée. Là, dans la coulisse faiblement éclairée, il aperçut un large tabouret plus connu sous le nom de pouf. Il l'approcha doucement de l'entrée, s'assit et sortit son bloc-notes. Des pas résonnèrent dans le couloir des artistes : quelqu'un entra sur la scène par la porte du souffleur. Puis Nigel entendit la voix d'Alleyn, toute proche :

— Ah, vous voilà, monsieur Simpson ! Je suis absolument navré de vous retarder tous ainsi, mais je préfère battre le fer tant qu'il est chaud. Je vous en prie, prenez place.

Il y eut un bruissement soyeux : quelqu'un s'asseyait sur un coussin.

— Certainement, dit Simpson, je suis à votre disposition.

— Expliquez-moi « avec vos mots à vous », comme disent nos ténors du barreau, la procédure exacte qui a eu lieu tous les soirs — et ce soir, plus particulièrement — pour fournir des munitions à ce revolver. Si mes souvenirs sont bons, M. Surbonadier l'a chargé avec des cartouches prises dans le tiroir d'un bureau au début du dernier acte. Qui a placé ces cartouches là-dedans ?

— L'assassin.

— Je vois que nous nous comprenons, observa Alleyn avec bonhomie. J'aurais dû formuler ma question autrement. Qui a placé les fausses cartouches là-dedans ?

— C'est moi, répondit George Simpson.

5.

La déposition du régisseur

D'une main fébrile, Nigel nota la réponse du régisseur, mais son excitation retomba à l'idée que les cartouches factices n'avaient rien à voir avec celles qui avaient provoqué la mort de Surbonadier.

— Vous ? enchaîna Alleyn d'un ton léger. Parfait. A quel moment, exactement, les y avez-vous mises ?

— Pendant le second entracte, juste avant le lever du rideau.

— Le bureau se trouvait-il déjà sur le plateau ?

— Oui, le décor était installé, et le bureau posé à sa place habituelle.

— Dommage qu'il y ait eu un changement de décor, depuis. Où était-il, déjà ? Ici, à ce qu'il me semble.

Nigel entendit Alleyn traverser la scène. L'œil collé à la fente de la porte, il vit l'inspecteur s'arrêter devant l'entrée du souffleur, située pour le public à droite de la scène.

— C'était bien là, confirma Simpson.

— Le bureau lui-même était tourné vers la porte, n'est-ce pas ? demanda Alleyn.

— C'est exact.

— Qui y avait-il sur scène au moment où vous avez placé les cartouches dans le tiroir ?

— Ceux qui ouvraient le troisième acte. Miss Max, Miss Emerald et... M. Surbonadier.

— Vous ont-ils vu les mettre là-dedans ?

— Oh oui. Janet a même déclaré : « J'ai toujours peur que vous ne les oubliiez, George. Vous vous y prenez si tard ! »

— Le tiroir était-il vide quand vous l'avez ouvert ?

— Oui, je crois. Quoique je ne le jurerais pas... Je n'ai pas dû regarder au fond.

— Vous rappelez-vous si quelqu'un d'autre s'est approché du bureau ou s'y est assis, en attendant le lever du rideau ?

— Je ne me souviens pas, assura Simpson précipitamment.

— Tâchez de vous souvenir, monsieur Simpson.

Il y eut une pause.

— Je ne peux pas, rétorqua Simpson, l'air hargneux.

— Je vais vous aider. Avez-vous parlé à l'un des trois ?

— Oui, oui. J'ai parlé à Miss Max : elle m'a fait remarquer que le tapis gênait l'ouverture de la porte. Je l'ai donc déplacé. Puis elle s'est installée sur l'une de ces chaises et a sorti son tricot. Cela fait partie de son rôle.

— Elle l'avait dans un sac rouge, n'est-ce pas ?

— Oui, c'est cela. Et elle n'a plus bougé avant le lever du rideau, poursuivit Simpson très rapidement. Je m'en souviens parce qu'elle a plaisanté au sujet de son tricot, disant qu'elle espérait le finir avant un mois de représentations. C'est une écharpe. Elle l'a nouée autour de mon cou afin d'en mesurer la longueur.

— N'est-elle pas restée sur cette chaise bien après le lever du rideau ? Elle était toujours assise, me semble-t-il, au moment où Surbonadier a chargé le revolver.

A travers la fente de la porte, Nigel vit Simpson lever un regard surpris sur l'inspecteur.

— C'est parfaitement exact, répondit-il. Vous avez une excellente mémoire.

— A dire vrai, j'ai une mémoire pourrie, avoua Alleyn, mais cette scène m'a beaucoup impressionné. Rétrospectivement, cela s'avère très utile. Bien, qu'avez-vous fait après avoir redressé le paillasson et batifolé avec le tricot ?

— J'ai dû faire le tour du plateau pour m'assurer que tout était en place.

— Et puis... ?

— Puis je suis allé dans le trou du souffleur. Je me rappelle avoir vu Surbonadier et Miss Emerald devant la fenêtre, dans le fond de la scène, et...

Il s'arrêta net.

— Oui ?

— C'est tout.

— Cela m'étonnerait, monsieur Simpson. Qu'alliez-vous dire ?

— Rien.

— Je ne peux pas vous forcer à parler, mais laissez-moi attirer votre attention sur la gravité de votre situation. Je ne suis pas acteur, monsieur Simpson, et je n'ai pas l'intention de vous jouer la comédie. C'est vous qui avez placé les cartouches dans le tiroir. Il est dans votre intérêt de prouver qu'elles étaient factices.

— Ce n'est pas pour moi..., s'emporta Simpson.

— Alors, pour l'amour du ciel, ne vous amusez pas à couvrir quelqu'un d'autre. Ce jeu-là peut s'avérer extrêmement dangereux, ou tout simplement stupide. Cela dit, vous êtes libre d'agir à votre guise.

Simpson disparut du champ visuel de Nigel et, quand il parla, sa voix sembla provenir de loin.

— Vous avez raison, je présume, répliqua-t-il. Quant à moi, je pense que je peux éclaircir l'affaire des cartouches.

— A la bonne heure ! Alors, que disiez-vous à propos de Miss Janet Emerald ?

— Franchement, ce n'est rien. Arthur Surbonadier paraissait quelque peu contrarié. Voyez-vous, en tant que régisseur, je dois veiller à ce genre de choses. Il... eh bien, il n'était pas dans son état normal.

— Il était soûl, vous voulez dire ? Je m'en suis rendu compte.

— Oui... c'est-à-dire que... plus que ça. Il était dangereusement ivre. Quand je suis retourné au trou du souffleur, Miss Emerald est venue me dire : « Arthur a bu, George. J'ai peur. » « En tout cas, il joue rudement bien », je lui ai répondu. (C'était vrai, vous savez.) « Peut-être, a-t-elle dit, mais c'est une brute, une brute immonde. » Et je l'ai entendue murmurer... Seigneur, cela ne signifie rien...

— Oui ?

— Elle a murmuré : « Je l'aurais tué », puis elle m'a tourné le dos et s'est appuyée contre le bureau. C'est sa façon de s'exprimer, mais cela ne veut rien dire, absolument rien. Après cela, je ne l'ai plus regardée. J'ai jeté un coup d'œil sur mon carnet, disant : « Tout le monde en place, s'il vous plaît », et ils ont tous regagné leurs places.

— Et après ?

— J'ai dit : « La salle » à l'éclairagiste, puis j'ai donné le signal à l'orchestre, ainsi que celui qui annonce l'extinction des lumières. Au début de l'acte, la scène est plongée dans le noir.

— Je sais.

— Ensuite, j'ai dit : « Attention, s'il vous plaît » ; la lumière s'est éteinte, et le rideau a été levé.

— Combien de temps l'obscurité a-t-elle duré ?

— Pendant les premières répliques du dialogue. Environ quatre minutes en tout, car nous éteignons un peu avant le lever du rideau. Puis Surbonadier a allumé une lampe sur la scène.

— Qui y avait-il dans les coulisses pendant tout ce temps ?

— Oh, le personnel habituel. Je me souviens que Props, le chef accessoiriste [1], se tenait à côté de moi. Il est resté après m'avoir remis les cartouches, et bien après que les lumières ont été éteintes. Je le sais parce qu'il ne cessait de marmonner que l'une d'entre elles n'était pas assez serrée. Il craignait qu'elle ne tombe en morceaux au moment où Surbonadier allait charger le revolver.

— Je vois. Et les autres ?

— Je pense que le jeune Howard Melville se trouvait dans les parages : c'est l'assistant éclairagiste. Moi, je suivais le texte. C'est une courte scène, mais les personnages de la scène suivante ne sont appelés qu'au milieu.

— Une dernière question, et je vous libère. Qui vous fournit les cartouches ?

— C'est Props qui les fabrique, notre génie du bricolage. Il en est très fier, d'ailleurs. Il prend des douilles vides, les remplit de sable et fourre les balles à l'intérieur.

— C'est pousser la conscience professionnelle inutilement loin, ne trouvez-vous pas ?

— Ciel, oui !

1. En anglais : *property master*.

Simpson parut se détendre.
— Mais c'est Props tout craché. Il a reçu un éclat d'obus, le pauvre, pendant la guerre, et depuis... il n'est pas vraiment bizarre, mais en quelque sorte... extrêmement concentré. Il était fier comme Artaban quand il me les a montrées pour la première fois. Selon lui, il est impossible de les distinguer des vraies.
— Et où les rangeait-on ?
— A la fin du spectacle, Props déchargeait le revolver et le rapportait à Gardener. Voyez-vous, il avait appartenu à son frère, et Felix en prenait grand soin. Il l'emportait toujours chez lui. Props rangeait les cartouches dans la salle des accessoires et me les remettait avant le début de l'acte. J'en avais décidé ainsi pour être sûr qu'elles seraient placées dans le bon tiroir.
— C'est ce qui s'est passé ce soir ?
— Oui.
— Les avez-vous examinées avant de les mettre dans le tiroir ?
— Je ne le crois pas... non, je ne sais pas.
— Si elles avaient été vraies, vous en seriez-vous aperçu ?
— Je ne sais pas... oui, certainement.
— Malgré les talents du chef accessoiriste ?
— Je vous dis que je n'en sais rien.
— Très bien, très bien, ne vous mettez pas dans cet état. Si l'accessoiriste s'inquiétait au sujet d'une cartouche insuffisamment resserrée...
— Oui, oui, bien sûr. Elles devaient être fausses.
— C.Q.F.D. Ce sera tout pour le moment, monsieur Simpson. Je vois que l'inspecteur Fox attend dehors. Voulez-vous simplement lui laisser votre adresse et le prier de vous accompagner dans votre loge ? Montrez-lui les habits que vous désirez mettre... non, attendez !

Vous êtes en smoking ; vous n'avez donc pas besoin de vous changer. Fox !

— Oui !

— Le fourgon est-il arrivé ?

— Il est dehors.

— Ah, bien. Voyez si M. Simpson a besoin de prendre quelque chose dans sa loge. A propos, monsieur Simpson, cela vous ennuierait-il de laisser l'inspecteur Fox jeter un coup d'œil sur vous ? Une pure formalité, vous n'êtes pas obligé d'accepter. Surtout, n'y accordez pas plus d'importance qu'il n'en faut.

La réponse de Simpson fut inaudible.

En élargissant son champ de vision, Nigel vit Fox fouiller rapidement et minutieusement les poches du régisseur.

— Étui à cigarettes, deux livres en billets et monnaie, agenda, mouchoir, allumettes, pas de notes ni de messages quelconques. Vous désirez voir quelque chose, monsieur ? s'enquit-il avec entrain.

— Rien du tout. Une toute dernière question : était-il certain que Gardener allait appuyer sur la détente en faisant mine de tirer sur le Castor ?

— Absolument certain. Nous l'avions répété soigneusement. Il refermait toujours la main gauche une fraction de seconde avant de presser la détente. C'était le signal convenu pour que je tire à blanc.

— Oui, je vois. Je vous remercie. Bonne nuit, monsieur Simpson.

Fox et le régisseur s'éloignèrent. Tandis que Nigel se demandait s'il pouvait se manifester, le visage d'Alleyn apparut tout près de la porte. L'inspecteur posa un doigt sur son nez et gratifia Nigel d'une grimace qui le choqua passablement. Alleyn poussa le battant. Dans l'ouverture, Nigel entrevit des hommes avec un brancard et il s'empressa de refermer la porte. Alleyn posa sur lui un regard curieux, mais non dénué de compréhension.

— Exit le Castor ! observa-t-il.

— Vous êtes un ignoble individu, riposta Nigel.

— Avez-vous tout noté ?

— Oui.

— Gentil garçon ! Tiens, qui est-ce ? Restez où vous êtes et dressez l'oreille.

Des voix, se disputant bruyamment, leur parvinrent de l'entrée de la scène.

— Que me chantez-vous là ? vociféra quelqu'un. C'est mon théâtre. Laissez-moi passer.

Nigel regagna son poste d'observation. Le corps de Surbonadier avait disparu. L'inspecteur Fox accourut dans le sillage d'un colosse en queue-de-pie, avec un gardénia à la boutonnière. L'air menaçant, il s'avança sur Alleyn tout en continuant à rugir.

— Monsieur Jacob Saint, je présume, fit l'inspecteur poliment.

— Et vous, qui êtes-vous ?

— Un officier du Yard, monsieur Saint, chargé de cette regrettable affaire. Désolé de vous annoncer une aussi tragique nouvelle... je vois que vous êtes déjà au courant. M. Surbonadier était votre neveu, n'est-ce pas ? Je vous prie de recevoir toutes mes condoléances.

— Qui est le salaud qui l'a descendu ?

— Pour l'instant, je l'ignore.

— Était-il soûl ?

— Puisque vous me le demandez... oui.

Après avoir dévisagé l'inspecteur, Jacob Saint s'assit lourdement dans un fauteuil. Pris d'une inspiration subite, Nigel se remit à gratter.

— J'étais dans la salle, ce soir, annonça Saint.

— Je vous ai vu, répondit Alleyn d'un ton amène.

— Je ne savais pas qu'il était mort, mais je savais qu'il était ivre. C'est lui qui a tout manigancé.

— Vous croyez ? fit Alleyn sans s'émouvoir.

— Stavely m'a appelé au *Savoy*. Je suis passé en début de soirée et j'ai vu Arthur. Il était déjà rond comme une barrique. Je lui ai dit qu'il devrait déguerpir à la fin de la semaine. Il ne l'a pas supporté et il a préféré se tuer.

— Il faudrait un sang-froid extraordinaire pour charger un revolver, réciter son rôle et attendre qu'un autre vous tire dessus, observa Alleyn avec placidité.

— Il avait bu.

— Nous sommes tous d'accord là-dessus. Il s'était procuré les vraies balles avant de boire, peut-être.

— Quoi, que dites-vous ? Oh... cela ne m'étonnerait pas de lui. Où est Janet ?

— Qui donc ?

— Miss Emerald.

— Les membres de la troupe sont tous au vestiaire.

— Je vais aller la voir.

— Ne vous dérangez pas, monsieur Saint. Fox, voulez-vous aller chercher Miss Emerald ?

Saint décocha un regard noir à l'inspecteur Fox, parut hésiter, puis sortit un étui à cigares.

— Vous fumez ?

— Merci bien, répondit Alleyn. Je préfère la pipe.

Saint alluma un cigare.

— Que ce soit clair, déclara-t-il. Je ne suis pas un hypocrite et je ne verserai pas de larmes de crocodile sur Arthur. C'était une loque, un raté. Lorsque l'un de mes spectacles échoue, je laisse tomber et on n'en parle plus. Il en a été de même avec Arthur. C'était un pourri, et un lâche par-dessus le marché... mais il avait suffisamment de métier pour briguer les premiers rôles. C'était une idée fixe chez lui, et, quand je lui ai refusé Carruthers, il est allé jusqu'à me menacer, moi !

— Où l'avez-vous rencontré, ce soir ?

— Dans sa loge. J'avais des affaires à régler au théâtre et je suis allé faire un tour dans les coulisses.

— Cela vous ennuierait-il de me rapporter votre conversation ?

— C'est déjà fait. Il était soûl et je lui ai signifié son congé.

— Qu'a-t-il dit ?

— Je n'ai pas attendu sa réponse. J'avais rendez-vous au bureau à sept heures et quart. Janet !

Saint changea de voix et se mit debout. Se penchant, Nigel vit Janet Emerald dans l'encadrement de la porte. Elle poussa un cri, et, se ruant sur le plateau, se jeta dans les bras de Saint.

— Jacco ! Jacco ! sanglota-t-elle.

— Pauvre petit... pauvre petit, murmura Saint.

Nigel fut frappé par la douceur inattendue de sa voix tandis qu'il apaisait la plantureuse et quelque peu envahissante Miss Emerald.

— Ce n'est pas toi, déclara-t-elle tout à coup. Ils n'ont pas le droit de t'accuser !

Elle se redressa machinalement : débarrassée de maquillage, elle avait une mine épouvantable. Bien que Saint tournât le dos à Nigel, il fut clair qu'il venait de recevoir un choc. Sans desserrer son étreinte, il se figea, et, quand il parla, toute trace de tendresse avait déserté sa voix.

— Pauvre chou, fit-il, plus magnat du spectacle que jamais. Tu ne sais plus ce que tu dis. Ai-je une tête d'assassin, moi ?

— Non, non... Je suis folle. C'était affreux, Jacco. Jacco, c'était affreux.

— Mm... mmm... mmm, grondait M. Saint, apaisant.

— Entièrement d'accord, s'interposa Alleyn. C'était fort déplaisant. Je suis sûr que vous avez hâte de laisser tout cela loin derrière vous, Miss Emerald.

— Je te raccompagne, offrit Jacob Saint.

A présent il se tenait à côté de Miss Emerald, et Nigel pouvait voir combien ils étaient pâles, tous les deux.

— Excellente idée.

La voix d'Alleyn semblait s'être rapprochée de la porte.

— Mais puis-je tout d'abord poser quelques questions à Miss Emerald ?

— Non, vous ne pouvez pas, répliqua Saint. Si vous avez besoin d'elle, venez la voir demain matin. Suis-je clair ?

— Oh oui, parfaitement. On ne peut plus limpide. Seulement, je crains que cela ne change pas grand-chose. Il s'agit d'un meurtre, monsieur Saint. Disons que c'est une pièce produite par un autre que vous, et dans laquelle vous jouez un rôle qui peut s'avérer important ou non. Et, pour pousser mon allégorie un peu plus loin, j'ajouterai que notre bonne vieille Justice aux semelles de plomb remplit à la fois les fonctions de régisseur, de metteur en scène et de critique. Quant à moi, monsieur Saint, pour reprendre les termes d'une vieille pièce à succès : « Moi, Messeigneurs, j'incarne la loi. » Alors, asseyez-vous, je vous prie, et ne vous agitez pas. A nous, Miss Emerald.

6.

Aux premières heures du jour

Ce fut in extenso, et avec une vive satisfaction, que Nigel nota la tirade d'Alleyn. En conclusion, il ajouta entre parenthèses : « Bruit du magnat qui se rassied. » Il ne chôma guère ; l'instant d'après, Alleyn s'adressait déjà à Miss Janet Emerald :

— Cela ne vous incommoderait pas si j'allumais ma pipe, Miss Emerald ? Merci. Oh... cigarette ? Celles-ci sont des turques, et celles-là... mais je suppose que vous les connaissez.

— Non, merci.

Il y eut un frottement d'allumette, et Alleyn reprit, entre deux bouffées :

— Bien. Pourriez-vous m'expliquer ce que vous savez de la procédure de la charge du revolver ?

« Mais il le sait déjà », songea Nigel, impatienté.

— Je... rien, je ne sais rien... je n'ai rien à voir avec ça, répondit Janet Emerald.

— Oui, évidemment. Mais peut-être avez-vous remarqué qui a mis les cartouches factices dans le tiroir, et à quel moment.

— Je n'ai pas fait attention... aux cartouches.

— Vous n'avez jamais vu personne les mettre dans le tiroir ?

— Je n'ai pas fait attention.

— Vraiment ? Vous ne vous êtes pas inquiétée de

savoir si elles étaient là, disant à M. Simpson que vous craigniez toujours qu'il ne les oublie ?

— C'est impossible. Qu'est-ce qui vous fait croire que j'ai pu dire une chose pareille ? Jacco ! Je ne sais plus ce que je raconte. Je vous en prie... laissez-moi partir !

— Ne bougez pas, monsieur Saint, j'ai bientôt fini. Et vous, Miss Emerald, répondez à mes questions du mieux et aussi simplement que vous pouvez. Croyez-moi, un innocent n'a rien à craindre mais tout à gagner à dire la vérité. Vous n'êtes pas la fragile petite créature naïve et effarouchée que vous prétendez être. Non, vous êtes une femme mûre et, je dirais, très intelligente.

— Jacco !

— Je suggère donc que vous vous conduisiez en conséquence. Allons, avez-vous, oui ou non, vu M. Simpson déposer les cartouches ce soir, et avez-vous exprimé votre inquiétude à l'idée qu'il les oublie ?

— Non, non, non... tout cela est faux.

— Êtes-vous allée ensuite vous appuyer contre le bureau ?

— Jamais... j'étais en train de parler à Arthur... je ne me suis pas occupée de George Simpson... il vous a menti. Si c'est lui qui vous l'a raconté, il a menti.

— De quoi vous entreteniez-vous avec M. Surbonadier ? Cela devait présenter un intérêt certain pour absorber toute votre attention.

— Je ne m'en souviens plus.

— Vraiment ?

— Je me souviens de rien, rien du tout.

— Je vous remercie. Fox, voulez-vous prier Miss Susan Max d'avoir la bonté de nous rejoindre ?

— Autrement dit, nous sommes libres de partir ?

Nigel sursauta en entendant la voix de Saint : il avait oublié l'existence du propriétaire de la Licorne.

— Dans une minute. Il n'est pas encore tard. Que vous êtes donc impatient !

— D'où sortez-vous ? interrogea Saint brusquement. Êtes-vous de la haute, un guignol du Yard, ou quoi ?

— Mon cher monsieur Saint, vous me plongez dans l'embarras.

— Gna-gna-gna !

Saint imita la voix harmonieuse de l'inspecteur avec une gouaille de voyou.

— Tout Oxford et Cambridge et le petit doigt en l'air, ajouta-t-il violemment.

— Oxford seulement, s'excusa Alleyn, et cela ne veut plus rien dire de nos jours. Oh, vous voici, Miss Max !

Sa voix se fit cordiale :

— Vous n'imaginez pas combien je regrette de vous causer tout ce dérangement.

Miss Max apparut dans le champ visuel de Nigel.

— Pensez-vous ! répliqua-t-elle, réconfortante. Après tout, vous ne faites qu'accomplir votre travail, je suppose.

— Si tout le monde le prenait ainsi, Miss Max, la tâche de la police serait une véritable partie de plaisir.

— J'ai joué Ruth dans *les Pirates*, au cours de la tournée en Australie, annonça Miss Max en s'asseyant sur la chaise que l'inspecteur lui avait avancée.

— Ah oui ? Vous souvenez-vous du trio sur le paradoxe ? Ruth, Frederick, et le Roi des Pirates ?

— Mais oui, certainement.

Et Miss Max fredonna d'une voix enrouée :

« Un paradoxe,
Un paradoxe,
Le plus étrange des paradoxes. »

— Susan ! gémit Miss Emerald. Comment pouvez-vous ?

— Pourquoi pas, ma chère ? C'est un joli refrain.

— Nous aussi, nous avons un paradoxe ici, reprit Alleyn. J'espère que vous nous aiderez à le résoudre.

— Et vous, vous êtes policier.

— Oui. Appelez-moi donc Frederick, et moi, puis-je vous appeler Ruth ?

— Allons-y ! fit la vieille Susan Max.

— Voilà. Je ne vous dévoilerai pas le paradoxe, mais en répondant à ma question, vous pourriez l'éclaircir. Racontez-moi ce qui s'est passé sur le plateau juste avant le lever du rideau pour le dernier acte.

— Susan, commença Janet Emerald, vous rappelez-vous...

— S'il vous plaît !

Nigel sursauta.

— Je vous écoute, Miss Max.

— Voyons... j'étais assise en train de tricoter mon écharpe et de sermonner George Simpson au sujet du paillasson. « George, je lui ai dit, voulez-vous que je me casse la figure ? » Alors, il l'a déplacé. Ce genre de détail produit une impression épouvantable sur la table, et cela m'a complètement gâché mon « eggzit » à la fin de la scène.

— J'ai beaucoup aimé votre interprétation.

— J'ai créé le personnage, vous savez.

— Est-ce une conversation mondaine ou un interrogatoire ? s'enquit Jacob Saint.

— C'est un dialogue, entre deux personnes seulement, rétorqua Alleyn. C'est formidable d'étudier la nature humaine, Miss Max ; moi-même, j'en ai souvent l'occasion.

— Tout n'est qu'une question d'observation, répondit Miss Max, flattée.

— Certainement. Vous qui avez développé votre sens de l'observation, vous pouvez m'être infiniment utile. Dites-moi, Miss Max, qu'est-il arrivé exactement après que M. Simpson a redressé le paillasson ?

— Voyons... laissez-moi réfléchir.

Il y eut un silence de mort, interrompu par le sanglot qui échappa à Miss Emerald.

— J'y suis, déclara Susan tout à coup. Janet était contrariée et elle discutait avec le pauvre Arthur qui était un peu imbibé.

— Imbibé ?

— Oui, d'alcool. Dommage... Bon, alors ils étaient en train de tenir des messes basses dans leur coin, et il lui a dit... Non, attendez, je m'embrouille. *Elle* lui a dit : « Vous ne vous sentez pas bien ? » Et lui de répondre : « Je me sens abominablement mal », tout cela ponctué de jurons. Je n'ai pas entendu la suite, puis il a déclaré sur un ton extrêmement déplaisant : « Ne me parlez pas d'influence, Janet. Sans elle, vous ne seriez pas là où vous êtes. » Ils se sont remis à chuchoter, mais je n'écoutais pas : j'étais en train de mesurer mon écharpe d'après le cou de George Simpson. Ensuite, quand il s'est dirigé vers le trou du souffleur... Non, j'oublie... Avant cela, lorsque George a mis les cartouches dans le tiroir, Janet a dit qu'elle avait toujours peur qu'il n'y pense pas... Vous vous rappelez, mon petit ? Et puis, après toute la partie sur le pauvre Arthur qui avait trop bu, sur l'influence et tout le reste, vous l'avez suivi pour lui parler en aparté... à George Simpson, j'entends. Et voilà ! acheva Miss Max avec une gaieté triomphante.

— Bravo ! s'écria Alleyn. Vingt sur vingt. Nous devrions vous enrôler dans nos services.

— Ah ça, certainement. Est-ce tout ce que vous désiriez ? Puis-je partir, à présent ?

— Vous me manquerez.

Nigel s'attendait à une explosion de la part de Miss Emerald — des protestations, des explications, une nouvelle crise d'hystérie. Au lieu de quoi, il y eut un silence absolu. Il regretta de ne pas voir la tête de Janet Emerald ou de Jacob Saint.

— C'est révoltant, décréta Susan Max de but en blanc. Révoltant qu'un jeune homme meure comme est mort Arthur Surbonadier. Ne s'appartenant plus. En colère. Car il *était* en colère, vous savez.

— Contre quoi ?

— Contre toutes sortes de choses. Il était insatisfait de son rôle, et aussi malheureux par ailleurs, j'imagine. Je suppose qu'il s'agit d'un meurtre ?

— Cela en a tout l'air.

— Et ce pauvre Felix ! Vous ne vous êtes pas mis dans la tête qu'il y est pour quelque chose, j'espère ? En dehors du fait d'avoir appuyé sur la détente. Hein ?

— Et pourquoi pas ? intervint Janet Emerald. Pourquoi pas Felix Gardener ? C'est lui qui a tiré. C'est son revolver. Pourquoi tout le monde est-il si sûr qu'il n'y est pour rien ? Stephanie qui en fait un martyr, les autres qui le traitent comme un infirme... Alors que moi, moi... on me traite comme une criminelle. C'est écœurant.

— Une dernière chose, fit Alleyn, exactement comme si elle n'avait pas ouvert la bouche. C'est inévitable, sinon je n'en parlerais pas. J'aimerais fouiller tous les membres de la troupe avant qu'ils ne quittent les lieux. Je ne peux pas vous y contraindre, mais cela nous épargnerait nombre de complications inutiles, si vous acceptiez. Je pense que vous savez ce que nous cherchons, Miss Max ?

— Eh non.

— Les fausses cartouches.

— Oh...

— Elles doivent être plutôt encombrantes. Miss Emerald, voulez-vous ôter votre cape ?

— Quoi ? dit Jacob Saint. Qu'allez-vous faire ?

— Oh, tais-toi, Jacco !

Il y eut un bruissement soyeux. En tendant le cou, Nigel aperçut Janet Emerald vêtue d'un fourreau à paillettes qui la moulait à la façon d'une seconde peau.

— Miss Emerald, consentez-vous à me laisser effectuer une fouille superficielle, ou préférez-vous vous rendre au poste de police où il y aura une gardienne ?

— Ne le laisse pas te toucher, Janet !

— Oh, Jacco, cesse de faire l'imbécile.

Il n'y avait plus une note d'hystérie dans sa voix lasse et méprisante.

— Faites ce que vous voulez.

Janet Emerald leva ses bras superbes et ferma les yeux. Les mains délicates d'Alleyn glissèrent légèrement sur sa robe. Lui aussi avait fermé les yeux. On eût dit que toutes ses facultés s'étaient concentrées dans le bout de ses doigts. Son visage avait pris une expression étrangement lointaine. Il effleura les pans de l'étoffe pailletée, devant et sur les côtés, le long des hanches, s'attarda un instant aux genoux, puis s'écarta avec indifférence. Ramassant la cape tombée par terre, il la palpa, la secoua et la tendit en l'ouvrant poliment.

— Vous désirez sans doute la remettre.

Janet Emerald se laissa draper les épaules. Elle respirait d'une façon saccadée, et un drôle de sourire oblique jouait sur ses lèvres.

— Et vous, Miss Max ? demanda Alleyn.

— Je suis plus rebondie, répliqua joyeusement Susan Max. Il faudra appuyer fort.

Elle enleva son manteau, ronde et pathétique silhouette vêtue d'une jupe et d'un chemisier.

— Vous êtes très aimable, fit Alleyn gravement. Et aussi très sage.

Après l'avoir fouillée, il passa à Jacob qui se laissa faire sans protestations ni commentaires. Alleyn examina avec soin les papiers trouvés dans ses poches mais, apparemment, ne découvrit rien d'intéressant.

— C'est fini, annonça-t-il enfin. Je ne vous retiendrai pas davantage. Comment allez-vous rentrer, Miss Max ?

— J'habite à South Kensington... je suppose que j'ai raté le dernier bus.

— Fox, soyez gentil, dites à l'agent posté à l'entrée d'appeler un taxi. Je vous l'offre, Miss Max.

— Vous êtes très bon, répondit Susan Max. Vraiment.

— Bonsoir... Ruth. Bonne nuit, Miss Emerald. Monsieur Saint. L'inspecteur Fox va noter vos adresses.

— Ecoutez, déclara Saint subitement, je vous ai peut-être un peu rudoyé, inspecteur. Cette histoire m'a complètement retourné. Vous faites votre travail, et cela, je le respecte. J'aimerais vous voir demain.

— Je serai au Yard à onze heures, au cas où vous désirez faire une déposition, monsieur Saint.

— Déposition, mon œil !

— Comme il vous plaira. Bonsoir.

Des pas s'éloignèrent, puis ce fut le silence.

— Vous dormez, Bathgate ? demanda Alleyn.

— Presque, répondit Nigel. Laissez-moi sortir de ce trou une minute ou deux ; j'ai des fourmis partout.

— Sortez, sortez, très cher. Alors, que pensez-vous de la petite Janet et de l'oncle Jacob ?

— Pas grand-chose.

Nigel émergea de sa cachette et s'arrêta, clignant des yeux.

— Sapristi, ce qu'elle a pu raconter comme salades !

— En effet.

— Dites, croyez-vous...

— Très vaguement. Tout cela est tellement confus.

— Je me méfie énormément, déclara Nigel, des commentaires de ce genre.

— Retournez dans votre coin. Qui sera le suivant ?

— C'est à moi que vous le demandez ? Il fait un froid de canard sur cette scène.

— Que diriez-vous de déménager dans une loge ?

— Bonne idée... Laquelle ?

— Bailey les a toutes fouillées pendant que vous étiez bien au chaud dans votre coin. Je pense à celle d'Arthur Surbonadier.

— Espèce de vieux sagouin ! Auriez-vous l'intention de fouiller toutes les dames ?

— Pourquoi, vous ne trouvez pas ça plutôt bath ?

— Non.

— P't'être ben que vous avez raison. Tiens, voilà Bailey.

L'expert en empreintes digitales entra sur le plateau.

— J'ai visité toutes les loges, annonça-t-il d'une voix morne. Aucune trace des cartouches. J'ai relevé toutes leurs empreintes.

— Ah oui... comment cela ?

— Je les leur ai demandées.

Bailey eut un sourire sardonique.

— Vous n'étiez pas là, monsieur...

— Très bien.

Répugnant à demander les empreintes directement, Alleyn préférait les relever à l'insu de leurs propriétaires.

— Bon, reprit-il, nous avons encore du pain sur la planche.

— Ce serait bien de retrouver les cartouches, observa Bailey. L'inspecteur Fox est en train de fouiller les autres hommes en ce moment. Il voulait vous épargner cette peine.

— C'est aussi gentil qu'astucieux de sa part. Seulement, il ne les trouvera pas.

— Les fausses cartouches ? s'étonna Bailey.

— Les fausses cartouches. A moins que notre meurtrier ne soit particulièrement vindicatif.

— Pourquoi ? s'enquit Nigel d'un air soupçonneux. Un meurtrier n'est-il pas vindicatif par définition ?

— Je crains que vous ne m'ayez pas compris, répondit Alleyn avec douceur. A mon avis, ajouta-t-il en se tournant vers Bailey, les cartouches sont à leur place habituelle.

— Habituelle ! répéta Bailey. Vous m'épatez, monsieur. Y a-t-il une place habituelle ?

— Vous ne ferez jamais un bon assassin, Bailey. Avant de partir, allons jeter un coup d'œil sur le bureau. Il est là, dans les coulisses. Aidez-moi, voulez-vous ?

Nigel se tenait au centre de la scène. Il esquissa un pas vers les coulisses lorsqu'un cri rauque retentit au-dessus de sa tête :

— Attention !

L'instant d'après, l'inspecteur Alleyn bondit sur Nigel, le tirant en arrière. Perdant l'équilibre, celui-ci s'affala sur une chaise, et, au même moment, il entendit quelque chose tomber du plafond et s'écraser dans un vacarme assourdissant sur le plateau. Un nuage de poussière s'éleva au-dessus du sol.

Tremblant et hébété, Nigel se remit sur ses pieds. Debout devant un amas de verre brisé, Alleyn regardait en haut, vers les cintres.

— Descendez de là, cria-t-il.

— Bien, m'sieur. Tout de suite, m'sieur.

— Qui diable êtes-vous ? rugit Bailey tout à coup.

— Le chef accessoiriste, m'sieur. J'arrive.

Ils clopinèrent vers les coulisses où ils rencontrèrent l'inspecteur Fox, accouru précipitamment du vestiaire. Tous les regards se levèrent vers l'échelle métallique qui courait le long du mur et se perdait dans les hauteurs obscures. Un bruit de pas légers, et une silhouette noire se détacha au milieu des ombres. L'échelle vibrait imperceptiblement : quelqu'un était en train de descendre.

7.

Props

L'ombre descendit l'échelle avec une lenteur délibérée. Nigel, Alleyn et Bailey s'étaient reculés en silence. Encore tout secoué par la chute du lustre, Nigel regardait machinalement une paire de semelles de tennis usées se rapprocher, barreau par barreau. L'homme gardait le visage obstinément tourné vers le mur. Une fois en bas, il pivota lentement sur lui-même.

S'avançant, Bailey lui agrippa le bras.

— Espèce de..., commença-t-il.

— Ne me parlez pas sur ce ton, gronda l'homme.

— Un instant, Bailey, fit Alleyn.

Le brigadier se retourna d'un air indigné.

— C'est donc vous, le chef accessoiriste.

L'homme se mit au garde-à-vous, les talons joints et les mains sur les coutures de son pantalon. Il avait une figure pâle et émaciée, aux sourcils très rapprochés. Ses yeux regardaient fixement un point au-dessus de la tête de l'inspecteur.

— Oui, m'sieur, répliqua-t-il.

— Vous occupez ce poste depuis longtemps ?

— Depuis ma démobilisation.

— Vous avez servi dans la garde, n'est-ce pas ?

— Oui, m'sieur. Grenadier dans la compagnie du roi.

— C'est vous qui avez fabriqué les fausses cartouches pour le spectacle ?

— Oui, m'sieur.
— Où sont-elles ?
— Je les ai données à M. Simpson.
— Les fausses ? En êtes-vous sûr ?
— Oui, m'sieur.
— D'où cette certitude vous vient-elle ? Il aurait pu s'agir des vraies.
— Non, m'sieur.
L'homme déglutit.
— J'en avais fait tomber une, et la balle n'a pas tenu, monsieur.
— Et où sont-elles, à présent ?
— Aucune idée, m'sieur.
— Comment expliquez-vous la chute de ce lustre ?
Silence.
— A quoi était-il fixé, là-haut ?
— A une poulie.
— Et on le descendait au moyen d'un câble, c'est cela ?
— Oui, m'sieur.
— Le câble s'est-il cassé, ou vous l'avez déroulé ?
— Je ne saurais vous le dire, monsieur.
— Très bien. Brigadier Bailey, voulez-vous monter jeter un coup d'œil sur le câble ? Et vous, Props, grimpez jusqu'au pupitre d'éclairage pour nous donner un peu de lumière.
Props s'exécuta prestement. Une lumière crue inonda la scène tandis que Bailey, dont la mine défaite n'était pas sans évoquer la proverbiale porte de prison, escaladait l'échelle.
— Revenez, maintenant.
Props revint.
Alleyn s'était approché du bureau qui avait été mis à l'écart, près des coulisses. Nigel, Fox et le chef

accessoiriste le suivirent. Glissant la lame d'un canif sous le premier tiroir de gauche, l'inspecteur le tira vers lui.

— C'est là-dedans que Surbonadier a pris les cartouches, annonça-t-il. Naturellement, il est vide. Bailey ferait mieux de l'examiner, mais je suppose qu'il ne trouvera pas d'autres empreintes que celles des accessoiristes et de Surbonadier. Voyons...

Avec une infinie précaution, afin d'éviter de le toucher, Alleyn ouvrit le deuxième tiroir.

— Et voilà, fit-il d'un ton léger.

Tout le monde se pencha en avant. Il y avait six cartouches à l'intérieur.

— Diantre ! lâcha Fox. Ce sont bien elles.

D'un même mouvement, Nigel et lui se tournèrent vers le chef accessoiriste. Celui-ci avait repris sa ridicule posture et fixait, selon son habitude, un point au-dessus de leurs têtes. Alleyn, toujours penché sur le tiroir, lui ordonna calmement :

— Venez voir. Ne touchez à rien. S'agit-il des cartouches que vous avez fabriquées ?

Props tendit son long cou et inclina le buste avec raideur.

— Alors ?

— Oui, m'sieur.

— Regardez... voici celle qui s'était desserrée. Quelques grains de sable se sont répandus autour. C'est un sacré travail. Pourquoi ne vouliez-vous pas que je les trouve ?

Props fournit avec brio une nouvelle démonstration de silence.

— Vous m'ennuyez, déclara Alleyn. Vous vous comportez bizarrement, et plutôt à la façon d'une mule. Vous saviez que ces cartouches étaient dans le tiroir ;

et vous m'avez entendu dire que je les cherchais. Vous nous écoutiez, tapi là-haut dans le noir. Alors, vous avez allégrement fait tomber un lustre de plusieurs centaines de kilos, tout en prenant soin de nous en avertir, car vous ne teniez pas à commettre un second meurtre dans la soirée. Je suppose que vous espériez vous glisser jusqu'en bas dans la confusion générale et subtiliser discrètement les cartouches. C'était un calcul puéril. La conclusion que j'en tire est que vous avez vous-même fourré ces satanées cartouches là-dedans, et que vous avez grimpé en haut une fois que le meurtre a été découvert.

— C'est vrai, monsieur, confirma Props à la surprise générale. Cela en a l'air, mais jamais de la vie...

— Vous êtes, je le répète, une mule ; et je me demande si je ne vais pas vous arrêter pour une raison ou une autre.

— Parbleu, je n'ai rien fait, monsieur !

— Ravi de vous l'entendre dire. Pourquoi, alors, cherchez-vous à protéger le meurtrier ? Oh, et puis ne me répondez pas, si vous n'en avez pas envie. Moi, en tout cas, j'en ai assez de monologuer. Je vais être obligé de vous emmener au poste, Props.

Une sorte de tremblement parut s'emparer de l'homme. Ses yeux s'agrandirent, et ses bras remuèrent convulsivement. Nigel, qui ignorait les effets de ce genre de traumatismes, l'observait avec une curiosité involontaire. Alleyn le considéra avec attention.

— Eh bien ? fit-il.

— Je n'ai rien fait, déclara Props dans un souffle. Vous n'allez pas me toucher, je n'y suis pour rien. Je me trouvais dans le trou du souffleur, et même si j'ai vu un homme — ou peut-être une femme — rôder dans le noir...

Il s'interrompit.

— Vous feriez mieux de tout dire, conseilla Alleyn.

— Je ne veux mouiller personne. De toute façon, c'était une ordure. Quel que soit l'assassin, il n'a fait aucun mal, si vous voulez mon avis.

— Vous n'aimiez pas M. Surbonadier ?

— C'était...

Suivit un chapelet d'épithètes non équivoques, absolument impropres à la publication.

— Pourquoi donc ? demanda Alleyn. Vous avait-il jamais causé du tort personnellement ?

L'homme ouvrit la bouche, hésita, puis, sous l'œil horrifié et gêné de Nigel, se mit à pleurer.

— Fox, reprit Alleyn, allez avec M. Bathgate interroger le reste du personnel, un à un, dans une loge ou ailleurs, et voyez si vous en tirez du neuf. Vous savez ce que nous cherchons. A moins d'une surprise, laissez-les rentrer chez eux. Je vous appellerai quand j'aurai fini.

Avec gratitude, Nigel suivit Fox dans le couloir. Celui-ci l'introduisit dans la loge de Felix Gardener où, des siècles plus tôt, ils avaient écouté l'acteur discourir sur ses camarades.

— Je pense que nous tenons notre homme, monsieur, observa l'inspecteur Fox.

— Vous croyez ? Pauvre bougre !

— C'est tout à fait le genre : névrosé, d'une susceptibilité maladive...

— Pourtant, objecta Nigel, le régisseur avait confirmé son alibi.

— Oui, mais supposez qu'à la place des fausses cartouches, il lui ait donné des véritables Mackay ?

— Et que faites-vous du sable et de la douille desserrée ? Ils sont bien réels, eux.

— Il aurait pu les placer dans le tiroir plus tôt dans la soirée, bien avant l'extinction des lumières. Avouez, monsieur, que son attitude est tout de même étrange. Il se cache sous les combles au moment où nous rassemblons tout le monde ; puis quand l'inspecteur principal Alleyn annonce qu'il va jeter un coup d'œil sur le bureau, Maître Props fait tomber cette montagne de verre, espérant descendre au milieu de la confusion et récupérer subrepticement ses cartouches.

— Voyons, cet incident du lustre est tellement incongru ! protesta Nigel. Or notre meurtrier est loin d'être sot. D'ailleurs, pourquoi aurait-il caché les cartouches là-dedans pour ensuite tenter de détourner notre attention d'une manière si suspecte et maladroite ?

— Nous devrions vous engager dans nos services, monsieur, commenta Fox avec bonhomie. Mais je reste quand même convaincu que c'est lui. Le patron arrivera sûrement à en tirer quelque chose, soyez tranquille. A présent, monsieur, je vais aller chercher les autres membres du personnel.

Les témoignages du personnel de la Licorne s'avérèrent singulièrement dépourvus d'intérêt. Au moment de l'extinction des lumières, tout le monde se trouvait dans la salle des accessoires, s'apprêtant à s'offrir une partie de poker. Selon les termes de leur chef, un certain M. Bert Willings, « personne n'en savait'y rien ». Interrogé sur Props, M. Willings déclara :

— C'est un drôle de petit gars, du genre nerveux et qui reste toujours dans son coin.

— Il est marié ? demanda l'inspecteur Fox.

Non, Props n'était pas marié, mais il fréquentait

Trixie Beadle, la fille du vieux Bill Beadle, qui était l'habilleuse de Miss Vaughan. Le vieux Bill Beadle était l'habilleur de M. Gardener.

— Et qui habillait M. Surbonadier ?

Le vieux Bill, également. A ce stade, l'un des employés annonça sur un ton tragique :

— Y pouvait pas le voir.

— Qui ne pouvait pas voir qui ?

— Le vieux Bill, y détestait M. Surbonadier. Pourquoi ? Parce que M. Surbonadier, y tournait autour de Trixie.

— Euh..., fit M. Willings, mal à l'aise.

Fox dressa l'oreille.

— Et Props, comment réagissait-il devant les avances de... hmm, du défunt vis-à-vis de son amie ?

— Y pouvait pas le voir non plus.

— Ah oui ? répondit Fox.

Il y eut une brève pause. M. Willings contempla ses chaussures, se dandina d'un pied sur l'autre, sourit et ne trouva rien d'autre à dire. Lui et ses acolytes furent priés de laisser leurs noms et adresses avant de regagner leur domicile. Après leur départ, Fox faillit se frotter les mains.

— Et voilà ! jubila-t-il. Le défunt importunait sa petite amie. Ce type d'homme est capable d'adopter des solutions extrêmes. Avant d'aller plus loin, je pense que je vais en toucher deux mots au patron.

Mais dans les coulisses, il n'y avait trace ni de Props, ni d'Alleyn.

— Où est-il passé, je me le demande ? réfléchit tout haut l'inspecteur Fox.

— Je suis là, résonna la voix d'Alleyn.

Déconcertés, Nigel et Fox se dirigèrent vers l'entrée du souffleur.

Alleyn et Bailey étaient agenouillés dans la cabine du souffleur. Pendant que Bailey manipulait l'insufflateur, l'inspecteur principal semblait examiner le sol à travers une loupe. A côté de lui se trouvait la mallette que l'on lui avait rapportée du Yard. A l'intérieur, Nigel vit un assemblage d'objets soigneusement rangés, parmi lesquels il aperçut des loupes, un ruban, des ciseaux, du savon, une serviette, une torche électrique, des gants en caoutchouc, de la cire à cacheter, et une paire de menottes.

— A quoi jouez-vous ? s'enquit-il.

— Au détective, ne le voyez-vous pas ?

— Et que cherchez-vous ?

— Des grains de sable, des traces de chaussures. Fox, vieux frère, ma petite brosse n'est pas dans la mallette. Dans la loge de Miss Vaughan, sur la table de toilette, vous trouverez une patte du lièvre de ma grand-mère. Allez me la chercher et soyez de retour avant que Leviathan n'ait le temps de parcourir une lieue.

L'inspecteur Fox leva les yeux au ciel et revint quelques instants plus tard avec une patte de lièvre dégarnie.

— Merci. Ça a marché avec le personnel ?

— Et comment ! répliqua Fox. Surbonadier courtisait la petite amie de notre accessoiriste. Elle est l'habilleuse de Miss Vaughan, et son père, l'habilleur de M. Gardener.

— Ah, ça...

— Cela veut dire quoi : « Ah ça » ? demanda Fox.

— Je le savais déjà.

— Par qui ?

— C'est Props qui me l'a dit. Prenez tous les autres, excepté Miss Vaughan et M. Gardener. Voyez-les individuellement. Tâchez de découvrir où ils étaient durant l'obscurcissement de la scène.

— Bien, monsieur, répondit Fox sur un ton formel.

— Ne soyez pas fâché contre moi, mon Foxkin. Vous vous en tirez très bien... excellemment bien, sur ma foi.

— Est-ce du Shakespeare ?

— Et alors ? Allez, disparaissez.

— Puis-je rester ? demanda Nigel, tandis que Fox s'éloignait.

— Mais certainement !

Alleyn prit un chiffon et une fiole dans la mallette et nettoya avec soin la patte de lièvre. Après quoi, il s'en servit comme d'un balai miniature, ramassant ce qui semblait être de la poussière dans un petit flacon.

— Qu'avez-vous trouvé, Bailey ? interrogea-t-il.

— Les marques des tennis de Props et des chaussures de Simpson. Personne d'autre n'était descendu dans le trou du souffleur.

« Bon, j'ai suffisamment de sable pour le comparer d'une façon concluante avec celui des cartouches, et à mon avis, c'est le même. Seigneur, il se fait tard ! »

— Du sable, pour quoi faire ? questionna Nigel.

— Réfléchissez, mon cher, réfléchissez.

— Oh, je vois. S'il s'agit du sable des fausses cartouches, cela signifie que Props les avait bien remises à Simpson et que la substitution a eu lieu dans le noir.

— Cessez de rire, déclara Alleyn, s'adressant à un public imaginaire. Cet enfant a raison. A présent, Bailey, voyez ce que vous pourriez tirer comme empreintes du bureau et du revolver. Ciel, quel embrouillamini ! Jetons un œil sur les cartouches dans le revolver.

Tenu délicatement par l'extrême bout du canon, le

revolver fut déposé sur la table. Bailey releva les empreintes à l'aide de l'insufflateur, et, les confrontant à celles dont il disposait déjà, obtint la preuve indiscutable que Gardener, Surbonadier et l'habilleur l'avaient manié. Ils l'ouvrirent, et Bailey reporta son attention sur les douilles. Le revolver était un Smith et Wesson, avec des cartouches standard. Nulle part, pas même sur la douille vide, il n'y avait d'autres empreintes que celles de Surbonadier.

— Zut ! fit Bailey.

— Il fallait s'y attendre, observa Alleyn avec philosophie. Tiens... qu'est-ce que c'est ?

Saisissant l'une des cartouches, il l'approcha de la lampe. Nigel le suivit avec espoir. Alleyn examina la cartouche à travers sa loupe, puis soumit au même examen les cinq qui restaient.

— Alors ? demanda Nigel.

Alleyn lui tendit la loupe pour qu'à son tour il pût regarder les cartouches, et attendit.

— Il y a une sorte de poussière blanchâtre, hasarda Nigel, à peine visible, sauf sur celle-ci où la couche est plus épaisse. On dirait presque de la poudre de riz.

— Sentez-la.

— Je ne sens que l'odeur du plomb.

— Éteignez votre cigarette, mouchez-vous le nez, et essayez encore une fois.

— Il y a autre chose. Cela me rappelle... mais quoi, au juste ?

— Cela ressemble à une personne, et cela en sent une autre.

— Pour l'amour du ciel, que racontez-vous là ?

— Cela ressemble à du fard et cela sent Jacob Saint.

8.

Felix Gardener

— Quelle heure est-il ? demanda Alleyn en bâillant.

— Presque deux heures. Dieu, quelle nuit !

— Déjà ? J'ai horreur de veiller si tard.

— Deux heures, ce n'est pas tard.

— Pour un journaliste, peut-être. Tiens, voici les seconds rôles.

Un bruit de pas et de voix dans le couloir annonça l'approche d'une petite procession : Miss Dulcie Deamer suivie de M. Howard Melville et de M. J. Barclay Crammer. L'inspecteur Fox fermait la marche. Miss Dulcie Deamer portait un maquillage de jour ; autrement dit, elle s'était tamponné les joues avec une houppette de poudre et s'était dessiné des lèvres quelque part sous le nez. Elle s'efforçait de demeurer *jeune fille* en toute circonstance. J. Barclay Crammer arborait encore des traces de fard gras autour des sourcils, et une ombre grise plutôt pathétique sur le menton. Son visage à l'expression profondément dégoûtée disparaissait dans un cache-nez écossais qu'il avait rejeté par-dessus son épaule. M. Melville semblait pâle et anxieux.

— Dulcie, comment comptez-vous rentrer ? s'enquit-il d'un ton maussade.

— Mais en taxi, mon Dieu, répondit-elle impatiemment.

— J'habite Hampstead, proclama M. Crammer.

— Nous sommes tous désolés de ce contretemps, assura Alleyn, et, naturellement, nous veillerons à ce que vous puissiez regagner vos domiciles. L'agent qui est à l'entrée va s'en occuper. Fox, accompagnez-les, voulez-vous ? Bonne nuit.

— *Bonne* nuit, tout le monde, *bonne* nuit, mima M. Crammer avec amertume.

Miss Deamer risqua un coup d'œil timide et confiant en direction d'Alleyn, qui s'inclina avec formalité. M. Melville dit :

— Oh... ah... bonne nuit.

Alleyn le regarda et parut avoir une idée.

— Un instant, monsieur Melville, fit-il.

M. Melville verdit aussitôt.

— Je ne vous retiendrai pas longtemps, poursuivit l'inspecteur, mais il vaut mieux laisser partir les autres. Attendez-moi au vestiaire, je vous prie.

La mine piteuse, M. Melville se tourna vers ses compagnons qui le dévisageaient avec inquiétude, puis il reprit le chemin du vestiaire. Les autres se dirigèrent vers la sortie.

— Fox, demanda Alleyn, les avez-vous tous fouillés ?

— Les hommes, oui, minutieusement. Quant à la demoiselle, je l'ai... effleurée. Elle ne porte pas grand-chose sur elle.

— Suffisamment, tout de même, pour pouvoir dissimuler un gant ?

— Oh, un gant... c'est différent.

— Justement, et quand je pense que j'en ai laissé partir deux sans les avoir fouillées entièrement, l'âne que je suis ! Pourtant, la vieille Miss Max est réellement hors de cause, et il n'y avait rien d'autre sous les paillettes que la Emerald. Elle ne porte pas de corset.

— Dulcie non plus, observa l'inspecteur Fox sombrement.

— Fox, nous nous égarons. Si vous avez des doutes, persuadez-la de se rendre au poste pour y subir une fouille. Sinon, renvoyez-les chez eux en taxi et réglez la course à leur place.

— Bien, monsieur.

— Où est M. Gardener ?

— Il vous attend dans la loge du défunt.

— Merci. Vous venez, Bathgate, ou bien languissez-vous après votre lit ?

— Je viens, répondit Nigel.

Felix Gardener se tenait sur le pas de la porte, les mains dans les poches. A leur vue, il tressaillit puis rit comme pour se moquer de lui-même.

— Est-ce une arrestation ? questionna-t-il d'une voix saccadée.

— Non, à moins que vous ne me surpreniez par un aveu, répliqua Alleyn d'un ton enjoué. Allons nous asseoir.

— Un aveu... Seigneur, n'est-ce pas assez clair comme cela ? J'ai tiré sur lui. Peu importe celui qui a manigancé cette déplorable affaire ; c'est moi qui l'ai tué. Cela, je ne l'oublierai jamais.

— Si vous êtes innocent, monsieur Gardener, vous l'êtes entièrement. Vous n'êtes pas plus coupable que M. Simpson, qui a placé les fausses cartouches — ou peut-être les vraies — dans le tiroir du bureau.

Nigel lui jeta un regard étonné.

— Vous n'êtes qu'un instrument, tout comme le revolver... comme Surbonadier lui-même, puisqu'il l'a chargé.

— Je ne cesse de me le répéter, mais cela n'y change pas grand-chose. Nigel, si tu avais vu son expression... comme s'il savait ; comme si, en cette fraction de seconde, il avait compris ce qui venait de se produire et qu'il m'en croyait responsable. Il a eu l'air si surpris... Moi-même, je n'ai pas réagi tout de suite. Tu ne peux pas imaginer le choc que j'ai éprouvé quand le coup est parti. J'ai bêtement continué à réciter mon texte. Ce revolver était à Bill, tu sais. Il disait qu'il ne s'en était jamais servi. Heureusement qu'il n'est plus là pour voir ce qui se passe. Il s'est affaissé comme il l'a toujours fait. Il a bien joué, tu ne trouves pas ? Et j'ai dit que je n'aimais pas Arthur... ce soir, n'est-ce pas ? Oh, mon Dieu !

— Cela ne vous mènera nulle part, monsieur Gardener, observa Alleyn calmement. Selon le plus juste de nos éternels adages, le temps guérit tous les maux. En tant que policier, j'aurais aimé ajouter : « Le temps résout toutes les énigmes », mais, malheureusement, ce n'est pas toujours le cas. En tant que policier, je me vois dans l'obligation de vous poser quelques questions.

— Autrement dit, vous cherchez à savoir si je l'ai fait exprès ?

— Je cherche plutôt à prouver l'inverse. Où étiez-vous au début de la scène un du dernier acte ?

— La scène un du dernier acte ? Celle où Arthur a chargé le revolver ?

— Celle-là même. Où étiez-vous ?

— J'étais... où cela ?... Dans ma loge.

— Quand en êtes-vous sorti ?

Le visage enfoui dans les mains, Gardener leva sur lui un regard désemparé.

— Je ne sais plus. Après que j'ai été appelé, je suppose. Laissez-moi réfléchir... je n'arrive plus à rassembler deux idées cohérentes. On m'a appelé, et je suis sorti dans le couloir.

— A quel moment ?

— Au tout début, je pense.

— Avant ou après l'obscurcissement de la scène ?

— Je ne m'en souviens pas. Vraiment, je n'ai pas le moindre souvenir de ce qui s'est passé juste avant...

— Un détail insignifiant pourrait vous le remettre en mémoire. Quand vous êtes parvenu au bout du couloir, par exemple, faisait-il noir sur le plateau ?

— Quelqu'un m'a marché sur le pied, annonça Gardener subitement.

— Quelqu'un vous a marché sur le pied... dans l'obscurité ?

— Oui. Un homme.

— Où cela ?

— Dans les coulisses. Je ne me rappelle plus le lieu exact... on n'y voyait rien.

— A votre avis, qui cela pouvait-il être ?

Gardener jeta à Nigel un regard empli d'appréhension.

— Ma réponse risque-t-elle d'impliquer quelqu'un ?

— Pour l'amour du ciel, fit Nigel, dis la vérité.

Pendant quelques instants, Gardener garda le silence.

— Je ne sais pas, rétorqua-t-il finalement. Mon impression a été trop fugitive pour revêtir une importance quelconque ; or vous lui attacheriez beaucoup trop de valeur. Vous ne pourriez pas vous empêcher d'être influencé, je le vois d'ici. N'ai-je pas commis suffisamment de mal en une seule soirée ? interrogea-t-il violemment.

Alleyn sourit.

— Je ne suis pas très influençable, vous savez, et je promets de ne pas y accorder une valeur démesurée.

— Non, s'obstina Gardener, moi-même, je ne suis sûr de rien. Plus j'y songe, et moins je suis convaincu.

— Était-ce lié à votre sens de l'odorat ?

— Mon Dieu ! chuchota Gardener.

— Merci, dit Alleyn.

Nigel et Gardener ouvrirent de grands yeux, puis ce dernier éclata d'un rire hystérique.

— Astuce de détective. La réplique suivante devrait être : « Cet homme est diabolique ! »

— Calmez-vous, lui ordonna Alleyn. J'ai eu mon content de scènes, monsieur Gardener.

— Je suis désolé.

— Je l'espère bien. A propos du revolver... il appartenait à votre frère, n'est-ce pas ? Depuis combien de temps se trouve-t-il en votre possession ?

— Depuis la mort de Bill.

— Vous a-t-il laissé des munitions ?

— J'ai donné les cartouches à Props pour qu'il les trafique.

— Vous en reste-t-il d'autres à la maison ?

— Non, pas que je sache. Je n'ai trouvé que les six en question. Oh, je leur ai tout fourni.

— Qu'avez-vous fait après cette rencontre inopinée dans les coulisses ?

— J'ai juré et me suis massé le pied. J'avais encore mal quand la lumière s'est rallumée.

— Vous êtes-vous approché du bureau qui se trouvait sur le plateau, près des coulisses ?

— Aucune idée. Oui, probablement. Vous voulez dire, le bureau dans lequel... étaient les cartouches ? Oui, je ne devais pas être loin.

— Revenons à l'incident qui s'est produit dans la

loge de Miss Vaughan. A quoi attribuez-vous cette déplaisante sortie de Surbonadier ?

— Il était ivre.

— Rien d'autre ?

— Il ne m'aimait pas, je vous l'ai déjà dit.

— En effet, concéda Alleyn. Mais j'ai cru déceler d'autres raisons à son antipathie qu'une simple jalousie professionnelle.

— Oui, vous avez saisi le tableau.

— Miss Vaughan ?

— Je vous en prie, laissons Stephanie en dehors de cela.

— Je regrette, elle est dedans et représente l'une des pièces du puzzle. Les bons sentiments ne sont pas pris en compte dans une affaire de meurtre. Si je comprends bien, vous êtes fiancé à Miss Vaughan, et Surbonadier, lui, était un prétendant malheureux.

— Nous ne sommes pas officiellement fiancés, non. Sans nul doute, j'ai supprimé toutes mes chances en même temps que mon seul rival sérieux. Nous devions annoncer nos fiançailles au cours du dîner.

— Je vois. Monsieur Gardener, avez-vous une paire de gants quelque part dans votre loge ?

— Oui, répondit Gardener, blanc comme un linge.

— Où sont-ils ?

— Je ne sais pas. Probablement, dans la poche de mon pardessus. Je n'en porte pas pendant le spectacle.

Alleyn fouilla les poches du manteau accroché derrière le drap et trouva une paire de gants en cuir blanc qu'il examina avec le plus grand soin. Après les avoir reniflés, il les approcha de la lumière, regarda les doigts un à un, et, finalement, les jeta à Gardener.

— Des gants parfaitement innocents, déclara-t-il. Merci, monsieur Gardener, j'apprécie votre franchise.

Si vous le permettez, je vais vous fouiller comme je l'ai fait avec tout le monde.

Nigel assista à l'opération avec une vive inquiétude. Il ignorait ce qu'Alleyn espérait découvrir, si toutefois il cherchait quelque chose. En tout cas, il ne trouva rien.

— Ce sera tout, monsieur Gardener, conclut-il. Je ne vous retiendrai pas davantage.

— Si c'est possible, fit Gardener, je vais attendre Stephanie. Elle a voulu que je vous voie en premier.

— Bien sûr. Allez donc l'attendre sur le plateau.

— Veux-tu que je t'accompagne ? s'enquit Nigel d'une voix mal assurée.

— Non. Merci, mon vieux. Si cela ne t'ennuie pas, je préfère être seul.

Il sortit.

— Alors ? demanda Nigel anxieusement.

— Alors, Bathgate, nous n'avançons pas très vite. Au fait, que sont devenues vos notes ?

— Je... je n'ai pas pu noter l'interrogatoire de Felix.

— Je ne suis pas vraiment un robot, répondit Alleyn gentiment. Vous avez tout pris, Fox ? ajouta-t-il, élevant la voix.

— Aucun problème, annonça l'inspecteur Fox de la pièce voisine.

L'instant d'après, il les rejoignit.

— Il a pris des notes à côté, expliqua Alleyn. Je ne peux vraiment pas me fier à mon exécrable mémoire.

— Ciel !

— Vous voulez rentrer ? demanda Alleyn.

— Non, à moins que vous n'ayez envie de vous débarrasser de moi, répliqua Nigel.

— Alors, restez. Fox, avez-vous vu les habilleurs, M. et Miss Beadle ?

— Oui. La jeune personne s'est lamentée, disant qu'elle n'a jamais fait de mal à personne, que M. Surbonadier ne cessait de l'embêter, et que Props était son petit ami. Le vieux Beadle a en gros répété la même chose. Il avait mis sa fille en garde contre M. Surbonadier. Au moment de l'extinction des lumières, ils se trouvaient tous les deux au vestiaire, seuls. Ils se sont croisés dans le couloir et s'y sont rendus ensemble. Elle est plutôt du genre tête de linotte. Apparemment, le défunt était un infâme individu, ajouta l'inspecteur Fox avec une grimace. Peut-être voudrez-vous interroger la jeune fille vous-même, un de ces jours. Son père est un brave type, et il a l'air de l'aimer beaucoup.

— D'accord, je m'en souviendrai. A présent, il faut que je voie Miss Vaughan. J'aurais dû le faire plus tôt et la laisser rentrer chez elle.

— Elle voulait que les autres passent avant, déclara Fox. J'ai... porté ses habits au vestiaire, et elle a dit qu'elle allait se changer. Elle n'est pas tout à fait prête.

Il fut évident, d'après les manières de l'inspecteur Fox, qu'il plaçait Miss Vaughan bien au-dessus du reste de la troupe. Alleyn esquissa un sourire.

— Qu'y a-t-il de drôle ? s'enquit Fox d'un air soupçonneux.

— Rien, et rien de vexant non plus. Où en est le travail de routine ?

— Avec l'aide de M. Melville, Bailey a reconstitué le décor de la scène pendant laquelle le revolver a été chargé. En revanche, les gants ont disparu.

— Allons y jeter un coup d'œil pendant qu'elle se change.

Ils retournèrent sur le plateau. Felix Gardener, qui était en train d'arpenter le couloir, leur prêta à peine attention. Nigel lui adressa quelques mots, mais Gardener lui répondit au hasard, le traitant comme s'il était un étranger.

— Tout finira par s'arranger, Felix, hasarda Nigel désespérément.

— Qu'est-ce qui finira par s'arranger ?

— Alleyn découvrira le coupable. De nos jours, on ne condamne jamais un innocent.

— Si tu crois que c'est ça qui m'inquiète ! lança Gardener, reprenant ses allées et venues.

Nigel le laissa à ses méditations.

Sur le plateau, Alleyn examinait d'un œil critique la reconstitution de l'avant-dernière scène. Tout y était : le bureau, le fauteuil de Miss Max et même la fenêtre près de laquelle Janet Emerald s'était entretenue avec Arthur Surbonadier.

— Nous avons disposé toutes les chaises, et le reste, annonça Bailey qui était en bras de chemise.

Les deux agents qui l'assistaient contemplaient le décor d'un air recueilli. Melville était parti.

— Il manque quelque chose, observa Alleyn.

— D'après M. Melville, non, répliqua Bailey.

— Si, si... une tache de couleur. Voyons...

Il se tourna vers Nigel.

— Il y avait une tache de couleur sur la scène. Quelque chose de rouge.

— Je sais, déclara Nigel brusquement. Le sac où Miss Max range son tricot. Il était accroché au bras du fauteuil.

— Bravo ! s'exclama Alleyn. Essayons de le retrouver.

Ils se mirent à scruter tous les recoins tandis que l'un des agents s'éclipsait en direction de la salle des accessoires.

— Zut, où a-t-il bien pu passer ? marmonnait Alleyn.

Il est resté accroché au fauteuil jusqu'à la fin de la scène, puis elle a mis son tricot dedans et elle l'a laissé là.

Il disparut dans les coulisses, tout en continuant à murmurer dans sa barbe.

— Est-ce si important ? demanda Nigel avec lassitude.

— Comment ?

— Est-ce si important ?

— Non. Je veux simplement rendre la scène plus jolie.

Nigel garda le silence.

— Est-ce celui-ci, monsieur ? s'enquit l'agent.

Il venait de reparaître, un grand sac rouge à la main.

— Oui, acquiesça Alleyn, s'en emparant.

Il en tira une longue écharpe de couleur criarde, puis plongea la main tout au fond. Subitement, son visage perdit toute expression, et ceux qui le connaissaient bien dressèrent l'oreille.

— Quelqu'un dans l'assistance aurait-il égaré un article de son habillement ? questionna l'inspecteur principal.

Il gratifia Nigel d'une grimace et regarda autour de lui, la mine provocante. Puis, d'un geste si vif qu'ils sursautèrent tous, il brandit une paire de gants en suède gris au-dessus de sa tête.

— Eurêka ! lança Alleyn.

9.

L'épaule de Stephanie Vaughan

— Ecoutez, commença Nigel avec indignation. La vieille Miss Max... je veux dire, c'est un peu gros. C'est une charmante vieille dame.

Alleyn rit, ce qui lui arrivait rarement.

— D'accord, d'accord, répliqua-t-il. Ne prenez pas cet air féroce. Ce n'est pas moi qui les ai cachés là-dedans.

— Alors, quelqu'un d'autre s'en est chargé.

— Possible. Durant l'obscurcissement de la scène. C'est une drôle d'affaire, vous savez. Et quelle ingéniosité ! C'en est écœurant. Tout est propre et net. Pas une seule note discordante. Je vais vous dire une chose que je ne cesse de me répéter depuis le début. Nous avons affaire à un acteur de premier ordre.

— Oui, acquiesça Nigel pensivement. Un vrai professionnel.

— Comme vous dites. Une production du West End, de surcroît.

— Il n'y a rien sur le pouce de la main droite ? interrogea Fox abruptement.

Alleyn saisit le gant par l'un des doigts.

— Oh, monsieur Fox, déclara-t-il, vous êtes irremplaçable. Excellente qualité, m'dame, ou plutôt, m'sieur. Oui, de toute évidence « m'sieur ». Tenez, reniflez-le, ajouta-t-il en le lui tendant.

— J'y suis, décréta Fox. Ça sent le cigare et aussi ce parfum... diable, où l'ai-je déjà senti ?

— Sur M. Jacob Saint.

— Nom d'une pipe, c'est bien cela, monsieur.

— C'est un très bon parfum, quelque chose de peu courant. Mais quelle négligence de la part de M. Saint de perdre ses gants, quelle surprenante négligence !

— Quand a-t-il pu les perdre ? réfléchit Fox. Il n'en portait pas en arrivant. Je le sais parce qu'il m'a écarté de son passage, et sa bague m'a éraflé la main.

— Ah oui, sa grosse chevalière, murmura Alleyn. Elle laisse certainement des marques. Regardez.

Il prit le gant de la main gauche. Il y avait un renflement considérable à la base du petit doigt.

— Il est passé dans les coulisses en début de soirée, vous savez. Avant le lever du rideau. Ensuite, il s'est rendu dans la salle.

— N'aurait-il pas pu revenir ici par la suite ? demanda Nigel.

— Cela reste à éclaircir. Bon sang, Fox, qu'est devenu le vieux monsieur ?

— Lequel ?

— Le portier qui garde l'entrée des artistes.

— Je ne l'ai jamais vu. Il a dû rentrer chez lui à la fin du spectacle.

— C'est lui qui nous a accueillis à notre arrivée. Très mauvais. Il faudra retracer ses mouvements. Bon, occupons-nous de Miss Vaughan. Je la verrai seul, si cela ne vous ennuie pas, Fox. Il ne reste plus grand-chose à faire par ici, à mon avis. Avez-vous examiné le pouce de près ?

— Oui, répondit Fox prudemment. Il y a comme une tache blanchâtre dessus.

— Rien d'étonnant. Peut-être devrons-nous l'analyser afin de la comparer avec les cartouches.

— A quoi pensez-vous ?

— C'est du fard, Fox, du fard. Pendant que je m'entretiens avec Miss Vaughan, essayez de localiser son origine, vous deux. Prélevez les échantillons de tout ce qui s'en rapproche, et notez la loge dont ils proviennent. A présent, voulez-vous prier Miss Vaughan d'avoir l'amabilité de me rejoindre ?

Fox et Bailey sortirent. L'agent qui était posté à l'entrée du vestiaire revint, mais, après un coup d'œil sur Alleyn, se retira par une porte latérale. Alleyn le rattrapa, échangea avec lui quelques mots indistincts et retourna vers Nigel.

— Voyez-vous quelque objection à noter cet entretien pour moi ? demanda-t-il.

— Non, répondit Nigel. Et même si j'en avais une, la curiosité l'aurait emporté. Je vais regagner ma cachette.

— Merci. La voilà.

Nigel se faufila dans les coulisses et découvrit qu'en déplaçant son siège, il pouvait laisser la porte à demi ouverte et jouir ainsi d'une vue plus large sur la scène, tout en demeurant invisible. Ce fut ainsi qu'il vit arriver Stephanie Vaughan. Elle avait changé de tenue et portait une cape de fourrure noire. Sans le maquillage de scène, elle paraissait plutôt pâle et fatiguée. Il ne restait, dans son attitude, nulle trace de bouffonnerie. Elle était grave, réservée et légèrement distante. « Mon Dieu, c'est une autre femme », songea Nigel.

— Vous m'avez demandé de venir, fit-elle doucement.

— Pardonnez-moi si mon message vous a semblé impératif, répliqua Alleyn.

— Pourquoi ? C'est vous, le maître à bord.

— Voulez-vous vous asseoir ?

Elle se laissa tomber dans un fauteuil. Il y eut un bref silence.

— Que désirez-vous savoir ? questionna-t-elle enfin.

— Plusieurs choses. Tout d'abord, où étiez-vous au moment de l'extinction des lumières, au début du dernier acte ?

— Dans ma loge, en train de m'habiller. Puis je suis allée voir Felix.

— Y avait-il quelqu'un avec vous ? Dans votre propre loge, j'entends ?

— Oui, mon habilleuse.

— Pendant tout le temps ?

— Aucune idée. De ma loge, je n'ai pas pu voir les lumières de la scène se rallumer.

— Je pensais que vous auriez pu entendre le dialogue.

— Peut-être. Je n'écoutais pas.

— M. Gardener se trouvait-il encore dans sa loge lorsque vous l'avez quittée ?

— Non. Il est sorti avant moi car il entre en scène d'abord.

— Et vous, quand êtes-vous arrivée sur le plateau ?

— A la fin de la première scène.

— Je vous remercie. Que s'est-il passé après que Bathgate et moi sommes partis de votre loge ?

Visiblement, cette question la prit au dépourvu. Nigel l'entendit reprendre sa respiration. Cependant, elle répondit d'une voix tout à fait posée :

— Après votre départ, il y a eu une scène.

— Elle s'amorçait déjà en notre présence. Qu'est-il arrivé ?

Elle s'abandonna avec lassitude contre le dossier de son fauteuil. Sa cape glissa ; elle grimaça comme si elle souffrait et se redressa, tirant le col de fourrure sur ses épaules.

— Vous avez mal à l'épaule ? demanda Alleyn. Je vous ai vue y porter la main.

— C'est Arthur qui m'a frappée.

— Quoi !

— Eh oui.

— Laissez-moi voir.

Elle laissa tomber sa cape, et, écartant l'étoffe de sa robe, découvrit son épaule sur laquelle Nigel aperçut une meurtrissure. Alleyn se pencha sur elle sans la toucher.

— Et Gardener, qu'a-t-il fait ?

— Il n'était pas là. Mais je commence au milieu, je suppose. Après votre départ, j'ai forcé Felix à me laisser. Il ne le voulait pas, naturellement, mais il fallait que j'affronte Arthur seule, alors j'ai insisté. Il est parti à contrecœur.

— Et après ?

— Après, il y a eu une scène... une scène chuchotée. Ce n'était pas la première fois : je m'y étais habituée. Il était fou de jalousie et m'a menacée des pires représailles. Puis il s'est adouci et a fondu en larmes. Je ne l'avais jamais vu dans un état pareil.

— Quel genre de menaces a-t-il proféré ?

— Il m'a dit, répondit Miss Vaughan aimablement, qu'il traînerait mon nom dans la boue. Qu'il empêcherait Felix de m'épouser. Vraiment, je n'aurais pas été surprise si Felix avait été tué. Arthur était déchaîné. A mon avis, c'est lui qui a tout organisé.

— Ah oui ? Possédait-il assez de courage pour lancer un défi semblable ?

— Je pense que oui. Il espérait que Felix serait condamné.

— Où était-il, demanda Alleyn, quand il vous a frappée ?

— Que voulez-vous dire ? J'étais assise là où vous m'avez laissée, sur le tabouret de ma loge. Lui était debout, à peu près à la même distance que vous.

— Il vous a donc frappée de la main gauche ?

— Non. Je ne sais plus. Je crains de ne pas m'en souvenir. Peut-être, si vous l'imitiez — mais doucement, je vous prie — parviendrais-je à me le remémorer.

Alleyn leva le bras droit, et Nigel vit sa main s'avancer vers le cou de Miss Vaughan, sur le côté gauche.

— Il vous aurait atteinte au visage, déclara-t-il. Il vous a certainement frappée de la main gauche, mais tout de même, c'est un drôle de coup.

— Il était ivre.

— C'est ce que tout le monde me répète. N'aurait-il pas pu se tenir derrière vous ? Ainsi...

Alleyn se posta derrière elle et posa la main droite sur son épaule droite. En un éclair, Nigel revit la scène dans la loge : Gardener debout, dans la même position qu'Alleyn, riant de sa remarque sur Agatha Christie.

— Ma main se trouve juste à la hauteur de l'ecchymose, observa l'inspecteur. Je vous fais mal ?

— Non.

— Laissez-moi vous remettre votre cape. Vous êtes glacée.

— Merci.

— Pensez-vous que cela ait pu se produire de cette façon ?

— Peut-être. Il faisait les cent pas dans la pièce. Vraiment, je ne m'en souviens pas.

— Vous avez dû être terrifiée.

— Non. Ce n'est pas un homme terrifiant, mais j'étais contente que Felix fût parti. Quand enfin j'ai réussi à me débarrasser d'Arthur, j'ai rejoint Felix dans sa loge.

— Est-ce la porte d'à côté ?

— Oui. Je n'ai pas soufflé mot à propos de mon épaule. Beadle était là, mais il a quitté la pièce aussitôt que je suis entrée. J'ai alors dit à Felix que tout était fichu.

— Qu'a-t-il répondu à cela ?

— Qu'Arthur était une brute immonde, mais que, d'une certaine façon, il était à plaindre. Il m'a priée de le laisser parler à Surbonadier afin de le remettre à sa place, et m'a conseillé de ne pas me faire de souci.

— Une réaction fort mesurée, en somme ?

— Oui. Il n'accorde pas grande importance à ce genre de choses, et, du reste, nous tenions à éviter d'autres scènes. Nous avons échangé quelques mots à peine, après quoi Felix est sorti pour se rendre sur scène. La lumière ne s'était pas encore rallumée, je me rappelle. Auriez-vous une cigarette, monsieur Alleyn ?

— Excusez-moi, je n'y ai pas pensé.

Elle prit une cigarette dans son paquet, et il la lui alluma. Les doigts de Miss Vaughan effleurèrent le dos de sa main. Ils se dévisagèrent quelques instants, puis elle s'enfonça dans son fauteuil. Ils fumèrent en silence : Alleyn très posément, Miss Vaughan pas si posément que cela.

— Dites-moi, finit-elle par demander avec force, soupçonnez-vous quelqu'un de précis ?

— Je ne puis répondre à votre question.

— Pourquoi ?

— Tout le monde est suspect. Tout le monde ment et joue la comédie.

— Même moi ? Ai-je menti ou joué la comédie ?

— Comment le saurais-je ? rétorqua Alleyn d'un air sombre.

— Je vous déplais donc à ce point, inspecteur Alleyn ?

— Vous croyez ? répliqua-t-il promptement.

Puis il ajouta après une pause :

— Vous arrive-t-il de faire des puzzles ?

— Quelquefois, oui.

— N'éprouvez-vous pas une haine farouche à l'endroit de la pièce que vous ne parvenez pas à placer ?

— Si.

— C'est le seul sentiment personnel qu'un policier puisse se permettre de concevoir. Je l'éprouve pour les pièces qui refusent de s'intégrer au reste du tableau. Quant à celles qui s'emboîtent sans problème, je me prends à ressentir pour elles une sorte d'affection.

— Et moi, je ne rentre pas dans le tableau ?

— Oh si, au contraire... j'ai réussi à vous caser, juste à la bonne place.

— J'ai terminé ma cigarette. Avez-vous encore des questions à me poser ? Non, merci, je n'en veux pas d'autre.

— Une toute dernière chose. Puis-je avoir votre main ?

Elle lui tendit les deux mains. Avec ahurissement, Nigel vit Alleyn les prendre dans les siennes et les porter à son visage. Les yeux clos, il les retourna dans ses paumes ; ses lèvres les frôlaient presque. Elle ne fit aucune tentative pour se dégager. Un peu de couleur revint à ses joues, et Nigel crut voir ses mains trembler légèrement.

— Chanel n° 5, fit Alleyn, les laissant retomber. Merci infiniment, Miss Vaughan.

Elle s'empressa d'enfouir ses mains sous la fourrure de sa cape.

— Je croyais que vous alliez les embrasser, observa-t-elle complaisamment.

— Il se trouve que je connais ma place, répliqua Alleyn. Bonne nuit. M. Gardener doit vous attendre.

— Bonne nuit. Avez-vous besoin de mon adresse ?

— Oui, s'il vous plaît.

— Nun's House, appartement dix, Shepheard's Market. Désirez-vous la noter ?

— Ce n'est pas indispensable. Bonsoir.

Elle le regarda un instant, avant de se diriger vers le couloir des artistes. Nigel l'entendit appeler :

— Vous êtes là, Felix ?

Puis le bruit de ses pas mourut à distance.

— Avez-vous noté son adresse, Bathgate ? s'enquit Alleyn anxieusement.

— Espèce de vieille fripouille, répondit Nigel.

— Pourquoi cela ?

— Eh bien, je croyais que vous ne l'aimiez pas.

— Elle aussi.

— A présent, je n'en suis plus aussi sûr.

— Elle non plus.

— Seriez-vous un mufle, monsieur Alleyn ?

— Oui, monsieur Bathgate.

— A quoi vouliez-vous en venir avec cette histoire d'ecchymose ?

— Ne l'avez-vous pas deviné ? Ne le voyez-vous pas ?

— Non, je ne vois pas. A moins que vous ne cherchiez un prétexte pour batifoler avec la dame.

— Pensez-le, si cela vous arrange, fit Alleyn.

— Que vous êtes bête, rétorqua Nigel, condescendant. Bon, il est temps que je rentre.

— Moi aussi. Merci de cette excellente soirée.

— Je vous en prie. Je suis ravi que vous ayez pu venir. Moi, il me reste du travail à faire avant d'aller me coucher.

— Quoi donc ?

— Un article pour mon journal. Il s'agit d'un scoop.

— Vous m'apporterez demain matin toute la prose que vous allez pondre, jeune homme.

— Voyons, Alleyn ! protesta Nigel.

— Parfaitement. J'avais oublié votre abominable feuille de chou. L'agent à l'entrée a déjà viré une ribambelle de vos petits camarades.

— Ecoutez, laissez-m'en un peu. Je vous assure, c'est un scoop... vraiment.

— Apportez-la-moi demain matin au bureau, monsieur.

— Bon, très bien.

Alleyn rassembla ses hommes, et ils sortirent en file dans le couloir, après avoir éteint la lumière.

— L'extinction des feux finale, dit la voix d'Alleyn dans l'obscurité.

Plongée dans un silence de mort, la scène de la Licorne sembla se peupler de fantômes. Nigel se sentit oppressé par l'angoisse qui guette un intrus dans un bâtiment désert. D'un instant à l'autre, songeait-il, les ombres des vieux comédiens allaient surgir des coulisses figées dans une attente muette et se livrer à une pantomime des pièces depuis longtemps oubliées. Un câble grinça au-dessus de leurs têtes, et un frisson d'air parcourut les toiles accrochées.

— Allons-nous-en, fit Nigel.

Alleyn alluma une torche électrique, et ils se frayèrent un chemin jusqu'à l'entrée des artistes. Là, dans l'air froid, les policiers bavardaient avec le gardien de nuit et deux jeunes gens en qui Nigel reconnut des confrères.

— Un instant, résonna la voix d'Alleyn dans le couloir. Venez voir !

Les autres le rejoignirent. La lumière de la torche avait pénétré dans une sorte de cagibi à gauche de la porte d'entrée, et éclairait les paupières closes du vieux Blair.

— Mon Dieu ! s'exclama Nigel. Il est mort ?

— Non, simplement endormi, répondit Alleyn. Comment s'appelle-t-il ?

— Blair, dit le gardien de nuit.

— Réveillez-vous, Blair, fit Alleyn. Le rideau est tombé depuis longtemps, et tout le monde est rentré se coucher.

10.

Le jour d'après

L'article de Nigel fut prêt à neuf heures, le lendemain matin. Il prévint le comité de rédaction de son journal, qui accepta, avec un enthousiasme mêlé d'irritation, de retarder l'impression de la première page pour qu'il pût soumettre son papier à Alleyn. Les gros titres affichés par la presse du matin s'appuyaient en fait sur quelques bribes d'informations. Nigel se rendit à Scotland Yard où sa prose reçut un accueil moins sévère qu'il ne le pensait. Il avait grandement insisté sur le fait que le rôle de Gardener, aussi tragique fût-il, n'impliquait en rien sa complicité avec le meurtrier. Alleyn ne contesta pas ce point et n'en censura pas un seul mot. Nigel avait passé sous silence les rapports entre Surbonadier, Gardener et Miss Vaughan, se contentant d'une allusion romanesque aux fiançailles de ces deux derniers. En revanche, il s'attarda sur son impression première du drame et sur les épisodes qui avaient suivi la chute du rideau.

— Vous êtes moins coupable que je ne le croyais, lui dit Alleyn. Avec ces quelques ratures que j'ai ajoutées au crayon, ça pourra aller. Retournez-vous à votre bureau ?

— Pas si vous me laissez rester ici, répondit Nigel précipitamment. Je confierai l'article à un coursier.

— Petit malin, va ! Très bien, je vous attends.

— A tout de suite, lança Nigel.

Après avoir envoyé un jeune garçon à Fleet Street, il revint et trouva Alleyn au téléphone.

— Bien, déclara l'inspecteur dans l'appareil en jetant un coup d'œil sur Nigel. Présentez-vous dans vingt minutes.

Et il raccrocha, tout en grommelant :

— Quel type désagréable !

— Qui cela ?

— Un informateur, ou du moins il espère l'être.

— Qui est-ce ?

— Le valet de M. Saint. Patience, il va arriver.

— Tant mieux, décréta Nigel avec enthousiasme. Alors, où en êtes-vous, inspecteur ?

— C'est un sale boulot, se plaignit Alleyn.

— J'ai essayé de me remettre les idées au clair, hasarda Nigel, en constituant une sorte de dossier en fonction de l'information dont je dispose.

— Un dossier ? Je me demande si vous savez à quoi cela peut ressembler, observa l'inspecteur. Soit, voyons le fruit de vos efforts.

Nigel lui tendit plusieurs feuilles tapées à la machine.

— Ce sont les notes que j'avais prises pour vous.

— Merci beaucoup, Bathgate. Mais montrez-moi votre compte rendu : il peut s'avérer très utile. Moi-même, je suis nul en synthèse.

Nigel lui jeta un regard soupçonneux, mais Alleyn paraissait tout à fait sérieux. Il alluma sa pipe et se pencha sur le premier feuillet de la pile, où Nigel avait tapé en majuscules :

« CIRCONSTANCES.

Gardener tua Surbonadier avec le revolver utilisé au cours du spectacle. Selon les témoignages du régisseur et du chef accessoiriste, les cartouches factices, dont l'une était défectueuse, furent placées dans le tiroir du bureau juste avant la scène au cours de laquelle Surbonadier chargea le revolver. Les grains de sable trouvés dans le trou du souffleur semblent confirmer cette version. »

— Il y en avait aussi dans le tiroir du haut, observa Alleyn en levant les yeux.

— Vraiment ? Voilà qui est concluant.

Alleyn poursuivit sa lecture :

« D'après Props, l'accessoiriste, la cartouche défectueuse se détraqua le soir même parce qu'il l'avait fait tomber. Autrement dit, à moins qu'il ne mente et qu'il ne soit en collusion avec le régisseur, les fausses cartouches se trouvaient dans le tiroir du haut juste avant le début de la scène. Par conséquent, le meurtrier leur substitua les vraies balles au moment de l'obscurcissement qui dura quatre minutes, ou bien juste avant. Il mit des gants, prit les fausses cartouches dans le tiroir du haut, les remplaça par les vraies et les déposa dans le tiroir d'en dessous. Puis il se débarrassa des gants. On en retrouva une paire en suède gris dans le sac accroché à un fauteuil sur scène. Surbonadier prit les cartouches dans le tiroir du haut pour charger le revolver. Dans la scène qui suivit, Garderner s'empara de l'arme et tira sur lui comme prévu. Les cartouches découvertes par la suite dans le revolver étaient toutes vraies.

CHANCES.

Tous ceux qui se trouvaient en coulisse avaient eu la possibilité de changer les cartouches. Ceux qui étaient sur le plateau disposaient de conditions plus favorables encore. Il s'agit de Miss Max, Miss Emerald, Surbonadier lui-même et du régisseur. D'un autre côté, n'importe qui aurait pu monter sur la scène obscurcie pour le faire. Miss Vaughan, Barclay Crammer, Howard Melville, Miss Deamer, les habilleurs et le personnel, tous sont concernés.

MOBILE.

Examinons un à un les protagonistes évoqués ci-dessus.

Miss Emerald. Était sur scène. Eut une altercation avec Surbonadier. D'après Miss Max et le régisseur, s'était approchée du bureau et s'était penchée dessus. Raconta des sornettes. Mobile : inconnu, mais elle s'était disputée avec S. N.B. : elle semble être en *très* bons termes avec Jacob Saint, l'oncle de S.

Miss Max. Sur scène. Mania le sac où furent trouvés les gants. Ne s'approcha pas du bureau tant que la lumière était allumée. Mobile : apparemment aucun.

Régisseur. Sur scène. Manipula les cartouches factices. Aurait pu s'approcher du bureau sans être vu, ou bien pendant l'obscurcissement. Singulier témoin. Mobile : apparemment aucun.

Chef accessoiriste. Remit les cartouches factices au régisseur. Bureau aisément accessible après l'extinction des lumières. Conduite suspecte après le meurtre. Laissa tomber un lustre. Se cacha dans la galerie. Dissimula la cachette des cartouches factices. Mobile : fiancé à Trixie Beadle. Surbonadier lui tournait autour. Souffre des séquelles d'une contusion.

Stephanie Vaughan. Dans la loge. Dit que Trixie Beadle, son habilleuse, était avec elle, mais ne se souvient plus jusqu'à quand. Dit qu'elle se rendit dans la loge de Gardener et y resta après l'extinction des lumières. Mobile : fut menacée par Surbonadier qui l'aimait à la folie. Craignait peut-être qu'il ne fît des révélations à Gardener. Fiancée à Gardener.

Felix Gardener. Tira le coup de revolver. Propriétaire de l'arme. Reconnaît s'être rendu sur scène durant l'obscurcissement. Dit que quelqu'un lui marcha sur le pied. Fournit les cartouches que Props bricola par la suite. Mobile : probablement les menaces de Surbonadier à l'adresse de Miss Vaughan.

J. B. Crammer,
Dulcie Deamer,
Howard Melville. Voir le rapport de Fox. »

Alleyn leva la tête.

— N'êtes-vous pas au courant ? Melville et Crammer se trouvaient dans la loge de Crammer durant l'obscurcissement. Melville revenait de la scène. Miss Deamer les a entendus de la pièce voisine. Je l'ajouterai à vos notes.

Et il se replongea dans le compte rendu.

« Voir le rapport de Fox. Mobile : aucun, excepté la jalousie professionnelle dans le cas de Barclay Crammer.

Trixie Beadle. Assistait Miss Vaughan mais dit à Fox qu'elle se trouvait avec son père au vestiaire durant l'obscurcissement. Aurait pu s'y rendre de la loge. Mobile : probablement séduite par le défunt, craignait qu'il ne le révélât à Props. Fiancée à Props.

Beadle. Père de cette dernière. Se trouvait au vestiaire avec sa fille. La croisa d'abord dans le couloir. Mobile : les avances de Surbonadier à sa fille.

Le vieux Blair. Portier. Hautement improbable.

Jacob Saint. Producteur de la pièce. Visita les coulisses en début de soirée. Oncle du défunt. Se disputa avec lui. Propriétaire présumé des gants trouvés dans le sac. Gardener crut se souvenir d'un parfum sur la personne qui lui avait marché sur le pied. Saint porte un parfum très capiteux. Mobile : inconnu, excepté la querelle au sujet de la distribution.

Personnel. Tous dans la salle des accessoires.

Remarques. Points intéressants. Janet Emerald s'écria : « Ce n'est pas toi. Ils n'ont pas le droit de t'accuser », à la vue de Saint. Elle mentit à propos d'elle-même. Props se conduisit d'une manière étrange et suspecte. Miss Vaughan disait-elle la vérité ? Saint était-il revenu dans les coulisses ? A la réception donnée pour la première, Barclay Crammer avait paru détester Surbonadier. Au cours de la même soirée, je remarquai une certaine froideur entre l'oncle et le neveu. »

Le compte rendu de Nigel s'achevait abruptement là-dessus. Alleyn le reposa sur son bureau.

— Tout est parfaitement correct, approuva-t-il, et même assez suggestif. Si vous étiez policier, que feriez-vous ensuite ?

— Aucune idée.

— Vraiment ? Eh bien, je vais vous dire ce que nous avons fait. Nous nous sommes penchés sur le passé trouble de M. Jacob Saint.

— Ça alors !

— Oui. Il a eu une carrière plutôt mouvementée. J'ai pensé vous demander de l'aide.

— Oh... c'est vrai ?

— Depuis combien de temps êtes-vous dans la presse ?

— Depuis ma sortie de Cambridge.

— Vous êtes presque le doyen de Fleet Street, dites donc ! Combien cela représente-t-il, un an ?

— Et trois mois.

— Alors, vous ne devez pas vous souvenir d'une affaire de drogue qui avait fait scandale il y a six ans. A la suite d'un article paru dans le *Morning Express*,

Jacob Saint a porté plainte, et son gain de cause lui a rapporté une jolie somme de cinq mille livres.

Nigel émit un sifflement perçant, puis acquiesça pensivement :

— Je crois m'en souvenir vaguement.

— Ce procès fit beaucoup de bruit. D'après l'article, Saint devait sa fortune à un vaste trafic de drogue. Les dames et les messieurs aux yeux jaunes ornés de poches peu esthétiques, disait l'auteur, recevaient régulièrement leur dose d'opium ou de cocaïne par les bons soins d'une agence dirigée par un « célèbre magnat du spectacle dont les succès récents dans un théâtre proche de Piccadilly... » et ainsi de suite. Comme je l'ai déjà dit, Saint porta l'affaire devant les tribunaux et en sortit entaché mais victorieux. Curieusement, l'identité de l'auteur demeura une énigme. Le grand reporter du *Morning Express* était en vacances. L'article arriva au journal prétendument de sa part. Une note tapée à la machine comportait sa signature, ingénieusement imitée. Cependant, il nia sa responsabilité dans cette histoire et réussit à se disculper. Pour la première fois de son outrecuidante carrière, le *Morning Express* était tombé dans le panneau. La lettre avait été postée à Mossburn, un village proche de Cambridge ; le timbre remarqué par la secrétaire le confirma. Il y eut une vague enquête pour tenter de retrouver le véritable auteur, mais de toute façon, la responsabilité du *Mex* — comme, je crois, vous autres journalistes l'appelez — était engagée. M. Saint était terriblement contrarié et... oh, tellement vertueux !

— Où voulez-vous en venir ?

— La lettre provenait d'un village proche de Cambridge.

— Insinuez-vous que Felix..., commença Nigel avec feu.

— Gardener ? Où était-il à cette époque, il y a six ans ?

Nigel dévisagea Alleyn d'un air embarrassé.

— Puisque vous tenez à le savoir, répondit-il enfin, il venait juste d'entrer à Cambridge. Il m'avait précédé de deux ans.

— Je vois.

— Écoutez... à quoi pensez-vous ?

— Je me pose des questions. Cet article sent la prose estudiantine à mille lieues.

— Et alors ? Qu'entendez-vous par là ?

— Simplement ceci : Gardener pourrait peut-être nous fournir des éclaircissements à ce propos.

— Oh, ce n'est que ça...

L'expression de Nigel se détendit.

— Je croyais que vous le soupçonniez de l'avoir écrit.

Alleyn le considéra avec curiosité.

— Cette même année, fit-il, Surbonadier fut renvoyé de Cambridge.

— *Surbonadier ?* répéta Nigel lentement.

— Oui. Vous comprenez, à présent ?

— Vous voulez dire... que Surbonadier aurait pu écrire l'article et que, par conséquent, il en savait trop sur son oncle ?

— Ce n'est pas exclu.

— Oui.

— Le hic est que tout cela s'est produit il y a six ans.

— Surbonadier aurait pu faire chanter Saint pendant six ans.

— Effectivement.

Le téléphone sonna, et Alleyn décrocha le combiné.

— Oui. Qui ? Oh, envoyez-le ici, voulez-vous ?

Il se tourna vers Nigel.

— Voilà qui pourrait nous aider.

— Qui est-ce ?

— Le valet de pied de M. Jacob Saint.

— L'informateur ?

— Oui. J'ai horreur de ces choses-là. Il va me rendre malade de honte.

— C'est vrai ? Préférez-vous que je parte ?

— Non, restez où vous êtes et faites comme si vous étiez de la maison. Prenez une cigarette. Avez-vous vu Gardener ce matin ?

— Non. J'avais l'intention de l'appeler. Je crains qu'il ne soit pas près d'oublier cette histoire.

— Je le pense également. Comment auriez-vous réagi à sa place ?

— Comme lui. Mais je me serais davantage inquiété de savoir si la police me trouvait coupable. Lui est surtout bouleversé à l'idée d'avoir tiré le coup de revolver.

— N'est-ce pas une réaction normale chez un homme innocent ?

— Je suis heureux de vous l'entendre dire, déclara Nigel avec chaleur.

— Je parle beaucoup trop, répliqua Alleyn. Entrez !

La porte s'ouvrit pour livrer passage à un individu grand, maigre, aux traits médiocrement harmonieux. Son visage était un peu trop pâle, ses yeux un peu trop proéminents, sa bouche un peu trop faible. Il entra sans bruit et referma doucement derrière lui.

— Bonjour, fit Alleyn.

— Bonjour, monsieur.

— Vous désiriez me voir au sujet du meurtre de M. Arthur Surbonadier ?

— Je pensais que vous voudriez me voir, monsieur.

— Pourquoi ?

Le valet jeta un coup d'œil en direction de Nigel. Alleyn ne prêta aucune attention à cet appel à la discrétion.

— Eh bien ?

— Puis-je me permettre de vous demander, monsieur, si quelques renseignements de première main sur les rapports entre mon employeur et feu M. Surbonadier...

— Ah, coupa Alleyn, vous souhaitez faire une déposition.

— Oh non, monsieur. Je voulais simplement vous poser la question. Je ne tiens pas à m'attirer des histoires, monsieur. D'un autre côté, j'ai été témoin d'un incident qui pourrait intéresser la police.

— Vous allez bel et bien vous attirer des ennuis, si vous dissimulez une information importante. Cependant, si vous espérez une récompense...

— Oh, monsieur, je vous en prie.

— Vous n'en obtiendrez aucune. Au cas où votre témoignage s'avère d'une valeur quelconque, vous serez appelé à la barre et recevrez une rémunération en conséquence.

— On dirait que vous ne mâchez pas vos mots, monsieur, observa l'homme avec un sourire affecté.

— Je vous conseille d'en faire autant.

Le valet parut réfléchir, puis décocha un regard craintif à l'inspecteur.

— Ce n'est qu'un simple incident, dit-il enfin.

— Je vous écoute, répondit Alleyn. Voulez-vous prendre des notes, Bathgate ?

Nigel s'installa au bureau.

— Si j'ai bien compris, vous êtes au service de M. Jacob Saint en qualité de valet de pied.

— Oui, monsieur. Ou plutôt je l'étais.

— Votre nom ?

— Joseph Mincing. Vingt-trois ans. Domicilié à 229 A, Hanover Square, débita M. Mincing dans un accès de loquacité.

— Racontez-moi cet incident avec vos mots à vous.

— C'est arrivé un mois avant la sortie de la pièce. Le vingt-cinq mai, pour être tout à fait exact. J'ai pris soin de noter la date. Dans l'après-midi, M. Surbonadier est venu voir M. Saint. Je l'ai fait rentrer dans la bibliothèque, puis j'ai attendu dans le hall. Il a eu des mots avec M. Saint, dont la plupart ne m'ont pas échappé.

M. Mincing se tut, l'air gêné.

— M. Surbonadier a attiré mon attention en déclarant haut et fort qu'il savait pourquoi M. Saint avait payé deux mille livres à M. Mortlake. Cela a mis M. Saint hors de lui, monsieur. Il n'a pas crié au début, mais il a une voix qui porte de toute façon. M. Surbonadier, il répétait, très obstiné : « Je le ferai. » Je me suis dit, monsieur, qu'il exerçait une pression sur M. Saint pour obtenir un autre rôle dans la pièce. Tout d'abord, M. Saint, furieux qu'il était, a voulu mettre M. Surbonadier dehors, mais ils ont fini par se calmer et par discuter plus raisonnablement.

— Pourtant, vous les entendiez toujours ?

— Pas tout, monsieur. Apparemment, M. Saint promettait à M. Surbonadier le premier rôle dans la production suivante, puisqu'il ne pouvait pas modifier la distribution dans celle-ci. Ils se sont disputés un peu, mais finalement, tout a semblé s'arranger. M. Saint a annoncé qu'il laissait son argent à M. Surbonadier. « Pas tout, a-t-il dit. Une partie ira à Janet, et, si tu disparais le premier, elle recevra le reste. » Ils ont étudié le testament, monsieur.

— Comment le savez-vous ?

— Un peu plus tard, M. Saint est sorti en compagnie de M. Surbonadier, et je l'ai aperçu sur son bureau.

— Aperçu ou bien lu ?

— J'y ai jeté un œil, comme qui dirait, monsieur. Je le connaissais, d'ailleurs : le majordome et moi l'avions contresigné la semaine d'avant. Il n'était pas bien long. Une rente annuelle de deux mille livres à Miss Emerald, et le reste à M. Surbonadier, à l'exception de quelques legs secondaires. En cas de décès de M. Surbonadier, Miss Emerald héritait de toute sa fortune.

— Avez-vous autre chose à dire ?

— La discussion est devenue plus calme, ensuite. M. Surbonadier a parlé de renvoyer une lettre après la distribution des rôles dans la pièce suivante. Il est parti peu de temps après.

— Étiez-vous au service de M. Saint il y a six ans ?

— Oui, monsieur.

— Arrivait-il à M. Mortlake de lui rendre visite, à l'époque ?

— Oui, monsieur, répondit l'homme, surpris.

— Et plus récemment ?

— Très rarement, monsieur.

— Pourquoi vous a-t-on renvoyé ?

— Je... je vous demande pardon, monsieur ?

— A mon avis, vous m'avez parfaitement entendu.

— Pour une raison tout à fait indépendante de moi, maugréa Mincing.

— Je vois. Vous avez donc une dent contre lui ?

— Qui n'en aurait pas ?

— Quel est le médecin qui soigne M. Jacob Saint ?

— Son médecin, monsieur ?

— Oui.

— Euh... Sir Everard Sim, monsieur.

— L'a-t-on appelé récemment ?

— Il passe régulièrement, monsieur.

— Très bien. Pas d'autres renseignements ni d'incidents à communiquer ? Alors, vous pouvez partir. Attendez dehors une demi-heure. On vous donnera votre déposition à signer.

— Merci, monsieur.

L'homme ouvrit doucement la porte, hésita brièvement, puis ajouta dans un souffle :

— M. Saint... il ne pouvait pas sentir M. Surbonadier.

Lentement, précautionneusement, la porte se referma derrière lui.

11.

Nigel joue les limiers

— Charmante créature, dit Alleyn. Il y a une machine à écrire par là : cela vous ennuierait-il de transcrire vos gribouillis en un langage intelligible ?

— Pas du tout. A propos, qui est Mortlake ?

— Un gentleman de la famille des courants d'air auquel nous nous intéressons de près depuis quelques années. Bien que son nom ne fût pas prononcé au moment du procès, il se profilait clairement entre les lignes. C'est un Américain, et on le surnomme « Speed » et « Camé ».

— Sapristi ! Cela se présente mal pour Saint, n'est-ce pas ?

— Oui, plutôt. Continuez à taper.

— Si c'est lui, déclara Nigel par-dessus le cliquetis de la machine, il a dû revenir dans les coulisses une seconde fois.

— Le vieux Blair jure que non. J'ai bavardé avec lui hier soir, pendant que vous cherchiez un taxi.

— Il dormait peut-être.

— Il dit que non. Après nous avoir fait entrer, il s'est retiré dans son cagibi et a attendu là-bas. L'agent croyait qu'il se trouvait sur la scène avec les autres.

— C'est drôle. Blair n'a pas adressé un seul mot à l'agent, observa Nigel.

— Je me suis fait la même réflexion. Il m'a expliqué qu'il préférait rester dans son coin, et que jamais une histoire semblable ne s'était vue à la Licorne.

— Pourquoi avez-vous parlé du médecin de Saint ?

— Je voulais savoir si le cher homme jouissait d'une bonne santé.

— Mon œil !

— C'est vrai, je vous assure. Avez-vous remarqué ses joues roses ? Il m'a tout l'air d'un candidat à l'infarctus.

Nigel se remit à taper rageusement.

— Voilà, annonça-t-il enfin. J'ai terminé.

Alleyn appuya sur une sonnette, ce qui eut pour effet de faire apparaître un agent.

— Mincing est-il encore là ? L'homme que j'ai reçu tout à l'heure ?

— Oui, monsieur.

— Lisez-lui ce texte et faites-le signer. Puis laissez-le partir. C'est un individu répugnant.

— Bien, monsieur.

L'agent sortit avec un large sourire.

— Vous, Bathgate, reprit Alleyn, si vous tenez vraiment à vous rendre utile, je vais vous demander un service. Tâchez de retrouver le journaliste dont le nom fut utilisé dans cette affaire d'article, et sondez-le pour moi. Essayez de découvrir un lien entre lui et les membres de la troupe. Voyez s'il connaît Surbonadier ou Gardener... et si l'un d'eux avait pu le présenter à l'autre. Est-ce clair ?

— Oui. Je pense que je trouverai son nom dans les archives.

— Il figure dans le procès-verbal de l'audience. Bonjour. Entrez !

Le brigadier Bailey passa la tête par l'entrebâillement de la porte.

— Je vous dérange, inspecteur ? s'enquit-il.

— Pas s'il s'agit de l'affaire de la Licorne.

— Justement.

Bailey entra et s'assit sur l'invitation d'Alleyn. Nigel demeura dans son coin, dans l'espoir d'entendre les dernières nouvelles.

— Nous avons reçu le rapport sur les cartouches, commença Bailey. La poudre blanche provient de l'arsenal de Miss Vaughan, d'un flacon portant l'étiquette « Blanc de scène ». Il a été renversé, mais il en restait suffisamment, de même que sur le gant soumis à l'analyse. Toutes les actrices utilisent le même fard, mais le sien est différent, spécialement créé pour elle. J'ai vu le chef du laboratoire.

— Et il correspond à celui du gant ?

— Oui. Je n'en reviens pas, monsieur. Pourquoi l'aurait-elle trucidé ? Personnellement, j'aurais penché pour l'autre dame.

— Sur quoi fondez-vous votre théorie, Bailey ?

— Il suffit de vous rappeler sa conduite, répondit Bailey avec une grimace. Tout d'abord, elle se glisse en catimini dans sa loge ; ensuite, elle ment comme elle respire. Maintenant que j'ai lu les dépositions, ma conviction s'est encore renforcée.

— D'autre part, cela la rapproche d'un cran de la fortune de M. Saint : elle était la seconde héritière après le défunt. M. Saint consulte régulièrement un cardiologue et, de toute évidence, néglige de suivre ses instructions. Cela vous en bouche un coin, hein ?

— Vous pouvez le dire, monsieur. Écoutez... supposons que la dame Emerald subtilise les gants de M. Saint lors de son passage. Vu leurs rapports, elle est pratiquement sûre de le voir. Elle cache les gants et les cartouches quelque part, probablement dans l'un des tiroirs inutilisés du bureau. Lorsqu'elle se retrouve sur scène, à côté du bureau, elle profite de l'obscurité pour enfiler les gants, intervertir les cartouches et fourrer les gants dans le sac de Miss Max. Il serait trop ostensible de les laisser à côté du bureau. Elle sait très bien que les dissensions entre l'oncle et le neveu finiront par apparaître au grand jour. Et, une fois que Saint se balancera au bout d'une corde, elle rentrera chez elle avec le magot.

— Qui dit mieux ? C'est pour compliquer les choses, je présume, qu'elle trempe le gant dans le fard de Miss Vaughan ?

— Là est le hic, reconnut Bailey d'un air sombre.

— Attendez, s'écria Nigel. Écoutez-moi !

— Ah ! murmura Alleyn en s'animant.

— Ne soyez pas stupide. Écoutez... Miss Vaughan vous a dit que Surbonadier l'avait frappée à l'épaule. Mettons qu'un peu de fard soit resté sur sa main et... oh non. Je suis désolé.

— Nous le sommes tous, n'est-ce pas, Bailey ? observa Alleyn.

— Tout le monde peut se tromper, monsieur, dit le brigadier Bailey gentiment.

Nigel demeura penaud.

— En tout cas, déclara-t-il, je suis sûr que Surbonadier a renversé le flacon.

— C'est plus que probable, concéda Alleyn.

Sur ces entrefaites, l'inspecteur Fox fit son entrée.

— Tiens, voici le partisan de la version Props, annonça Alleyn.

— Bonjour, monsieur Bathgate. Oui, c'est moi. Je ne comprends pas comment vous pouvez ignorer l'épisode du lustre. Par ailleurs, il *savait* que les fausses cartouches se trouvaient dans le deuxième tiroir. Tout y est : mobile, comportement, et le reste.

— Les gants aussi ? demanda Alleyn.

— M. Saint les a oubliés sur le plateau, et Props s'en est servi pour sa besogne.

— Et le fard de Miss Vaughan relevé sur le gant de M. Saint, Props s'en est servi pour sa besogne ?

— C'était donc le sien ? grommela l'inspecteur Fox. Eh bien, Saint aurait pu passer à sa loge.

— C'est astucieux, Fox, répliqua Alleyn, mais à mon avis, pas tout à fait juste. Voyez-vous, ce fard-là devient extrêmement compact en séchant. Si jamais Saint en avait reçu sur son gant en début de soirée, il aurait été sec au moment où les gants furent en contact avec les cartouches. Et, même si quelques particules s'en étaient détachées, elles se seraient effritées et n'auraient pas adhéré au métal. Or, en examinant ces traces à la loupe, on constate que les cartouches ont été maculées d'un fard encore humide.

— Il en est de même pour Felix, hasarda Nigel. D'après Miss Vaughan, il a quitté sa loge peu après nous, et ils se sont revus seulement dans la sienne.

Alleyn pivota lentement sur son siège.

— C'est exact, acquiesça-t-il. Sa loge est restée vide durant l'obscurcissement de la scène.

— Je vois, énonça Fox pesamment.

— Pas moi, avoua Nigel.

— Vraiment ? Eh bien, le mystère restera entier. A présent, il nous faudrait revoir M. Jacob Saint. Il a dit qu'il passerait *peut-être*. Je sens que je vais inviter ce délicieux vieux gentleman à me rendre visite. Sauvez-vous, Bathgate, votre travail vous attend.

— Oh non ! protesta Nigel. Ne puis-je pas assister aux retrouvailles avec l'oncle Jacob ?

— Allez-vous-en !

Nigel essaya la persuasion et fut cordialement invité à quitter les lieux de son propre gré avant d'être jeté dehors. En sortant, il ne manqua pas de remarquer les sourires aux lèvres de l'inspecteur Fox et du brigadier Bailey.

Ses recherches dans les archives de son journal furent couronnées de succès : il y trouva non seulement le nom du reporter mais un compte rendu intégral du procès. Le journaliste, une vague connaissance de Nigel, s'appelait Edward Wakeford et occupait à présent le poste de directeur littéraire dans un hebdomadaire. Nigel lui téléphona aussitôt et lui fixa rendez-vous dans un bistrot de Fleet Street particulièrement apprécié de ses confrères. Ils s'y retrouvèrent à onze heures et, devant d'énormes chopes de bière, abordèrent le sujet du procès.

— C'est vous qui couvrez l'affaire de la Licorne ? demanda Wakeford.

— Oui. Il se trouve que je connais Alleyn, du Yard, et que j'étais au spectacle avec lui. Une chance du tonnerre, mais naturellement, je dois jouer le jeu. C'est lui qui supervise tout.

— Un homme remarquable, Alleyn, observa Wakeford. Je me souviens d'une affaire...

Et il se fit un devoir de la raconter à Nigel.

— C'est Alleyn qui m'a prié de vous retrouver, expliqua Nigel. Il veut savoir si vous avez votre idée sur l'identité de l'auteur de l'article paru dans le *Mex*. Celui qui avait signé de votre nom.

La réponse de Wakeford le laissa sans voix.

— J'ai toujours pensé que c'était Arthur Surbonadier, déclara-t-il.

— Grands dieux, Wakeford, c'est... c'est tout simplement renversant ! Pourquoi lui ?

— Oh, je n'ai pas vraiment de preuves, mais je connaissais le coco et je lui avais écrit. Il aurait très bien pu imiter ma signature. En tant que neveu de Saint, il était bien placé pour disposer de quelques informations de choix.

— Mais pourquoi l'aurait-il fait ? Le vieux Saint lui payait ses études et subvenait en principe à tous ses besoins.

— Ils s'entendaient comme chien et chat, tous les deux. Et Surbonadier était en permanence endetté. D'ailleurs, à l'époque, il ne s'appelait même pas Surbonadier. Son nom était Arthur Simes. Le vrai nom de Saint est Simes, vous savez. Après le procès, Arthur eut de sérieux ennuis et fut renvoyé comme un malpropre. Une histoire peu ragoûtante, en vérité. Plus tard, l'oncle Jacob le laissa tenter sa chance sur les planches, et il s'empressa de se faire rebaptiser.

— L'avait-on payé pour l'article ?

— Bien sûr que non.

— Alors pourquoi...

— Je n'en sais rien, excepté le fait qu'il était extrêmement rancunier et qu'il buvait déjà en ce temps-là.

— Saint ne l'a-t-il jamais soupçonné ?

— Saint a toujours juré ses grands dieux que l'affaire de faux était montée de toutes pièces et que j'étais le véritable auteur de l'article. La question ne s'est pas posée du point de vue juridique. Le *Mex* était responsable, bien qu'un autre eût composé ce chef-d'œuvre, et, Dieu merci, ils m'ont cru. Ce n'était pas vraiment mon style, mais l'imitation n'était pas mauvaise.

— Avez-vous déjà rencontré Felix Gardener ?

— Non, pourquoi ?

— C'est un ami à moi. Il se retrouve dans un drôle de pétrin.

— Ce doit être terrible. Mais il n'est tout de même pas suspect ?

— Non, je suis sûr que non. Seulement, c'est lui qui a tiré sur Surbonadier. Il en garde une impression fort déplaisante.

— J'imagine. Eh bien, je ne pourrais pas vous en dire davantage. Quelle sera la récompense ? Ce n'est pas dans mes habitudes, sinon je vous aurais chipé votre histoire.

Nigel lui donna une bourrade amicale, bien qu'un peu distraite.

— Felix devait être en première année au moment où c'est arrivé. Je me demande s'il n'a pas d'éclaircissement à apporter de son côté. Il a sans doute rencontré Surbonadier.

— Posez-lui la question. Moi, il faut que je file.

— Merci infiniment, Wakeford.

— Pas de quoi. Au plaisir, lança Wakeford nonchalamment.

Après son départ, Nigel se sentit partagé entre deux impulsions. Devait-il se précipiter au Yard pour rapporter cet entretien à Alleyn, ou bien chez Gardener afin de lui communiquer la nouvelle qui ne manquerait pas de le rasséréner ? Finalement, il opta pour Gardener et, dans le feu de l'action, sauta dans un taxi qui l'emporta vers Sloane Square.

Il trouva Gardener chez lui, l'air malheureux et désemparé. Apparemment, il était en train dc regarder par la fenêtre, et l'arrivée de Nigel le prit au dépourvu.

— Nigel ! souffla-t-il, pivotant sur lui-même. C'est toi !

— Salut, mon vieux, fit Nigel.

— Bonjour. Tu sais, je réfléchissais... mon compte est bon. Hier soir, j'étais incapable de penser à autre chose qu'à son expression lorsqu'il est tombé ; mais plus tard — à l'aube, tu sais — j'ai commencé à entrevoir la suite des événements. Ils m'arrêteront pour meurtre. Je n'ai aucun alibi. Cela signifie... la corde.

— Tais-toi, je t'en supplie, l'implora Nigel. Pourquoi diable te soupçonneraient-ils ? Ne sois pas aussi stupide.

— Je sais pourquoi il m'a posé toutes ces questions. Il s'imagine que c'est moi qui ai remplacé les cartouches.

— Il ne s'imagine rien du tout. En fait, il est sur une tout autre piste ; et c'est à ce propos que je suis venu te voir.

— Pardonne-moi...

Portant une main à ses yeux, Gardener se laissa tomber sur une chaise.

— Je me conduis en imbécile. Vas-y, déballe ton affaire.

— Tu te souviens du procès en diffamation de Jacob Saint ?

Gardener ouvrit de grands yeux.

— C'est curieux que tu m'en parles. J'y ai pensé récemment.

— Parfait. Reporte-toi six ans en arrière... Connaissais-tu Surbonadier à l'époque ?

— Il a été renvoyé peu après mon entrée à Cambridge, et nous n'étions pas à la même faculté. Son véritable nom était Simes. Oui, je l'avais rencontré.

— T'est-il jamais venu à l'esprit qu'il ait pu écrire cet article dans le *Morning Express* contre lequel Jacob Saint a porté plainte ?

— Je crains d'en avoir gardé un souvenir assez flou, mais je me rappelle avoir entendu les troisièmes années en discuter.

— L'auteur de l'article s'était fait passer pour un journaliste du *Mex*. Il l'avait posté à Mossburn, près de Cambridge.

— Je m'en souviens maintenant.

Gardener fit une pause.

— Cela m'étonnerait de Surbonadier. Il n'avait aucun intérêt à tuer la poule aux œufs d'or.

— On dit qu'il ne s'entendait guère avec son oncle.

— C'est exact, j'en ai entendu parler. C'était un individu parfaitement imprévisible et sujet aux accès d'humeur des plus odieux.

— Pourquoi l'a-t-on renvoyé ?

— Pour plusieurs raisons. Une femme d'abord, puis une affaire de drogue. Un scandale terrible.

— Drogue, dis-tu ?

— Oui. Lorsque Saint l'a appris, il a menacé de lui couper les vivres. Il y a survécu et s'est définitivement sabordé à cause d'une histoire avec la fille d'un fermier, je crois. Seigneur, à quoi bon remuer le passé ?

— Ne le vois-tu pas ? S'il a écrit l'article, il a très bien pu faire chanter Saint pendant des années.

— Tu veux dire que Saint... oh non !

— Il y a bien un coupable.

— J'ai tendance à penser que c'est Surbonadier lui-même. Il aurait été trop heureux de m'envoyer au gibet.

Gardener sembla se forcer à prononcer ces paroles comme pour se faire peur à lui-même. On eût dit un enfant en train de feuilleter un livre dont il sait que les images le terrifient, songea Nigel.

— Tâche de chasser cette idée de ton esprit, Felix.

Tu es le dernier homme auquel ils pensent, déclara-t-il, espérant dire la vérité. Pourrais-tu te rappeler les noms des gens qui fréquentaient Surbonadier à l'époque ?

— Il y avait une ordure qui s'appelait — comment, déjà ? — oh, Gaynor. Je ne vois personne d'autre. Il est mort dans un accident d'avion, je crois.

— Pas de chance. Si ça te revient, fais-moi signe. Je vais te laisser à présent, et, pour l'amour du ciel, reprends-toi, mon vieux.

— J'essaierai. Au revoir, Nigel.

— Au revoir. Inutile de sonner, je partirai comme je suis venu.

Gardener alla lui ouvrir la porte. Nigel s'attarda un instant pour ramasser son paquet de cigarettes, tombé dans une fente de son fauteuil. Voilà pourquoi Stephanie Vaughan ne le vit pas en entrant.

— Felix, commença-t-elle, il faut que je vous voie. J'ai besoin de votre aide. S'ils vous interrogent sur...

— Vous vous souvenez de Nigel Bathgate ? demanda Gardener.

Elle aperçut Nigel, et les mots moururent sur ses lèvres. Il passa devant elle et descendit l'escalier sans proférer un son.

12.

Chez Surbonadier

Nigel retourna à Scotland Yard au moment où Big Ben sonnait midi. L'inspecteur principal Alleyn étant occupé, on l'invita à patienter dans le couloir. Enfin, la porte du bureau s'ouvrit, et un rugissement l'informa que le visiteur d'Alleyn n'était autre que Jacob Saint.

— C'est tout ce que je sais. Vous pouvez fouiner partout tant que vous voudrez, vous ne trouverez rien d'autre. Je suis un homme ordinaire, inspecteur...

— Certainement pas, monsieur Saint, observa Alleyn poliment.

— Et toute cette comédie me fatigue. Il s'agit d'un suicide, vous dis-je. Quand aura lieu l'enquête ?

— Demain à onze heures.

M. Saint émit un sourd grondement et sortit dans le couloir. Il dévisagea Nigel au passage sans le reconnaître, puis s'en fut en direction de l'escalier.

— Entrez, Bathgate, lança Alleyn du pas de la porte.

Dans un immense effort de volonté, Nigel réussit à lui rapporter sa conversation avec Wakeford non sans une certaine nonchalance. Alleyn l'écouta avec attention.

— L'hypothèse de Wakeford n'est pas dénuée de fondement, commenta-t-il. Surbonadier était un drôle de type. Il aurait pu écrire l'article, se dissimulant sous la signature de Wakeford, et se réjouir d'avoir joué un tour pendable à l'oncle Jacob. Nous savons qu'il a essayé de le faire chanter il y a une semaine à peine. Ce n'est pas aussi farfelu que cela en a l'air.

— Pourtant, Saint a juré que ce n'était pas lui... au moment du procès, j'entends.

— Rien d'étonnant. Si l'auteur de l'article avait été son neveu, il aurait sûrement été plus crédible qu'un journaliste en quête de sensation. Oui, ce n'est pas fou.

— Vous me paraissez sceptique.

— Je le suis.

— Gardener l'est également. Il ne pense pas que ce soit Surbonadier.

— Comment ? Vous l'avez vu ?

— Oui. Il est dans tous ses états et s'imagine que vous allez le coffrer.

— Il ne pense pas que Surbonadier ait écrit l'article ?

— Il l'a dit en toute honnêteté, sachant en même temps, je suppose, que cette piste conduirait plutôt vers Saint que vers lui. Et pourtant, j'ai eu l'impression qu'il y accordait de l'importance.

— Répétez-moi ses propos exacts.

Nigel rapporta aussi fidèlement qu'il put sa conversation avec Gardener. Il mit moins de bonne volonté à décrire l'apparition de Miss Vaughan et sa phrase inachevée.

— Je me demande ce qu'elle allait lui recommander, s'interrogea-t-il tout haut.

— Ne le devinez-vous pas ?

— Non, je ne le devine pas.

— Réfléchissez. Réfléchissez.

— Arrêtez, rétorqua Nigel avec humeur. On dirait un exercice de conjugaison.

— Et pourquoi pas ? Cela me ramène à ma jeunesse

studieuse. De toute façon, il faudra que je me plonge dans les archives poussiéreuses de Cambridge.

— Croyez-vous à la thèse du suicide ?

— Non. Il n'en avait pas le courage. Cette affaire de drogue à Cambridge dont Gardener vous a parlé, vous rendez-vous compte de son importance ?

— Cela signifie que Surbonadier était « dans le coup » en ce qui concerne les agissements de son oncle, marmonna Nigel vaguement.

— Je dois partir, annonça Alleyn en consultant sa montre.

— Où cela ?

— Au domicile du défunt.

— Puis-je venir avec vous ? s'enquit Nigel.

— Vous ? Je ne sais pas. Vous êtes plutôt impliqué dans cette affaire.

— Vous voulez parler de Felix ?

— Oui. Si j'accepte, il me faudra votre parole que vous n'en soufflerez mot à personne.

— Vous l'avez.

— A personne, vous entendez ? Pas même un geste ou un signe de tête, ou encore une phrase ambiguë...

— Non, non et non.

— Jurez-le !

— Je le jure.

— Très bien. Allons d'abord déjeuner.

Ils prirent leur repas chez Alleyn et, après une liqueur et une cigarette, se rendirent à l'appartement de Surbonadier à Gerald's Row. L'agent qui montait la garde devant l'entrée de l'immeuble leur remit les clés. A la porte, Alleyn se tourna vers Nigel.

— Je n'ai pas la moindre idée de ce que nous allons découvrir là-dedans. C'est une affaire pénible. Êtes-vous sûr de ne pas vouloir rester en dehors de tout ça ?

— Vous n'allez pas remettre cela, répliqua Nigel. Je suis de la partie, moi.

— Comme il vous plaira. Allons-y.

L'appartement se composait de quatre pièces, d'une salle de bains et d'une kitchenette, ouvrant toutes du côté droit sur un couloir. Il y avait d'abord la chambre à coucher, puis un séjour séparé par une porte coulissante d'une petite salle à manger. Venaient ensuite la salle de bains et la kitchenette ; et enfin, la seconde chambre, apparemment inutilisée car elle était emplie de cartons, de malles et de meubles entassés. L'entretien des lieux était assuré par un couple et leur fils qui logeaient au sous-sol. Après un coup d'œil sur la chambre à coucher, Alleyn poussa un soupir et alla téléphoner au Yard pour solliciter l'aide de l'inspecteur Fox et du brigadier Bailey. Le séjour était meublé avec un luxe plutôt tapageur. Un supplément encadré de *la Vie Parisienne* accroché au-dessus du buffet ajoutait une note criarde à l'ensemble. A la vue d'une profusion de coussins orange et violets, Alleyn renifla avec dégoût.

— Autant commencer par là, déclara-t-il. C'est tout à fait le genre à posséder un bureau en bois de rose. Quelle horreur !

Sortant un trousseau, il choisit une clé et l'introduisit dans la serrure.

— Ce sont ses clés ? demanda Nigel.

— Eh oui.

Le bureau s'ouvrit, laissant échapper une cascade de papiers qui s'éparpillèrent sur le sol.

— Bonté divine ! Au travail, Bathgate. Les factures d'un côté, les quittances de l'autre. Les prospectus par ici. Les lettres par là. Parcourez tout et communiquez-moi les trouvailles intéressantes. Attendez... vous feriez mieux de me passer la correspondance personnelle. Allez-y, et essayez de classer les factures par ordre chronologique.

Il y avait énormément de factures, accompagnées de rappels qui commençaient dans l'obséquiosité et gravissaient toute la gamme en passant par l'humilité, la complainte, le reproche et l'exaspération, jusqu'à la note finale qui annonçait des « poursuites immédiates ». Toutefois, les menaces ne furent apparemment pas exécutées, et, au bout d'une demi-heure de classement, Nigel fit une découverte.

— Regardez, Alleyn, il a payé ses traites il y a un an, au moment où les commerçants menaçaient de le poursuivre. De toute évidence, il a cessé de payer depuis, et ils le harcèlent de nouveau. Je présume que le vieux Saint lui versait une rente annuelle.

— Le vieux Saint affirme qu'il ne lui versait pas un sou. Il avait payé ses dettes à Cambridge, l'avait fait débuter sur les planches et estimait que désormais le petit Arthur devait se débrouiller seul.

— Vraiment ? Eh bien, d'après les lettres de ses créanciers, il attendait une imminente rentrée d'argent.

— Combien a-t-il eu à rembourser l'an dernier au total ?

— Un instant...

Nigel effectua quelques calculs fébriles, jura dans sa barbe, recommença, et finit par annoncer, triomphant :

— Deux mille livres. C'est ce qu'il a payé en mai l'an dernier, et actuellement, il doit à peu près la même somme.

— Qu'avez-vous là ?

— Son livret bancaire. Il est à découvert. Voyons... Mai de l'année dernière. Aucune somme importante n'a été portée à son crédit. Il a dû la recevoir en liquide. Non, la voilà, pardi ! Deux mille livres versées le 25 mai de l'année dernière.

— Je vois, acquiesça Alleyn pensivement. Je vois.

— Ça sent le chantage, ne trouvez-vous pas ?

— Si.

— C'est Saint. Je parie que ça vient de Saint, affirma Nigel.

— Peut-être.

— Vous n'avez pas l'air convaincu.

— Je ne le suis pas. Tiens, voici le vieux Fox.

L'inspecteur Fox écouta leur récit sans enthousiasme.

— Il est très attaché à Props, expliqua Alleyn. Allez, finissons-en avec cette tâche morbide.

— On dirait que le défunt conservait toutes les lettres qu'il recevait, observa Fox. En voici une petite liasse de la part d'une personne nommée Steff.

— Steff ? répéta Alleyn vivement. Montrez-les-moi.

Il emporta les lettres vers la fenêtre et les parcourut l'une après l'autre, les reposant au fur et à mesure sur le rebord.

— Quel personnage immonde, laissa-t-il échapper soudain.

— Felix est bien de cet avis, remarqua Nigel.

— C'est ce qu'elle m'a dit.

— Elle ?

— Stephanie... Vaughan.

— Steff... mais bien sûr ! s'exclama Nigel. Ce sont des lettres d'elle.

— Vous êtes malin, vous, fit Alleyn, le considérant avec lassitude.

— Quelque chose d'utile là-dedans, monsieur ? s'enquit Fox.

— C'est surtout extrêmement pénible. Cela commence dans la meilleure tradition d'un premier rôle ; tout n'est que superlatifs, effets de style et batifolage mondain. Puis il a dû se montrer sous son vrai jour. Elle est affolée mais conserve encore son langage de salon. Cela continue ainsi jusqu'à il y a une semaine... non, deux jours. Ensuite, viennent deux petits mots. « Je vous en prie, Arthur, finissons-en. Je suis navrée, mais est-ce ma faute si j'ai changé ? », et la signature. Ce billet a été écrit il y a deux jours. Le second, d'un ton tout à fait différent, a été posté hier matin.

— Elle courait donc deux lièvres à la fois, énonça Fox, lui et M. Gardener. Mais je ne vois pas à quoi cela nous avance.

— Moi, si, rétorqua Alleyn. Bon, allez, au travail !

Lorsque enfin le bureau fut vidé de son contenu, Alleyn les introduisit dans la chambre inoccupée où les mêmes recherches reprirent, épuisantes. Les policiers procédaient avec une minutie extrême. Ils finirent par dénicher une vieille malle enfouie au fond d'un placard. Comme la nuit commençait à tomber, Nigel tira les rideaux et alluma la lumière. Alleyn ouvrit la malle. Ils y découvrirent un abondant courrier féminin, mais, hormis un éclairage complémentaire sur la personnalité peu attrayante de Surbonadier, il ne s'avéra d'aucune utilité.

Au fond, il y avait deux vieux journaux soigneusement pliés. Allcyn en prit un, l'ouvrit et le replia aussitôt. Par-dessus son épaule, Nigel et Fox lurent en majuscules flamboyantes un seul mot : « Cocaïne ! » Et, plus bas : « Incroyables révélations sur un trafic de drogue. Le miroir aux alouettes... et ses lendemains. »

Le journal en question était le *Morning Express* du mois de mars 1929.

— Voilà l'article ! cria Nigel. Regardez, Alleyn ! Et voici la signature de Wakeford reproduite sous le titre.

— Le faisait-on pour tous ses articles ?

— Je pense que oui. Il s'agissait de reportages spéciaux, sur toute la page. C'était la coutume au *Mex*.

— C'est une reproduction parfaitement nette, dit Alleyn. Facile à imiter, par conséquent, d'autant plus qu'elle est simple.

— Naturellement, observa Fox lentement, le défunt aurait été intéressé même s'il n'y était pour rien.

— Bien sûr, acquiesça Alleyn distraitement. Aucun doute, ajouta-t-il après avoir parcouru quelques lignes, il fait une allusion directe à Saint. Reste le second journal. Ce doit être le compte rendu du procès.

— C'est exact, monsieur.

— Bien, passons maintenant dans la chambre du petit Arthur. Nous sommes à la recherche d'une boîte métallique, peut-être un coffre de taille réduite. Que regardez-vous avec ces yeux ronds, Bathgate ?

— Vous, répondit Nigel simplement.

La chambre à coucher, décorée dans un style très chargé, sentait l'encens et le renfermé.

— Absolument écœurant, murmura Alleyn, s'empressant d'ouvrir une fenêtre.

Ils se remirent au travail, laissant Fox officier dans la salle de bains. Il en rapporta sa découverte : une seringue hypodermique trouvée sur une étagère au-dessus du lavabo. Nigel en découvrit une autre dans le tiroir de la table de chevet, ainsi qu'un petit sachet.

— De la drogue, déclara Alleyn. Je pensais bien qu'il en prenait. Faites voir.

Il examina le sachet de près.

— Elle provient du lot que nous avons saisi chez

Sniffy Quarles. « Quelle toile complexe nous tissons lorsque au mensonge nous nous livrons. »

— Ça, c'est vrai, approuva l'inspecteur Fox avant de retourner dans la salle de bains.

— J'adore Fox, avoua Alleyn. C'est la parfaite incarnation, le dernier authentique représentant du gros bon sens. Voyons... rien dans la commode ni dans les poches des costumes de M. Surbonadier, sauf... tiens, qu'est-ce que c'est ?

C'était encore une lettre, mais cette fois très simple, écrite sur du papier ordinaire. Alleyn la tendit à Nigel.

« Cher monsieur Surbonadier, disait-elle, s'il vous plaît, ne vous occupez plus de moi parce que je suis désolée de ce qui est arrivé et que papa l'a appris et il est très en colère, et comme Bert est un brave garçon, je lui ai tout dit, il m'a pardonnée mais si vous continuez à me tourner autour, il dit qu'il aura votre peau, alors s'il vous plaît, oubliez-moi, amicalement, Trixie. P.S. Je n'ai rien dit à propos de ces petits paquets mais je ne veux plus en recevoir. T. »

— Qui est Bert ? demanda Nigel.

— Le chef accessoiriste s'appelle Albert Hickson, répliqua Alleyn.

— Un point pour Fox.

— C'est ce qu'il va penser. Ainsi notre Trixie a succombé, en fin de compte. Il faudra que je la revoie.

Alleyn approcha une chaise du placard, grimpa dessus et se mit à fouiller l'étagère du haut.

— Nous y sommes ! déclara-t-il brusquement.

Nigel se hâta vers lui. Repoussant un carton à chapeaux, Alleyn extirpa une petite boîte métallique à l'apparence fort solide.

— Voilà ce que nous cherchons, annonça-t-il.

13.

Le contenu de la boîte métallique

— Comment diable saviez-vous qu'il possédait ça chez lui ? demanda Nigel.

Alleyn descendit de son perchoir et tira de sa poche une petite clé accrochée à une fine chaîne d'acier.

— Voilà ce qu'il portait autour du cou. J'ai aussitôt pensé à une boîte de ce genre. Elles proviennent toutes du même fabricant et sont munies de clés personnalisées. Il ne nous reste plus qu'à l'ouvrir.

Introduisant la clé dans la serrure, il la fit tourner deux fois. La serrure céda avec un déclic. Alleyn souleva le couvercle.

— Encore des papiers, fit Nigel.

— Oui. Un instant.

Alleyn posa la boîte sur la table en verre de la coiffeuse. A l'aide des pinces, il saisit délicatement une feuille de papier bleu, la déplia avec précaution et se pencha sur elle. Nigel le vit retenir son souffle.

— Venez voir, lança-t-il. Mais n'y touchez pas.

Nigel obtempéra. Deux mots seulement, répétés à l'infini, sillonnaient la feuille : « Edward Wakeford. Edward Wakeford. Edward Wakeford. »

En silence, Alleyn quitta la pièce et revint accompagné de Fox, avec le journal qu'ils avaient trouvé dans la malle. Il le plaça à côté du feuillet, ouvert à la page du reportage. Les deux signatures étaient identiques.

— Ciel, pourquoi l'avait-il gardée ? chuchota Nigel.

— Comment le savoir, répondit Fox. La nature humaine est imprévisible, monsieur. Qu'est-ce sinon de la vanité ?

— *Vanitas vanitatum*, murmura Alleyn. Mais pas cette fois, Fox.

Le second papier s'avéra être une lettre, signée H.J.M., et commençant par : « Cher monsieur Saint ».

— Tiens ! s'exclama Alleyn. Voilà notre ancien valet qui revient auréolé d'une gloire douteuse. C'est la lettre de Mortlake dont il nous a parlé.

« Je vous prie de trouver ci-joint mon chèque de cinq cents livres en règlement de notre petite dette. Toute la marchandise a été écoulée comme prévu. Le shantung s'est particulièrement bien vendu, mais je fonde de grands espoirs sur la soie cingalaise que notre M. Charles nous livrera en juin prochain. Veuillez croire, etc. »

— Ô joie, ô extase, mon Foxkin, c'est Mortlake en personne ! Vous souvenez-vous de notre dernière prise ? Je vous supplie de vous en souvenir, mon Fox.

— Je m'en souviens parfaitement. Le shantung, c'était l'héroïne, et la soie cingalaise, la cocaïne. Nous les avions tous bouclés sauf Mortlake.

— Et « notre M. Charles » n'est autre que Sniffy Quarles. Il avait reçu le maximum, le cher homme. C'est donc cela, la surprise que Surbonadier avait réservée à son oncle.

— Je dois avouer, monsieur, que toutes les pistes semblent converger vers Saint, bien que la lettre de Trixie confirme plutôt ma version à moi.

— Ce que vous êtes excités, tous les deux, commenta Nigel sur un ton badin.

— Laissez-nous donc nos humbles joies. Eh bien, il n'y a plus rien dans la boîte.

Alleyn replia les feuillets, prenant grand soin de ne pas les toucher, et les plaça dans une mallette noire apportée par Fox. Après quoi, il remit la boîte métallique dans le placard et alluma une cigarette.

— C'est à Bailey de jouer maintenant, déclara-t-il. Nous n'avons plus rien à faire ici. Je vais passer chez Miss Vaughan... Non, attendez, je pense que je vais l'appeler.

Il s'assit sur le lit, croisa les jambes et se balança d'avant en arrière. Une expression de dégoût extrême se peignit momentanément sur ses traits. Il ouvrit l'annuaire, le feuilleta et, avec un léger haussement d'épaules, composa un numéro sur l'appareil posé sur la table de chevet.

— Allô, je suis bien chez Miss Stephanie Vaughan ? Puis-je lui parler ? Dites-lui que c'est M. Roderick Alleyn. Merci.

Les autres attendaient. Alleyn redessinait lentement du doigt le contour du téléphone.

— Miss Vaughan ? Excusez-moi de vous déranger. Je vous appelle de chez Surbonadier. Nous avions l'intention d'examiner ses papiers cet après-midi, mais je me suis rendu compte qu'il s'agissait d'un gros travail. Il y a des lettres...

Il fit une pause.

— Oui, c'est très pénible, je le sais. Le mieux serait peut-être que vous me rejoigniez ici, et, si des questions surgissent, je vous les poserai directement. C'est très gentil de votre part. Pour le moment, nous allons quitter l'appartement, mais je pense revenir vers neuf heures. Cela vous conviendrait-il ? Puis-je passer vous prendre ? Ah, je vois. Neuf heures, alors. A ce soir. Quelle heure est-il ? demanda-t-il en raccrochant.

— Cinq heures, répondit Nigel.

— Fox, voulez-vous porter les papiers au Yard et les remettre à Bailey ? Et dites à l'agent dehors qu'il peut partir.

— Partir ? répéta Fox, médusé.

— Oui. Inutile d'envoyer une relève : je reste ici moi-même.

— Jusqu'à neuf heures ? s'enquit Nigel.

— Oui... ou avant.

— Puis-je faire quelque chose ?

— Oui, répliqua Alleyn. Retournez voir Gardener et dites-lui que la police soupçonne Surbonadier d'avoir écrit l'article du *Morning Express*. Demandez-lui s'il possède d'autres informations sur le séjour de Surbonadier à Cambridge. Tout ce dont il se souvient. Il se peut qu'il hésite à faire certaines révélations. Vous l'aviez trouvé nerveux. S'il s'imagine figurer sur la liste des suspects, sa réaction naturelle sera de nier toute relation antérieure avec Surbonadier.

— Cela m'ennuie de le cuisiner, avoua Nigel, mal à l'aise.

— Alors je me passerai de vos services et l'interrogerai moi-même.

— Pardonnez-moi d'être un trouble-fête.

— Tous les amateurs sont des trouble-fête. Vous tenez à participer, à condition d'éviter toute tâche ingrate. Le problème s'est déjà posé dans l'affaire Wilde. Vous feriez mieux de rester en dehors de tout cela, Bathgate. J'aurais dû insister depuis le début.

— Si vous me donnez votre parole que Felix ne risque rien...

— Je ne puis rien vous promettre de la sorte. J'ai ma propre idée sur la question, mais elle n'est en aucun cas immuable, et, du jour au lendemain, une nouvelle piste peut nous mener vers n'importe lequel d'entre eux, de Gardener au vieux Blair. Vous désirez que je vous jure, le cœur sur la main, de ne pas m'intéresser à Gardener. C'est tout à fait exclu. Bien sûr que je m'intéresse à Gardener. C'est lui qui a tiré sur Surbonadier. J'aurais pu l'arrêter à cet instant même. Il fait partie du troupeau, et je dois essayer de prouver qu'il n'a pas interverti les cartouches. Il ne semble pas plus bavard que les autres. S'il est innocent, il commet une grave erreur en cherchant à égarer la police. Il peut avoir une raison précise pour agir ainsi. Il est amoureux, songez-y. Libre à vous de lui exposer notre théorie concernant Saint. S'il peut fournir des éclaircissements sur le passé de Surbonadier qui corroborent cette théorie, et si vous êtes toujours prêt à collaborer avec la justice... tant mieux. Sinon, je vous prierai de me considérer comme n'importe quel autre officier du Yard dans l'exercice de ses fonctions, et de ne pas vous attendre à d'autres informations que celles que vous publiez dans votre journal. Suis-je suffisamment clair ?

— Oh oui. Je sais accepter une rebuffade avec autant de bonne grâce que quiconque, j'espère, répondit Nigel piteusement.

— Je regrette que vous le preniez ainsi. Alors, quelle solution choisissez-vous ?

— Laissez-moi y réfléchir. Si je décide de me retirer, soyez certain que je garderai à propos des découvertes de cet après-midi une discrétion absolue. Je l'avais promis d'ailleurs. Evidemment, je vous soumettrai mon article pour correction.

— Voilà une réponse honnête. Appelez-moi ce soir à la maison, d'accord ? Et maintenant, je vous demande de partir, tous les deux.

Nigel suivit Fox dans le couloir. Sur le pas de la porte, il se retourna.

— Eh bien... au revoir pour le moment, marmonna-t-il.

— Au revoir, vieille branche, répondit l'inspecteur Alleyn.

En sortant de l'immeuble, Fox renvoya l'agent, puis se tourna vers Nigel, toujours déconfit.

— Vous avez dû trouver le patron trop dur, hasarda-t-il, mais il ne faut pas le voir sous cet angle. C'est une question de ce que l'on appelle l'étiquette professionnelle. Voyez-vous, le patron vous aime bien, mais il est... d'une droiture si infernale, pardonnez-moi l'expression. Son travail passe avant tout le reste. Ne vous inquiétez donc pas pour M. Gardener : il a tiré les marrons du feu, rien de plus. Il serait fort déraisonnable de sa part de dissimuler l'information qu'il détient.

— Je ne pense pas qu'il l'ait fait, protesta Nigel.

— Eh bien, tant mieux. Si vous choisissiez de nous aider, monsieur Bathgate, vous ne le regretteriez pas, et je suis sûr que cela ferait très plaisir à l'inspecteur principal Alleyn.

Nigel leva les yeux sur sa grosse figure réconfortante et éprouva soudain une bouffée d'affection pour lui.

— C'est gentil de vous donner toute cette peine, inspecteur, répliqua-t-il. A vrai dire, j'ai été un peu désorienté. Je me suis senti tellement stupide... or, je l'admire énormément, vous savez.

— Vous n'êtes pas le seul dans ce cas, monsieur. Bon, il faut que je vous laisse. Quelle direction prenez-vous ?

— Je vais à Chester Terrace.

— Et moi, au Yard. Jamais de répit pour les pécheurs. Allez, bonsoir, monsieur.

— Bonsoir, inspecteur.

L'appartement de Nigel à Chester Terrace se trouvait non loin de Gerald's Row. Il décida de rentrer à pied. Tandis qu'il marchait d'un pas vif, ressassant toujours dans sa tête le sermon d'Alleyn, il aperçut un taxi qui roulait lentement le long du trottoir, comme à la recherche d'un client. Nigel secoua machinalement la tête et au même instant distingua une silhouette féminine au fond du véhicule. Le taxi passa devant un réverbère, et, à sa lueur, Nigel reconnut sa passagère. C'était Stephanie Vaughan. Elle ne parut pas le remarquer, et le taxi poursuivit sa route sous le regard interloqué de Nigel. Elle avait dû se tromper, songea-t-il, et se rendait chez Surbonadier maintenant. Cependant, le taxi longea lentement la ruelle, dépassa l'immeuble de Surbonadier et disparut dans une rue latérale.

« Bizarre », se dit Nigel en se remettant pensivement à marcher.

— Très bizarre ! déclara-t-il tout haut.

Une fois chez lui, il résolut de se ragaillardir en écrivant à Angela North, qui n'intervient pas dans cette narration. Fervente admiratrice de l'inspecteur Alleyn, elle comprendrait le désarroi de Nigel. Lui conseillerait-elle de continuer à jouer le jeu ? Tournerait-elle en dérision ses scrupules à « cuisiner » Felix ? Impossible de se confier à elle sans faillir à sa parole. Zut, zut et zut, qu'allait-il faire ? Le mieux serait peut-être d'aller dîner chez *Queen's* à Cliveden Place, mais il n'avait pas faim. Alleyn en avait assez de lui ; il lui avait donné l'impression d'être un gamin, hypocrite de surcroît. Seigneur, il savait, lui, que Felix n'avait pas assassiné Surbonadier ! Pourquoi ne lui demanderait-il pas...

La sonnerie aiguë du téléphone interrompit ses méditations. En maugréant, Nigel alla répondre.

— C'est toi, Nigel ? résonna à son oreille la voix anxieuse de Gardener. Ecoute, j'aimerais te voir. Ce matin, j'ai fait l'imbécile : je ne t'ai pas tout dit au sujet de Cambridge. Es-tu libre maintenant ?

— Oui, répondit Nigel. Oui.

— Veux-tu passer à la maison ou préfères-tu que je vienne chez toi ? Nous pourrions dîner ici, tous les deux. Qu'en dis-tu ?

— Oui, répondit Nigel. Merci, Felix.

— Ne te change pas... viens directement.

— Oui, répondit Nigel. Merci, Felix.

Il raccrocha, en proie à l'exultation. Son dilemme était résolu. Se précipitant dans la salle de bains, il prit une douche, changea de chemise et se brossa les cheveux. Impatient de se racheter aux yeux d'Alleyn, il téléphona ensuite chez Surbonadier. Il laissa sonner le téléphone, mais personne ne le décrocha. Alleyn avait donc fini par partir. Il saisit son chapeau et courut vers la sortie. Dans la rue, il héla un taxi, donna au chauffeur l'adresse de Gardener et se rejeta sur les coussins de son siège. Alors seulement il lui vint à l'esprit que l'inspecteur Alleyn avait vu juste en supposant que Gardener avait d'autres révélations à leur faire sur le sombre passé d'Arthur Surbonadier étudiant à Cambridge. Peu à peu, une idée germa dans son subconscient, une idée à peine pressentie. Progressivement, elle prit forme et se fraya un chemin jusque dans la pensée consciente. Pendant quelques instants, il chercha à y échapper, mais elle s'imposa à lui, le forçant à l'examiner à la lumière crue de la logique. Et la vérité éclata enfin au grand jour.

— C'est donc cela, murmura Nigel. Mon Dieu, quel imbécile aveugle j'ai été !

« Pauvre Felix », pensa-t-il lorsque tout fut devenu clair.

Entre-temps, l'obscurité s'était épaissie dans l'appartement de Surbonadier.

14.

Gardener se souvient

— Si cela ne t'ennuie pas, Nigel, commença Gardener, je préfère me décharger de ce poids d'abord. Cela assainira l'atmosphère. Prends un verre et assieds-toi.

Il paraissait moins nerveux et harassé, pensa Nigel. On eût dit un homme soulagé d'avoir pris une décision.

— Voilà, annonça-t-il. Ce matin, quand tu es venu me voir, j'étais proprement dans les limbes. Je n'avais pas fermé l'œil de la nuit et à... à l'horreur d'avoir tué Arthur Surbonadier a succédé la peur d'être soupçonné par ton ami Alleyn. Je ne saurais te décrire ce sentiment ; à mon avis, un coupable aurait moins cédé à la panique que moi. Je me sentais incapable de prouver mon innocence, et, quoi que tu aies pu dire, j'étais persuadé d'être le suspect numéro un.

— Tu te trompais complètement.

— Je l'espère. A ce moment-là, j'étais sûr d'avoir raison. De toute façon, j'étais incapable de réfléchir d'une manière cohérente, et, lorsque tu m'as interrogé sur Cambridge, je me suis dit : « On l'a envoyé me sonder. Alleyn pense que je ne vais pas me méfier de Nigel. » Tu ne peux pas t'imaginer quelle impression horrible cela m'a faite. Non... ne m'interromps pas. Je t'ai donc menti à moitié en disant que je ne connaissais pas bien Arthur à l'époque. C'est faux, je l'ai très bien connu à une certaine période... avant de me rendre compte de sa véritable personnalité. J'étais plus jeune que lui, et sans doute encore plus naïf que la plupart des garçons de mon âge. J'ai donc trouvé très excitant — dans le genre « goûter à tous les plaisirs de l'existence » — le fait de participer sur son invitation à une partie d'héroïne.

— Oh, mon Dieu ! laissa échapper Nigel.

— Je n'y suis allé qu'une fois, et cela s'est avéré abominable. J'en avais pris moins que les autres et, comme je devais offrir plus de résistance, cela ne m'a pas fait beaucoup d'effet. Le lendemain matin, j'ai compris que j'avais commis une bêtise, et j'ai voulu mettre les choses au point. J'ai donc appelé Surbonadier afin de lui exposer clairement ma position. Il avait l'esprit comme embrumé et, ramolli comme il l'était, il a commencé à me raconter sa vie. Il m'a parlé de son oncle et aussi de... Stephanie Vaughan.

Gardener se tut, puis reprit après une hésitation :

— Je l'avais vue pour la première fois dans *Othello*. Si je te disais que j'étais tombé amoureux d'elle dès cet instant, tu trouverais cela galvaudé. C'est pourtant vrai. Alors, quand Surbonadier a entrepris de me décrire leur amitié, je me suis pris à le détester. Il m'a expliqué que son oncle allait lui donner les meilleurs rôles ; que lui haïssait son oncle et qu'il savait beaucoup de choses sur lui. Il m'a raconté que Saint était mêlé à un trafic de drogue, qu'il avait des maîtresses. Stephanie semblait si innocente que la seule idée de la voir dans cette galère m'a glacé le sang. J'étais très jeune : Saint m'a paru l'incarnation même du Mal. C'était cauchemardesque. Je ne suis pas très psychologue, mais je suppose que l'héroïne y était pour quelque chose. Nous n'étions ni l'un ni l'autre dans notre état normal. En tout cas, lorsque Surbonadier m'a confié à travers les vapeurs de drogue qu'il avait de quoi jouer un sale tour à son oncle, je l'ai vivement encouragé à le faire. Il disait que Saint refusait de payer ses traites, mais qu'il saurait l'y obliger. C'est alors qu'il a eu l'idée d'écrire un article, idée à laquelle j'ai applaudi sans réserve. Puis, brusquement, je me suis rappelé le but de mon coup de fil et j'ai essayé de lui expliquer que je n'irais plus à ses coteries. Mais, polarisé par son article, il m'a à peine écouté. Depuis ce jour-là, je n'ai plus frayé avec lui. Évidcmment, à la parution de l'article, j'ai tout de suite deviné l'identité de son auteur. Plus tard, lorsque nous nous sommes revus, il a tenté de me sonder. Je lui ai répondu brièvement qu'il n'avait rien à craindre de moi, et, depuis, je n'en ai plus entendu parler.

— Qu'est-ce qui t'a décidé à me raconter tout cela ? demanda Nigel.

Gardener ne répondit pas tout de suite.

— J'ai pensé, avoua-t-il enfin, qu'en fouillant le passé de Surbonadier, la police découvrirait que je le connaissais.

— Ce n'est pas la véritable raison, répliqua Nigel avec compassion. Tu les croyais... sur une tout autre piste, n'est-ce pas ? Tu as dû te dire que, à moins qu'ils ne découvrent le chantage exercé par Surbonadier sur son oncle, leurs soupçons se porteraient sur quelqu'un d'autre. Je me trompe ?

— Ils soupçonnent donc... ?

— Je ne le pense pas. En tout cas, cela règle le problème. *Elle*, au moins, elle ne te croit pas coupable ?

— Chacun de nous redoutait... Et, quand elle est arrivée, ce matin... Seigneur, ils ne vont tout de même pas la soupçonner !

— A ta place, je ne m'en inquiéterais pas. Quant à toi...

— Oui... quant à moi ?

Gardener plongea son regard dans le sien.

— Nigel, fit-il, promets-moi de me répondre franchement... Au fond de toi-même, doutes-tu de moi ? En toute honnêteté ?

— Non. Parole d'honneur.

— Alors, je te donne la mienne que je ne suis pas coupable de la mort de Surbonadier, et elle non plus. Je ne peux pas tout te dire, mais... nous sommes innocents.

— Je te crois, vieux.

— Je me sens mieux, fit Gardener. Si nous passions à table ?

Le dîner fut excellent, et le vin, exquis. Ils parlèrent de choses et d'autres, revenant de temps en temps au meurtre, mais d'une façon plus détendue.

— Il n'est pas très brillant, l'avenir de... de la famille Simes, déclara Gardener à un moment.

— Non, en effet. Que se passe-t-il à la Licorne ?

— Tu veux parler du spectacle ? Aussi incroyable que cela puisse te paraître, il a voulu poursuivre les représentations du *Rat et le Castor.*

— Quoi !

— Eh oui, aussitôt que la police a quitté le théâtre. Naturellement, j'ai refusé de continuer, et Stephanie aussi. Les autres, bien que guère enchantés, n'ont pas vraiment protesté. Alors il s'est demandé si ce serait réellement un succès... avec d'autres acteurs dans les rôles principaux. Les critiques risquaient de s'avérer défavorables. Pour finir, ils commencent à répéter une nouvelle pièce dès la semaine prochaine.

— Et toi, que vas-tu faire ?

— Oh, moi, j'attends. Il y a d'autres producteurs. Je suis devenu une sorte de personnage populaire, paraît-il, et c'est la meilleure des publicités. Une sympathie larmoyante alliée à une curiosité morbide, j'imagine. Allez, viens dans le salon.

Ils s'installèrent devant la cheminée. Une sonnerie parvint à leurs oreilles et, l'instant d'après, le domestique de Gardener entra avec une lettre.

— C'est un messager qui l'a apportée, monsieur, expliqua-t-il. Il n'y a pas de réponse à donner.

Gardener déchira l'enveloppe et en tira une feuille de papier. Allumant une cigarette, Nigel se mit à errer à travers la pièce. Il s'était arrêté devant le portrait du frère de Felix lorsqu'une exclamation de son hôte le fit sursauter.

— Bonté gracieuse, murmura Gardener, quelle est cette histoire ?

La feuille comportait un seul paragraphe, tapé à la machine, que Nigel lut avec stupéfaction :

« Si vous tenez à votre travail et à votre vie, mêlez-vous de vos affaires, ou vous perdrez les deux. Oubliez le passé, sinon vous vous en tirerez avec autre chose qu'un mal au pied. »

Les deux amis échangèrent un regard médusé.

— Cré nom d'un chien ! articula Nigel enfin.

— Tu l'as dit, acquiesça Gardener gravement.

— As-tu mal au pied ? s'enquit Nigel.

— Oui. Je te l'avais expliqué, quelqu'un m'a marché dessus.

— Quelqu'un qui sentait comme Jacob Saint ?

— Ce n'était qu'une impression. Je n'en suis pas certain.

— Écoute, décréta Nigel, il ne s'agit pas d'une plaisanterie. Il faut en parler à Alleyn.

— Décidément !

— Si, je t'assure. Je vais l'appeler, si tu permets.

— Où vas-tu le trouver ?

Nigel hésita. Alleyn ne tenait sûrement pas à ce qu'il dévoilât ses occupations. Par ailleurs, il ne savait même pas s'il était toujours chez Surbonadier. Il chercha le numéro dans l'annuaire et le composa sur le cadran.

— Il est peut-être chez lui, mentit-il.

A nouveau, il entendit le téléphone sonner dans l'appartement de Gerald's Row. Personne ne répondit, et il en conçut un vague sentiment de malaise.

— Personne ? demanda Gardener.

— Je pourrais essayer le Yard, marmonna Nigel, mais on verra ça tout à l'heure. Pour le moment, laisse-moi jeter un coup d'œil sur ce papier.

Ils passèrent l'heure qui suivit à se perdre en conjectures sur l'identité de l'auteur de la lettre. D'après Gardener, il ne devait pas s'agir de Saint. D'après Nigel, on ne pouvait pas prévoir sa réaction dans un moment de panique.

— S'il est le meurtrier..., commença-t-il.

— Je n'en suis pas certain. Il se peut qu'il redoute certaines révélations que Surbonadier aurait pu me faire à son sujet. Il a peur que je n'agisse comme j'ai agi : que je ne dise toute la vérité.

— Était-il au courant de ton amitié avec Surbonadier ?

— Oui. Arthur m'avait présenté à lui, à l'époque. Lorsque, par la suite, je suis monté sur les planches, il m'a vu dans la première pièce sérieuse où j'ai joué, et il s'est souvenu de moi. C'est ainsi en partie que j'ai débuté sous ses auspices. Quand j'y songe maintenant... Arthur m'en a voulu terriblement. Il avait coutume de répéter que je m'étais fait une place au soleil grâce à l'appui de sa famille. Dieu, quelle histoire sordide ! Te rappelles-tu ma remarque sur les acteurs ?

— Oui.

— Regarde comment ils se sont comportés hier soir, avec Surbonadier gisant sur la scène. Tout le monde a joué la comédie... excepté Stephanic.

Nigel le considéra avec curiosité. La voix sardonique d'Alleyn — « Belle sortic, n'est-ce pas ? » — résonna à ses oreilles. Il se remémora les attitudes enjôleuses de Miss Vaughan lors de son entretien avec l'inspecteur. Même lui, Alleyn, avait gardé sa main sur son épaule meurtrie plus longtemps que de raison. Nigel eut une pensée vertueuse pour son Angela et se sentit légèrement supérieur.

— Je me demande ce qu'elle fait, poursuivait Gardener. Je voulais passer la voir ce soir, mais elle m'a dit qu'elle me téléphonerait.

— De quoi a-t-elle peur ? ne put s'empêcher de questionner Nigel.

Gardener blêmit et retrouva son expression traquée du matin.

— Rien d'étonnant, répliqua-t-il enfin. Elle pense qu'Alleyn s'est rendu compte des constantes menaces et attentions de Surbonadier dont elle était l'objet. Le tableau cst apparu assez clairement, hier soir. Jamais elle ne m'en a soufflé mot. Jusqu'à ce matin, j'ignorais complètement ce qu'il manigançait. Ce matin, elle m'a montré son épaule et m'a dit qu'après mon départ, il l'avait frappée... Le mufle ! Seigneur, si seulement j'avais su !

— C'est une sacrée chance pour toi que tu ne l'aies pas su, rétorqua Nigel. Et puis, il est mort, Felix.

— Elle m'a dit qu'Alleyn a vu l'ecchymose. Elle

croit qu'il la soupçonne. Ses nerfs sont dans un état terrible... le choc a été quasi insoutenable.

— Toi aussi, tu avais peur pour elle ?

— Oui, depuis ce matin. Jusque-là, crétin égocentrique que je suis, je ne pensais qu'à ma propre personne. Qu'ils puissent seulement songer à elle ! C'est monstrueux.

— Ne t'inquiète donc pas. Je n'ai pas entendu la moindre allusion à ce sujet. Je te répète qu'ils suivent une tout autre piste. Je ne puis t'en dire davantage sans trahir le secret de l'instruction. A présent, Felix, je vais te laisser, si tu n'y vois pas d'objection. La nuit a été drôlement brève, et toi aussi, tu as l'air d'avoir sommeil. Prends deux aspirines, un doigt de whisky, et cesse de te tracasser. Bonne nuit.

— Bonne nuit, Nigel. Nous n'avons jamais été très proches, mais j'espère que nous le serons dorénavant. Je te suis très reconnaissant, tu sais.

— Penses-tu ! Bonsoir.

De retour à Chester Terrace, Nigel constata qu'il était dix heures et demie, et qu'il tombait de fatigue. Néanmoins, il lui restait son article à rédiger, et il n'avait pas envie de le remettre au lendemain.

Il s'installa avec lassitude devant sa machine à écrire et introduisit une feuille de papier dans le chariot. Après avoir réfléchi quelques instants, il commença à taper :

« LE MEURTRE DE LA LICORNE.

Suite inattendue :

On reparle du procès en diffamation de Saint. »

Pendant qu'il travaillait, ses pensées le ramenaient sans cesse à Alleyn. Il devait l'informer à propos de

Felix. Il finit par tendre la main vers le téléphone. A cette heure-ci, Alleyn se trouvait sûrement chez lui. Il composa son numéro, et, le menton appuyé sur sa main, attendit.

15.

Le talon d'Achille

Lorsque Nigel et l'inspecteur Fox eurent quitté la pièce, Alleyn demeura immobile, écoutant le bruit de leurs pas décroître dans le couloir. Il entendit Fox parler en bas à l'agent, puis leurs voix résonnèrent dans l'allée qui reliait l'immeuble à la rue.

Un observateur invisible eût tôt fait de remarquer que les pensées d'Alleyn n'étaient pas des plus agréables. L'inspecteur possédait l'un de ces visages que l'on qualifie parfois d'« altiers ». Deux profonds sillons — qu'un peintre eût rendus d'un coup de pinceau ascendant — creusaient les coins de sa bouche. Les ailes de son nez s'incurvaient vers le haut, ainsi que ses sourcils couleur de jais. C'était un visage fin et attrayant, et, lorsque personne ne le regardait, très expressif. Pour le moment, il reflétait une répugnance extrême, comme si son propriétaire venait de commettre un acte déplaisant, ou qu'il était sur le point de le faire.

Avec un soupir, Alleyn consulta sa montre, éteignit la lumière et alla se poster devant la fenêtre, prenant soin de se tenir derrière les rideaux. Ainsi, il pouvait observer sans être vu la maigre circulation dans Gerald's Row. Deux minutes avaient dû s'écouler depuis le départ de Nigel et de Fox. Un taxi solitaire remonta lentement la ruelle, ralentissant devant l'immeuble. Bien qu'en ayant une vue aérienne, l'inspecteur eut l'impression que son passager se trouvait dans une position singulière et fort inconfortable. On eût dit qu'il était agenouillé sur le plancher, le visage levé vers l'appartement, et qu'il se gardait bien de se manifester. L'inspecteur Alleyn eut un petit sourire et essaya de se remémorer l'emplacement de la cabine téléphonique la plus proche. Le taxi s'éloigna. S'écartant de la fenêtre, il sortit son paquet de cigarettes, parut se raviser et le remit dans sa poche. Trois ou quatre minutes passèrent. La sonnerie du téléphone le tira brutalement de ses méditations. Le sourire de l'inspecteur s'élargit. Les mains dans les poches, il s'assit sur le lit et attendit. L'appareil sonna une vingtaine de fois et se tut tout aussi brusquement. Alleyn regagna son poste à la fenêtre. Dans le silence qui régnait dehors, il entendit un écho de pas : quelqu'un arrivait à vive allure d'Elizabeth Street. Il se recula promptement et, avec un gémissement à fendre l'âme, s'introduisit sous le lit qui était passablement bas. Aplati face contre terre, il redressa la frange du couvre-lit qui, à son grand dégoût, s'avéra être en taffetas rose. Puis il demeura parfaitement immobile.

L'instant d'après, une clé tourna dans la serrure de la porte d'entrée. Le visiteur avait dû se déchausser car seule une sensation de mouvement imperceptible révéla à Alleyn sa présence dans le couloir. La poignée de la porte s'abaissa, et, à travers les fils de la frange, dans la lumière diffuse des réverbères de la rue, il vit le battant s'ouvrir lentement. Une ombre se détacha de la pénombre ambiante. Un léger bruissement lui apprit que quelqu'un venait d'entrer dans la pièce. Un autre bruissement fut suivi du glissement froufroutant des rideaux. Les lumières de la rue s'évanouirent. Au moment où le silence devint insoutenable, le téléphone au-dessus d'Alleyn émit son appel strident. Le sommier s'affaissa sur ses épaules. La sonnerie interminable se transforma soudain en une sorte de coassement grotesque : on venait de presser quelque chose contre l'appareil. Alleyn compta vingt autres sonneries avant que tout ne fût redevenu silencieux.

A Chester Terrace, Nigel raccrocha le combiné et s'en fut retrouver Gardener.

Un faible soupir de soulagement se fit entendre au-dessus de la tête d'Alleyn. Lui-même en eût poussé un du fond du cœur lorsque, dans un craquement des ressorts, le poids fut levé de ses épaules. Il distingua ensuite le bruit d'une chaise que l'on traînait sur le tapis à travers la pièce. La porte du placard grinça. Il y eut une pause suivie de grattements furtifs, puis un déclic métallique. Alleyn s'éclaircit la voix.

— Il vous suffit d'allumer, Miss Vaughan, suggéra-t-il.

Elle ne cria pas mais, d'après une petite exclamation étouffée, il comprit que peu s'en était fallu.

— Qui est-ce ? chuchota-t-elle bravement.

— La loi, répondit Alleyn d'un ton solennel.

— Vous !

— Oui. Je vous en prie, allumez. Vous n'avez aucune raison de rester dans le noir. L'interrupteur se trouve juste derrière la porte.

Il éternua violemment et ajouta avec sollicitude :

— A vos souhaits, monsieur Alleyn.

Une lumière rose inonda la chambre. Alleyn s'extirpa à moitié de sous le lit.

Elle était debout, une main sur l'interrupteur. Dans l'autre, elle tenait la petite boîte métallique. Les yeux agrandis comme ceux d'un enfant terrifié, elle était merveilleusement belle.

Au prix de quelques contorsions, Alleyn se remit sur ses pieds.

— La poussière que l'on trouve sous les lits est bien la pire qui soit, se plaignit-il.

Les doigts de Stephanie se desserrèrent. Elle chancela, et il eut tout juste le temps de la rattraper. La boîte roula sur le sol dans un bruit de métal.

— Non, non, il n'en est pas question. Vous n'êtes pas de ces femmes qui s'évanouissent à la moindre contrariété. Vous, avec vos nerfs d'acier, comment pourriez-vous perdre connaissance ? Votre cœur bat tout à fait normalement.

— Le vôtre, en revanche, bat la chamade, souffla-t-elle.

Il la remit debout, la maintenant par les coudes.

— Asseyez-vous, lui ordonna-t-il brièvement.

Elle s'écarta de lui et s'assit dans le fauteuil qu'il venait d'approcher.

— Tout de même, observa Miss Vaughan, vous m'avez fait une de ces peurs...

Elle soutint son regard sans ciller.

— Quelle idiote j'ai été ! Tomber dans un piège aussi grossier.

— J'en suis surpris moi-même. En vous voyant dans le taxi, j'ai su que j'avais réussi, et, plus tard, quand vous avez téléphoné... je pensais bien que Surbonadier vous avait donné un double de ses clés.

— J'avais l'intention de le lui rendre.

— Vraiment ? Les goûts et les couleurs... De toute évidence, vous choisissez mal vos fréquentations.

— Pas toujours.

— C'est possible.

— Après tout, vous n'avez rien contre moi. Pourquoi n'aurais-je pas dû venir ici ? Vous-même me l'avez proposé.

— A neuf heures, en ma compagnie. Que cherchiez-vous dans cette boîte ?

— Mes lettres, répliqua-t-elle précipitamment. Je voulais les détruire.

— Elles ne sont pas là-dedans.

— Alors, tout comme Ophélie, j'ai été la plus dupe des deux.

— Non, vous n'étiez pas dupe, répondit-il avec amertume.

— Monsieur Alleyn... rendez-moi mes lettres. Je vous donne ma parole qu'elles n'ont rien à voir avec sa mort.

— Je les ai lues.

— Toutes ? demanda-t-elle, très pâle.

— Oui. Même le petit mot d'hier.

— Qu'allez-vous faire... m'arrêter ? Vous êtes seul ici.

— Je ne pense pas que vous feriez une scène. A vrai dire, je m'imagine mal vous traînant dans la rue, échevelée et hors d'haleine, et soufflant dans mon sifflet pendant que vous me labourez le visage de vos ongles.

— Non, ce serait trop lamentable.

Elle se mit à pleurer, joliment, sans bruit ni grimace. Ses yeux s'emplissaient de larmes, puis débordaient. Pendant quelques secondes, elle pressa un mouchoir sur eux.

— J'ai froid, dit-elle.

Il ôta une courtepointe du lit et la lui tendit. Elle glissa de ses mains. Miss Vaughan le regarda d'un air implorant. Il drapa la courtepointe sur ses épaules et en fourra les extrémités derrière les bras du fauteuil. Tout à coup, elle s'agrippa au revers de son veston.

— Regardez-moi ! fit Stephanie Vaughan. Regardez-moi. Ai-je l'air d'une meurtrière ?

Lui saisissant les poignets, il tenta de se dégager, mais elle se raccrocha à lui.

— Je vous jure que je ne pensais pas un mot de ce que j'ai écrit. Je voulais l'intimider. Il m'avait menacée. J'ai seulement voulu l'effrayer.

Il arracha ses mains de son veston et se redressa.

— Vous m'avez fait mal, observa-t-elle.

— Vous m'y avez contraint. Mieux vaudrait mettre fin à cet entretien.

— Laissez-moi au moins plaider ma cause. Si, après m'avoir entendue, vous continuez de me croire coupable, je vous suivrai sans la moindre protestation.

— Je dois vous avertir...

— Je sais. Mais il faut que je vous explique. Asseyez-vous cinq minutes et écoutez-moi. Je ne me sauverai pas. Verrouillez la porte, si vous le désirez.

Il ferma la porte à clé et mit la clé dans sa poche. Puis, perché sur le bord du lit, il attendit.

— Je connaissais Arthur Surbonadier depuis six ans, commença-t-elle enfin. Les étudiants de Cambridge, qui avaient monté un spectacle au profit des œuvres de charité, m'avaient invitée à jouer Desdémone. A l'époque, j'étais une jeune débutante. Arthur, lui, était séduisant et exerçait une grande attraction sur les femmes. Je ne vous demande pas de comprendre cela. Il m'a fait rencontrer Felix, mais je n'en ai gardé pratiquement aucun souvenir, alors. Lui affirme qu'il ne m'a jamais oubliée. Arthur s'est attaché à moi. Il m'a présentée à Jacob Saint, et c'est là que j'ai réellement débuté ma carrière. Tous deux, nous avions des rôles dans une pièce qui débutait à la fin de l'année. Il était follement amoureux de moi... non, ce n'est pas le mot. Il était totalement subjugué, comme s'il n'existait pas en dehors de moi. J'ai été conquise et... ce qui devait arriver, arriva. Il m'a demandé des centaines de fois de l'épouser, mais je ne tenais pas à me marier et, du reste, j'ai bientôt vu à qui j'avais affaire. Il m'a parlé de tout ce qu'il avait fait. Il haïssait son oncle et une fois, à Cambridge, il a écrit un article où il accusait son oncle de toutes sortes de choses. Il y a même eu un procès — je suppose que vous vous en souvenez — mais Saint n'a jamais soupçonné Arthur : il le croyait trop dépendant de lui. Il m'a tout expliqué, ainsi que ses propres vices. Et pourtant, il m'attirait toujours. Plus tard, j'ai revu Felix et...

Elle esquissa un petit geste de la main, puisé certainement dans sa panoplie de comédienne.

— Depuis ce temps-là, j'ai cherché à mettre un terme à ma relation avec Arthur. Il me terrorisait et menaçait de... tout révéler à Felix.

Elle fit une pause, et une note différente se glissa dans sa voix.

— Felix appartient à une tout autre catégorie. Il est, curieusement, intolérant, et surtout terriblement intègre. Si jamais Arthur lui avait dit ! J'ai commencé à lui écrire, puis je suis partie pour New York. A mon retour, je suis retombée sous la coupe d'Arthur. Hier — j'ai l'impression que cela fait des années — il est venu me voir, et il y a eu une scène. J'ai voulu l'effrayer et, après son départ, je lui ai écrit ce mot.

— Qui disait : « Si, ce soir, vous ne me promettez pas de me laisser tranquille, je trouverai un moyen de vous y obliger. »

— Seigneur, je voulais dire que je parlerais à Saint de cet article !

— Il faisait chanter Saint depuis des années, ne le saviez-vous pas ?

Elle sembla se pétrifier.

— Le saviez-vous ? demanda Alleyn.

— Non. Il ne me l'a jamais dit.

— Je vois.

Elle lui jeta un regard éperdu et se frotta les poignets à l'endroit où il les avait agrippés. Puis, comme mue par une impulsion, elle lui tendit la main.

— Ne pourriez-vous m'accorder votre confiance... et votre pitié ? murmura-t-elle.

Pendant quelques secondes, ils demeurèrent silencieux, sans bouger. Tout à coup, il fut auprès d'elle, sa main serrée entre les siennes. Il la souleva, et, penché sur leurs doigts entrelacés, parut s'absorber dans une profonde méditation.

— Vous avez gagné, finit-il par répondre.

Elle pressa sa joue contre les doigts d'Alleyn et, de sa main libre, rejeta la courtepointe.

— Hier soir, j'ai cru que vous alliez me baiser la main...

— Ce soir...

Il l'embrassa avec une lenteur délibérée. Dans le silence qui suivit, ils entendirent des pas résonner dans la ruelle. Ce bruit parut la ramener sur terre. Lui retirant sa main, elle se leva.

— Laissez-moi vous féliciter, lança-t-elle.

— De quoi donc ?

— De votre intelligence. En m'arrêtant, vous auriez commis une maladresse irréparable. Puis-je partir, à présent ?

— Si vous y tenez.

— Oui, j'y tiens. Dites-moi... qu'est-ce qui a éveillé vos soupçons à mon égard ?

— Les traces de votre fard sur les cartouches.

Elle s'approcha de la fenêtre et jeta un coup d'œil dans la rue.

— C'est extraordinaire, répliqua-t-elle avec calme. Arthur lui-même a renversé le flacon sur ma table.

Elle parut soupeser cette information, puis questionna rapidement :

— Cela signifie que le coupable se trouvait dans ma loge ?

— Oui. Elle était vide juste avant. Vous parliez à Gardener dans la pièce voisine.

— Non, non, ce n'est pas possible. Je veux dire, il *aurait pu* y entrer, mais il ne l'a pas fait. Il était déjà sur scène à ce moment-là. Arthur a renversé le flacon : il en avait partout. Quand il a mis les cartouches dans le tiroir, il devait rester un peu de fard sur ses mains. Il y en avait certainement sur son pouce lorsqu'il a chargé le revolver. Il a dû se rendre compte qu'il était un homme fini et il a voulu faire condamner Felix pour meurtre. Ou bien moi. Peut-être s'est-il délibérément servi de mon fard. Cela lui ressemble tout à fait.

— Vous croyez ? Ma pauvre enfant !

— Oui, oh oui, j'en suis sûre.

— Se pourrait-il que vous ayez raison ? demanda Alleyn.

— C'est même certain.

— Je vais réexaminer le problème sous cet angle.

L'air à peine conscient de ce qu'il disait, Alleyn la dévisageait avidement, comme s'il était incapable de se rassasier de sa vue.

— Il faut que je parte, fit-elle. Puis-je emporter...

les lettres, ou bien avez-vous l'intention de vous en servir ?

— Je vais vous les rendre.

Il alla chercher les lettres dans la pièce d'à côté. Lorsqu'il revint, elle examina toute la pile avec soin.

— Il en manque une.

— Je ne le crois pas.

— Si, si, insista-t-elle. Êtes-vous sûr de ne pas l'avoir égarée ?

— C'est tout ce que nous avons trouvé.

— Je dois la retrouver, s'obstina-t-elle. Elle n'est certainement pas bien loin. C'est cette lettre, justement, qu'il menaçait de montrer à Felix.

— Nous avons tout passé au peigne fin. Il a dû la brûler.

— Non, non, c'est impossible. Je vous en prie, laissez-moi regarder... Je sais où il gardait ses affaires.

Elle parcourut fébrilement toutes les pièces. A un moment, interrompant ses recherches, elle l'interrogea du regard.

— Vous n'auriez pas...

— Je n'ai dissimulé aucune de vos lettres, je vous en donne ma parole.

— Je vous demande pardon.

Elle se remit à explorer l'appartement, mais, finalement, elle dut s'avouer vaincue.

— Si nous la découvrons, je vous la ferai parvenir, l'assura Alleyn.

Elle le remercia mais ne sembla pas satisfaite pour autant. Enfin, il réussit à la convaincre de renoncer.

— Je vais vous appeler un taxi.

— Oh non, merci. Je préfère marcher jusqu'au coin de la rue. Vraiment.

— Je vous accompagne. Il me suffit de fermer ici.

— Non. Nous allons nous dire bonsoir maintenant, dit-elle. Je ne désire pas être vue en votre compagnie... elle est trop compromettante.

— Il est possible d'y remédier.

— Vous croyez, inspecteur ? Bonsoir.

— Bonsoir, Stephanie. Si je n'étais pas policier...

— Oui ?

— Rendez-moi la clé, madame.

— Oh, la clé de l'appartement ? Qu'en ai-je fait ? Je me demande si je vais arriver à la retrouver.

— N'est-elle pas sur cette chaîne ?

Il tira sur la chaîne qu'elle portait autour du cou et décrocha la clé dissimulée sous sa robe. Ils se retrouvèrent tout près l'un de l'autre, et il la sentit trembler.

— Vous êtes épuisée, dit-il. Laissez-moi vous raccompagner. Je vous en prie, accordez-moi ce plaisir.

— Non, vraiment. Re-bonsoir.

Il lui effleura la main.

— Bonsoir.

Esquissant un pas vers lui, elle plongea son regard dans le sien et lui sourit. L'instant suivant, il la tint serrée dans ses bras.

— Que se passe-t-il ? interrogea-t-il avec dureté. Vous incarnez tout ce que j'abhorre... et cependant... si je vous embrassais ?

— Pourquoi pas ?

— Parce que... il y a mille raisons à cela.

— Quelle façon étrange de me regarder ! On dirait que vous étudiez mon visage centimètre par centimètre.

Il la relâcha brusquement.

— Partez, je vous prie.

Elle s'en fut en un éclair. Penché par la fenêtre, il la vit sortir sur le trottoir. Elle se dirigea vers South Eaton

Place. Quelques secondes plus tard, un homme déboucha de l'allée de l'immeuble, s'arrêta pour allumer une cigarette, puis repartit dans la même direction.

Alleyn referma la fenêtre avec précaution et éteignit la lumière. En se dirigeant vers la porte, il buta sur la petite boîte métallique qui gisait à l'endroit où elle l'avait laissée tomber. Il se baissa, l'ouvrit, et une expression d'intense soulagement illumina son visage. Après l'avoir ramassée, il sortit de l'appartement.

Livré à lui-même, le téléphone se remit à sonner, avec insistance.

16.

L'enquête

Alleyn n'était pas rentré chez lui depuis dix minutes que le téléphone sonna.

— Enfin vous voilà, fit Nigel.

— Est-ce vous qui avez appelé chez Surbonadier une vingtaine de minutes après votre départ ? s'enquit l'inspecteur.

— Oui ; comment le savez-vous ?

— J'ai entendu la sonnerie.

— Mais alors, pourquoi diable n'avez-vous pas décroché ?

— J'étais sous le lit.

— Comment ? La ligne est très mauvaise.

— Peu importe. Que se passe-t-il ?

— J'ai vu Felix. Sur sa propre demande. C'est vous qui aviez raison.

— Pas au téléphone. Venez me voir au Yard demain à neuf heures.

— Entendu, dit Nigel. Bonne nuit.

— Que les anges veillent sur votre sommeil, répondit Alleyn avec lassitude.

Aussitôt après, il alla se coucher.

Le lendemain matin, Nigel arriva à Scotland Yard avec son article et son coursier.

— Cela devient une habitude, fit remarquer Alleyn.

Il corrigea le texte, et ce qui en resta fut expédié à Fleet Street.

— Et maintenant, déclara Nigel, écoutez-moi !

Il lui répéta la confession de Gardener et parla de la lettre anonyme qu'il avait sur lui. Alleyn écouta avec attention et examina le papier plus attentivement encore.

— Je suis content qu'il vous ait raconté cela, dit-il. Pensez-vous qu'il acceptera de le faire figurer dans une déposition ?

— Oui, certainement. A mon avis, une fois le choc d'avoir tué Surbonadier passé, il a eu peur que vous ne le soupçonniez d'avoir agi avec préméditation. Plus tard, lorsque j'ai entendu Miss Vaughan lui demander de garder le silence sur je ne sais quoi, il a dû la croire en danger, elle. Il a donc décidé de me dire tout ce qu'il savait afin de détourner les soupçons d'elle. Il se rend compte que ses aveux impliquent clairement Saint, et peut-être lui-même. Il n'est pas convaincu, du reste, de la culpabilité de Saint. Il penche plutôt pour le suicide.

— Notre M. Saint, il penche pour la même hypothèse... très fortement même, rétorqua Alleyn d'un air sombre.

Il appuya sur la sonnette située sur son bureau et pria l'agent qui y répondit d'appeler l'inspecteur Fox. Puis il se replongea dans la contemplation de la lettre jusqu'à l'arrivée de l'inspecteur.

— J'ai de bonnes nouvelles, Fox, annonça-t-il. Notre petit assassin se convertit à la littérature. Au genre épistolaire, plus précisément. Nous commençons à y voir plus clair.

— Ah oui ? énonça Nigel.

— Assurément. Fox, cette lettre a été apportée à M. Gardener par un messager local, vers huit heures et demie hier soir. En voici l'enveloppe. Faites ratisser tous les bureaux de poste du quartier. Faites aussi relever les empreintes sur le papier. Vous en trouverez de deux sortes : celles de Gardener et celles d'un « inconnu ». J'ai une idée, moi, de l'identité de cet inconnu.

— Puis-je savoir qui c'est ? hasarda Fox avec empressement.

— Un homme que, en toute sincérité, nous n'avons jamais soupçonné au cours de nos investigations. Un homme qui, par son apparente bonne volonté, par ses fréquentes suggestions, ainsi que par le charme indéniable de ses manières, a réussi jusque-là à détourner notre attention de sa personne. Cet homme se nomme...

— Je donne ma langue au chat, monsieur.

— Nigel Bathgate.

— Espèce de vieux sac à tripes ! éructa Nigel, furieux.

Puis, voyant la mine scandalisée de Fox :

— Je vous demande pardon, inspecteur. Tout comme M. Saint, je n'apprécie pas toujours votre humour. Il est vrai, inspecteur Fox, ajouta-t-il avec une calme dignité, que vous trouverez mes empreintes sur cette feuille, mais *pas* partout. Dans un coin seulement ; après, je me suis souvenu qu'il ne fallait pas y toucher.

— Je crains que vous ne nous échappiez cette fois encore, déclara Fox solennellement.

Un rire caverneux le secoua.

— Votre tête faisait plaisir à voir, monsieur Bathgate !

— Bien, fit Alleyn, trêve de plaisanteries. Revenons à nos moutons. Y a-t-il une machine à écrire dans votre liste des accessoires de la pièce ?

— Oui. Une Remington qui apparaît au premier et au dernier acte.

— Où la range-t-on ?

— Dans la salle des accessoires, entre les deux. Je crois qu'ils remettent le décor du premier acte aussitôt après le spectacle, d'habitude. Elle se trouvait donc sur la scène au moment où tout le monde est arrivé au théâtre, et, après le dernier acte, on l'a rapportée dans la salle des accessoires. A tout hasard, nous avons relevé les empreintes. Il y avait celles de M. Gardener sur les touches, et celles de Props sur les côtés, à l'endroit où il l'avait tenue pour l'emporter.

— La méthode des empreintes digitales est bien trop connue de nos jours pour que le moins doué des criminels s'y laisse prendre. Qui a utilisé la machine à écrire au dernier acte ? Ah, c'est vrai... Gardener. Faites-moi une copie de cette lettre, et remettez-la à Bailey, voulez-vous ? Demandez-lui également de réexaminer la machine à écrire. Non, je ne radote pas. A présent, je dois m'occuper des préparatifs de l'enquête. Dieu merci, nous avons affaire à un coroner acceptable.

— Ça, vous pouvez le dire, opina Fox.

— Qu'entendez-vous par là ? questionna Nigel.

— J'ai souvent l'impression, répondit Alleyn, que certains d'entre eux cachent une cagoule noire au fond de leurs poches. Tous des vieilles chouettes. Excepté celui-là, apparemment. Je pense que ce ne sera pas long.

— Je retourne à Fleet Street, l'informa Nigel. Ensuite, j'ai rendez-vous avec Felix pour l'accompagner à l'enquête. Son avocat sera là également.

— Il y en aura une flopée. Mes espions m'ont appris que Saint Jacob avait engagé Phillip Phillips pour défendre la bonne cause. C'est le frère de l'autre Phillips, celui qui a fait gagner à Saint Jacob le procès en diffamation. L'enjeu est d'importance.

— Bien, fit Nigel du pas de la porte. A tout à l'heure...

— Chez *Phillipi*, évidemment. Au revoir, Bathgate.

Nigel passa deux heures dans son bureau à dresser le portrait des protagonistes du drame. Son rédacteur se déclara « pas mécontent » du fruit de ses efforts. A onze heures moins vingt, Nigel prit le métro jusqu'à Sloane Square. Chez Gardener, il trouva son avocat, un jeune homme à l'allure extraordinairement solennelle. Ils bavardèrent autour d'un verre de sherry, mais les quelques plaisanteries dont Nigel tenta d'égayer la conversation semblèrent tomber à plat. L'avocat qui, malencontreusement, s'appelait M. Reckless [1] le considéra d'un œil torve. Quant à Gardener, il était trop agité pour goûter ses remarques spirituelles. Ils vidèrent donc leurs verres et appelèrent un taxi.

Dans l'ensemble, l'enquête s'avéra décevante pour la foule venue y assister. On parla peu des investigations menées par la police. Alleyn, que le coroner traita avec une déférence manifeste, décrivit succinctement la scène de la mort de Surbonadier. En regardant son ami, Nigel éprouva une sensation semblable à celle qui l'avait envahi lorsque, petit garçon, il avait vu Sa Majesté serrer sur la tribune la main de l'un des grands de ce monde. Alleyn mentionna la marque du revolver et le modèle des cartouches : .455.

— Avez-vous remarqué quelque chose d'inhabituel au sujet de l'arme ou des cartouches ? demanda le coroner.

1. Téméraire. *(N.d.T.)*

— C'était le modèle standard .455 couramment utilisé dans les Smith et Wesson. Il n'y avait pas d'empreintes.

— Se serait-on servi d'un gant ?

— C'est possible.

— Qu'en est-il des cartouches factices ?

Après les avoir décrites, Alleyn déclara qu'il avait relevé des traces de sable provenant de la cartouche défectueuse dans le trou du souffleur et dans les deux tiroirs.

— Qu'en déduisez-vous ?

— Que le chef accessoiriste les avait données au régisseur, qui les a placées comme d'habitude dans le tiroir du haut.

— Selon vous, quelqu'un les aurait mises par la suite dans le second tiroir, les remplaçant par des vraies cartouches ?

— Oui, monsieur.

— Auriez-vous d'autres observations à formuler concernant les cartouches ?

— J'ai remarqué des taches blanchâtres sur elles.

— Comment expliqueriez-vous cela ?

— A mon avis, il s'agit du fard employé par les actrices.

— Pas par les acteurs ?

— Non, je ne le crois pas. Nous n'en avons pas trouvé dans leurs loges.

— Mais vous avez découvert des pots de fard dans les loges des actrices ?

— C'est exact.

— Ces pots contenaient-ils un produit identique ?

— Pas vraiment.

— Pourriez-vous déterminer, le cas échéant, de quel pot proviennent les taches sur les cartouches ?

— D'après les résultats de l'analyse, elles proviennent de la loge principale. Un flacon de ce produit y a été renversé plus tôt dans la soirée.

— Et qui occupe la loge principale ?

— Miss Stephanie Vaughan et son habilleuse. Au cours de la soirée, Miss Vaughan y a reçu d'autres membres de la troupe. Moi-même, je lui ai rendu visite avant le début du premier acte. A ce moment-là, le flacon de fard était intact. J'y ai rencontré le défunt qui se trouvait apparemment en état d'ébriété.

— Pourriez-vous exposer au jury vos activités consécutives au drame ?

Le récit d'Alleyn prit un certain temps.

— Vous avez procédé à l'examen de la scène. Avez-vous effectué une découverte susceptible de vous éclairer ?

— J'ai trouvé une paire de gants dans un sac qui avait servi au cours du spectacle, et les fausses cartouches dans le tiroir inférieur du bureau.

— Ces gants avaient-ils quelque chose de particulier ?

— A l'analyse, la tache blanche sur l'un d'eux s'avéra être de la même origine que celles des cartouches.

Cette déclaration provoqua des remous dans l'assemblée. Alleyn poursuivit en racontant ses entretiens avec les acteurs. Tous, dit-il, avaient depuis signé les notes prises pendant leurs dépositions. Nigel, qui l'ignorait, se demanda comment ils avaient réagi en voyant le fruit de ses efforts. Alleyn ne s'attarda guère sur les recherches auxquelles la police s'était livrée ces derniers jours, et le coroner n'insista pas, lui laissant une très grande liberté de manœuvre.

Appelé à la barre, Felix Gardener, très pâle, fit

cependant sa déposition clairement. Il reconnut posséder le revolver, qui avait appartenu à son frère, et déclara avoir remis les cartouches au chef accessoiriste afin qu'il les adaptât aux besoins de la pièce.

— Vous êtes-vous rendu dans la loge de Miss Vaughan avant le drame ?

— Oui. J'y étais avec l'inspecteur principal Alleyn, venu me voir avec un ami avant le premier acte. Je n'y suis pas retourné par la suite.

— Avez-vous remarqué un pot de fard blanc renversé sur la coiffeuse ?

— Non, monsieur.

— Monsieur Gardener, voulez-vous décrire la scène au cours de laquelle vous avez tiré ce coup de revolver ?

Gardener s'exécuta, blanc comme un linge et la voix tremblante.

— Vous êtes-vous rendu compte tout de suite de ce qui venait de se produire ?

— Non, pas tout de suite, répondit Gardener. La détonation du revolver m'a assourdi. L'espace d'un éclair, il m'est venu à l'esprit que l'une des cartouches tirées à blanc dans les coulisses avait dû se retrouver dans le chargeur.

— Vous avez continué à jouer votre rôle ?

— Oui, répliqua Gardener d'une voix étouffée. Tout à fait machinalement. Puis j'ai commencé à comprendre. Mais nous avons continué.

— Nous ?

— Miss Vaughan se trouvait également sur scène.

A la grande stupéfaction de l'assemblée, on exhiba une paire de gants en suède gris.

— Est-ce que ce sont les vôtres ?

— Non, répondit Gardener, l'air à la fois surpris et soulagé.

— Les avez-vous déjà vus ?

— Non, pas à ma connaissance.

Vint ensuite le tour de la lettre anonyme. Gardener décrivit les circonstances dans lesquelles il l'avait reçue et expliqua l'allusion à son « mal au pied ».

— Auriez-vous une idée de l'identité de la personne qui vous a marché sur le pied ?

Gardener jeta un coup d'œil incertain en direction d'Alleyn.

— J'ai eu une vague impression, mais j'ai estimé ensuite qu'elle n'était pas assez nette pour être prise en considération.

— Qui cette impression évoquait-elle ?

— Suis-je obligé de répondre ?

De nouveau, il regarda Alleyn.

— En avez-vous fait part à l'inspecteur principal Alleyn ?

— Oui. Mais je l'ai prié de ne pas y accorder de signification.

— Quel nom avez-vous cité ?

— Aucun. L'inspecteur Alleyn m'a demandé si j'avais perçu une senteur particulière. Je croyais que oui.

— Un parfum de toilette, voulez-vous dire ?

— Oui.

— A qui vous a-t-il fait penser ?

— A M. Jacob Saint.

M. Phillip Phillips, animé d'une vertueuse indignation, bondit sur ses pieds. Après en avoir fini avec lui, le coroner se tourna vers Gardener.

— Je vous remercie, monsieur Gardener.

Stephanie Vaughan, l'air grave et posé, fit une déposition lucide. Elle confirma les explications d'Alleyn concernant le fard et ajouta que Surbonadier l'avait renversé lui-même après le départ des autres. Elle était encline à croire au suicide. Le jury parut compréhensif et sceptique.

Les autres membres de la troupe se succédèrent à tour de rôle. Barclay Crammer fut excellent dans l'emploi du gentleman de vieille école au cœur brisé. Janet Emerald accomplit la performance que les actrices nomment « franchir la gamme des émotions ». Invitée à s'expliquer sur la criante discordance entre son témoignage et ceux de Miss Max et du régisseur, elle fondit en larmes authentiques et annonça qu'elle avait le cœur brisé. Le coroner la dévisagea avec froideur et répondit qu'elle était un témoin insatisfaisant. La spontanéité juvénile de Miss Deamer perça dans sa petite voix étranglée. Sa déposition fut d'une incohérence remarquable. Miss Max et le régisseur se montrèrent francs et pleins de bon sens. L'aspect et les manières de Props évoquaient si bien ceux d'un meurtrier qu'il quitta le box auréolé de la suspicion générale. Trixie Beadle servit le couplet de la jeune fille innocente, mais, comme elle était manifestement effrayée, on la traita avec gentillesse.

— Vous dites que vous avez bien connu le défunt. Étiez-vous en termes très intimes avec lui ?

— Je suppose que ça s'appelle ainsi, répondit la pauvre Trixie.

Son père fut peu loquace, respectueux, et plutôt pathétique. Howard Melville fit preuve de bonne volonté, de sincérité et d'inefficacité. Le vieux Blair, lui, fit sa déposition d'un air bourru. Prié de citer les visiteurs qui avaient emprunté l'entrée des artistes, il énuméra tous les noms, y compris ceux de l'inspecteur

Alleyn, de M. Bathgate et de M. Jacob Saint. Avait-il remarqué si quelqu'un d'entre eux portait les gants en suède gris ?

— Oui, répliqua le vieux Blair sur un ton blasé.

— Qui était-ce ?

— M. Saint.

— M. Jacob Saint ?... Si j'entends à nouveau ce bruit, je ferai évacuer la salle. En êtes-vous certain ?

Le vieux Blair acquiesça et se retira.

M. Jacob Saint déclara qu'il était le propriétaire du théâtre, que le défunt était son neveu, et qu'il l'avait vu avant le début de la représentation. Il reconnut ses gants et dit les avoir laissés quelque part dans les coulisses. Il ne se souvenait plus où. Il était passé dans la loge de Miss Emerald, mais il ne se rappelait pas les avoir portés à ce moment. Sans doute les avait-il oubliés sur le plateau. A la surprise de Nigel, le conflit entre Saint et Surbonadier fut passé sous silence. Mincing, le valet, ne fut pas appelé. M. Saint n'était plus retourné en coulisses avant le drame.

Le coroner résuma l'affaire non sans quelques longueurs. Il mentionna l'hypothèse du suicide, mais sans y accorder de valeur. Discrètement, il orienta le jury vers le verdict qu'ils rendirent après vingt minutes de délibération : une accusation de meurtre contre un ou plusieurs prévenus non identifiés. En sortant du tribunal, Nigel se retrouva à marcher derrière Alleyn, et juste devant Saint et Janet Emerald. Il était sur le point de rejoindre l'inspecteur lorsque Miss Emerald le dépassa et saisit Alleyn par le bras.

— Inspecteur Alleyn, fit-elle.

Alleyn s'arrêta et se tourna vers elle.

— C'est vous qui étiez derrière tout cela.

Une sorte de violence contenue perçait dans son ton apparemment calme.

— C'est vous qui avez poussé cet homme à m'infliger un traitement pareil. Pourquoi m'a-t-on choisie, moi, pour m'insulter et me soupçonner ? Pourquoi Felix Gardener s'en est-il tiré à si bon compte ? Pourquoi ne l'a-t-on pas arrêté ? Il a tué Arthur. C'est ignoble...

Sa voix s'éleva, hystérique. Plusieurs passants se retournèrent sur eux.

— Janet, s'interposa Saint à la hâte, es-tu devenue folle ? Viens, allons-nous-en.

Elle le considéra d'un air éperdu, éclata en sanglots des plus déchirants et se laissa emmener sous le regard songeur d'Alleyn.

— Non, elle n'est pas folle, monsieur Saint, murmura-t-il. Je ne crois pas que la Emerald soit folle. Disons simplement venimeuse à en perdre la tête.

Et il poursuivit son chemin sans remarquer la présence de Nigel.

17.

De Sloane Street au Yard

Nigel passa l'après-midi à rédiger le compte rendu de l'enquête. Il restait interdit devant la masse des informations qui n'avaient *pas* été données. Le coroner avait glissé allégrement sur le procès en diffamation de Jacob Saint, évité tout commentaire sur l'état d'ivresse de Surbonadier, et traversé tel un somnambule la loge de Stephanie Vaughan. Les jurés, inhabituellement dociles, n'avaient apparemment pas éprouvé le besoin de poser des questions. Leur président semblait dire à la façon du Petit Éléphant de Kipling : « C'est beaucoup drop bour boi. » Nigel les imagina en train d'examiner la thèse du suicide au cours de leur brève délibération. Sans doute avaient-ils jugé cette hypothèse peu plausible ; toute l'affaire, beaucoup trop compliquée ; et ils optèrent pour la seule décision qui s'imposait. Alleyn, avait-il noté, en fut extrêmement satisfait. Lui-même en profita à présent pour refaire le point de la situation.

Il découvrit ainsi qu'au fond il était convaincu de la culpabilité de Saint. Pourtant, Saint possédait le meilleur des alibis. Bien qu'il fût resté seul dans la salle, Blair avait juré ses grands dieux que le propriétaire de la Licorne n'était pas retourné dans les coulisses lors des entractes. Saint occupait une loge : il avait très bien pu la quitter pendant l'obscurcissement de la scène. A ce stade, Nigel eut une illumination. Et si Jacob Saint s'était glissé sur le plateau, sous couvert de l'obscurité, par la porte de l'avant-scène ? Celle-ci était verrouillée au moment où Nigel l'avait empruntée en compagnie de Stavely, mais Saint n'aurait eu aucun mal à se procurer la clé. Le voilà dans sa loge avant l'extinction des lumières, exposé à tous les regards. Puis c'est le noir complet. Saint quitte la loge, sort par la porte qu'il avait peut-être pris soin d'ouvrir avec sa clé au préalable, se dirige droit vers le bureau, entrant au passage en collision avec Gardener, change les fausses cartouches de tiroir et les remplace par des vraies. Au moment où les lumières se rallument, M. Saint est tranquillement assis dans sa loge de la Licorne. Grisé par sa propre trouvaille, Nigel téléphona à Scotland Yard. L'inspecteur Alleyn était absent, mais il avait rendez-vous à son bureau à seize heures. Nigel annonça qu'il serait là à seize heures trente.

Incapable de tenir en place, il décida de se rendre à pied à Sloane Street afin d'exposer sa théorie à Felix Gardener. Il s'abstint d'appeler. Si jamais Felix n'était pas là, il pousserait jusqu'à Knightsbridge et prendrait le bus jusqu'au Yard. De toute façon, il avait besoin d'exercice.

Sloane Square, cette halte entre Eatonia et Chelsea, arborait un air de bienveillance ensoleillée. Nigel acheta un œillet pour sa boutonnière, envoya un télégramme inepte à son Angela et poursuivit son chemin d'un pas léger. Sloane Street, dont l'aspect suggérait le luxe mêlé d'une pointe d'ennui, paraissait plus animée que de coutume. Nigel éprouva une brusque envie de courir, de siffler, de faire tournoyer sa canne. Un homme pauvrement vêtu, mais à l'allure digne, était en train d'examiner la vitrine d'un magasin de meubles, juste à côté de l'entrée de Gardener. Nigel lui décocha un regard provocateur. Les fenêtres de l'appartement du premier étage étaient ouvertes. Il plaisanta avec le gardien, refusa l'ascenseur et gravit quatre à quatre les marches recouvertes d'un épais tapis.

La porte de Gardener n'était pas fermée. Sans sonner, Nigel pénétra dans le petit vestibule qui donnait sur le cabinet-séjour. Il prit une inspiration pour appeler joyeusement lorsqu'une voix féminine lui parvint du cabinet.

— C'est pour vous que je l'ai fait, cria-t-elle désespérément. Pour vous, Felix. Il était votre pire ennemi.

Nigel entendit Gardener répondre lentement :

— Je n'arrive pas à le croire. Je n'arrive pas à le croire.

La femme éclata de rire.

— Tout cela pour rien ! articula-t-elle entre deux hoquets. Mais peu importe... je ne le regrette pas. Vous m'entendez ? Seulement, je trouve que vous n'en valiez pas la peine.

Pétrifié, sentant la panique l'envahir à la façon d'un raz de marée, Nigel claqua la porte d'entrée et s'entendit crier :

— Tu es là, Felix ?

Il y eut un silence de mort, puis un bruit de pas, et la porte du cabinet s'ouvrit à la volée.

— Oh... c'est toi, Nigel, fit Gardener.

Le regard de Nigel se dirigea vers la pièce derrière lui où Stephanie Vaughan, toujours aussi ravissante, était assise dans un fauteuil près de la fenêtre. Elle tenait un mouchoir pressé contre ses lèvres.

— Tiens, mais c'est Nigel Bathgate ! s'exclama-t-elle.

Cette intonation, elle l'avait employée pour lancer :

« Bonjour, tout le monde », lors de son entrée sur scène.

— Vous... vous vous connaissez déjà, dit Gardener.

Nigel réussit à bredouiller quelques mots et même à serrer la main qu'elle lui tendit chaleureusement.

— Je ne fais que passer, commença-t-il.

— Je suis sûre que non, protesta Miss Vaughan gaiement. Vous venez pour une causerie entre hommes... du genre qui se compose de boissons, de cigarettes, de longs silences et de quelques histoires osées. J'allais partir de toute façon, alors ne vous occupez pas de moi.

Elle se leva en un mouvement gracieux, regarda Nigel dans les yeux et le gratifia de son sourire en coin.

— Il faut que Felix vous amène à la maison, décréta-t-elle. Vous me plaisez, Nigel Bathgate. Felix... vous entendez ? Amenez-le me voir.

— Ce sac est à vous ? demanda Gardener.

Nigel le vit poser le sac sur la table et comprit qu'il ne voulait pas la toucher. Il ouvrit la porte, et elle s'éloigna dans un flot de paroles. Gardener qui l'avait suivie referma la porte, et Nigel entendit Miss Vaughan s'adresser à lui à voix basse. L'instant d'après, la porte d'entrée claqua, et Gardener revint dans la pièce.

— C'est chic de ta part d'être venu, Nigel, fit-il. Je suis à bout.

Il en avait tout l'air. S'asseyant devant la cheminée, il tendit les mains vers les flammes, et Nigel les vit trembler.

— Tu ne crois pas que tu devrais consulter un docteur, Felix ? hasarda-t-il.

— Non, non. A mon avis, ce sont les séquelles du choc. Ça va aller. Je pense que je vais m'offrir un petit somme. Je n'ai pas beaucoup dormi ces jours-ci.

— Excellente idée. Pourquoi ne pas la mettre en application immédiatement ? Je vais te donner un cachet et un bon verre de whisky, puis je te laisserai en paix.

— Oh, nous avons le temps. Quoi de neuf ?

Ils réussirent tous deux à éviter de mentionner le nom de Miss Vaughan. Nigel se souvint de sa théorie à propos de Saint et eut un sourire désabusé en songeant à son enthousiasme si récent. Gardener se doutait-il qu'il avait surpris leur conversation ? Nigel ne pensait pas que cette idée eût pu effleurer son ami. Après tout, comme Felix l'avait dit lui-même, il souffrait des effets d'un choc. Nigel s'efforça de parler de tout et de rien. En vérité, il ne trouvait pas grand-chose à dire. Lui qui jusque-là s'était tenu en marge du monde du théâtre se retrouvait brusquement au cœur de la mêlée. Il se sentit tout à coup lié à tous ces gens, comme si on l'avait obligé d'assister à l'une de leurs représentations contre son gré ; comme s'il avait été contraint de quitter son fauteuil d'orchestre et de participer aveuglément à l'action de la pièce. Les deux hommes avaient dû demeurer silencieux depuis un certain temps déjà car Nigel tressaillit en entendant Gardener demander :

— Sa déposition était bonne, ne trouves-tu pas ?

— La déposition de qui ?

— Stephanie.

— Très bonne.

Une inflexion dans la voix de Nigel attira l'attention de Gardener. Il dévisagea son ami avec une sorte de souffrance secrète dans le regard.

— Nigel... souviens-toi de notre discussion. Aucun de nous deux n'est coupable. Je t'ai donné ma parole, et tu as dit que tu me croyais.

— Oui, bien sûr, répondit Nigel pitoyablement.

— Tu commences à... te poser des questions, n'est-ce pas ?

— Es-tu bien sûr que tout va bien, Felix ? Elle... oh, mon Dieu !

— Tu te poses bel et bien des questions, rit Gardener. Seigneur, si seulement tu savais comme elle est héroïque !

— Felix, si tu me racontais tout ?

— Je ne peux pas... je ne peux pas. A cause de Stephanie. Oh, je ne te reproche rien. Cela se présente mal pour nous deux. Que pense Alleyn de la thèse du suicide ?

— Il ne dit pas grand-chose, répliqua Nigel.

— Le verdict de l'enquête est faux, l'assura Gardener avec feu. Il s'agit d'un suicide. Je parlerai à Alleyn pour le faire...

Il s'arrêta net.

— Il faut absolument qu'il accepte l'hypothèse du suicide.

— Je dois te laisser. Essaie de dormir un peu, Felix.

— Dormir ! « Sommeil qui raccommode la toile effilochée de la vigilance »... Zut ! C'est la déformation professionnelle. Au revoir, Nigel.

— Je fermerai la porte moi-même. Au revoir.

Nigel descendit sombrement l'escalier et se retrouva de nouveau dans Sloane Street.

Il se rendait compte qu'il était confronté à un terrible dilemme. Allait-il révéler à Alleyn la conversation qu'il venait de surprendre ? Une femme ! Il voulut échapper aux conséquences logiques de son geste, puis, méprisant sa propre lâcheté, il se força à les envisager. Qu'arriverait-il s'il se taisait ? Felix, qui était amoureux d'elle, laisserait-il Saint se faire condamner pour meurtre ? Il songea à l'attitude d'Alleyn envers ses scrupules et comprit soudain que c'était sa propre tranquillité d'esprit qu'il tentait de préserver. Il avait atteint Knightsbridge. A l'approche de Hyde Park Corner, sa décision était prise. Il n'avait pas le droit de dissimuler une information. Il parlerait à Alleyn. Le cœur lourd, il arrêta un taxi.

— Scotland Yard, demanda-t-il.

Il n'était pas encore quatre heures, mais l'inspecteur principal était rentré et pouvait le recevoir. Il monta dans son bureau sans perdre une seconde.

— Eh bien, Bathgate, fit Alleyn, que vous arrive-t-il ? Vous venez de démasquer le meurtrier une fois de plus ?

— Ne vous gaussez pas de moi, l'implora Nigel. Ce n'est pas une nouvelle théorie que je viens vous exposer, mais une déposition.

— Asseyez-vous. De quoi s'agit-il ?

— Je ne crois pas que vous puissiez comprendre ce sentiment horrible, Alleyn. Vous, vous considérez la situation sous un angle parfaitement impersonnel. Mais pas moi. Il m'en a coûté de vous apporter cette information. Je sais, cela paraît théâtral, mais voyez-vous... c'est une femme.

— Que voulez-vous dire ? questionna Alleyn durement. Quelle est cette information ? Vous dites que vous avez une déposition à faire... alors, faites-la. Je vous demande pardon, Bathgate... je dois être insupportable ces jours-ci.

Nigel déglutit et se jeta à l'eau.

— J'ai entendu un aveu, annonça-t-il.

Alleyn attendit une seconde, puis prit un crayon.

— Quand ?

— Cet après-midi, il y a une heure environ.

— Où ?

— Chez Felix.

— Très bien. Continuez.

— Cela va être rapide. Je suis rentré dans son petit vestibule sans frapper et j'ai entendu des voix dans le « cabinet », comme il l'appelle. Une femme disait : « C'est pour vous que je l'ai fait, Felix. Il était votre pire ennemi. » Felix a répondu : « Je n'arrive pas à le croire. Je n'arrive pas à le croire. » Alors, elle s'est mise à rire, horriblement, et elle a déclaré : « Tout cela pour rien. Peu importe, je ne le regrette pas. Vous m'entendez ? Seulement, je trouve que vous n'en valiez pas la peine. » J'ai refermé la porte bruyamment et appelé Felix. Il est sorti, et je l'ai vue là, derrière lui.

— C'était... ?

— Stephanie Vaughan.

— Impossible, rétorqua Alleyn avec violence.

— Vous ne pensez tout de même pas que je puisse me tromper dans des circonstances pareilles ? Je vous dis que je n'oublierai pas leurs voix jusqu'à la fin de mes jours.

Alleyn resta silencieux pendant si longtemps que Nigel leva sur lui un regard quelque peu gêné. Son visage était complètement fermé.

— Tout cela, Bathgate, n'est pas vraiment concluant, finit-il par répondre. « C'est pour vous que je l'ai fait. Il était votre pire ennemi. » Imaginez qu'elle ait dit à Gardener avoir menacé Surbonadier afin de le réduire au silence, et qu'elle ait cru l'avoir poussé au suicide. Imaginez qu'ils ne parlaient pas de Surbonadier.

— Vous ne seriez pas de cet avis si vous aviez vu l'expression de Felix.

— Pourquoi... quelle était-elle ?

— C'est un homme brisé, répliqua Nigel simplement.

— Un homme brisé ! Vous devenez aussi théâtral que n'importe lequel d'entre eux. Barclay Crammer était lui aussi un « homme brisé » ce matin dans le box des témoins, espèce d'âne bâté !

Nigel se leva.

— C'est tout ce que j'avais à dire, fit-il. Si vous jugez que ce n'est pas concluant, eh bien, j'en suis rudement content.

Alleyn se pencha par-dessus son bureau et le considéra comme s'il était une pièce de musée.

— Si jamais Diogène vous avait rencontré, commenta-t-il, il serait sorti de son tonneau, l'aurait rempli de gnôle et aurait fait la fête.

— Je suppose qu'il s'agit d'une gentillesse, observa Nigel, soulagé.

— Je le suppose également. Que s'est-il passé ensuite ?

— Nous avons eu une conversation parfaitement ubuesque. Je dois dire qu'elle a joué son rôle à merveille.

— Je m'en doute.

— Elle m'a invité à venir la voir.

Nigel frissonna.

— C'est hors de question.

— M'en croyiez-vous capable ?

— Écoutez-moi. Vous allez cesser vos visites chez ces gens. Est-ce bien clair ?

— Oui, mais... quelle mouche vous a piqué ?

— A moins que je ne vous accompagne. Contentez-vous d'écrire vos petits articles et de vous occuper de vos petites affaires.

— Voilà ce que je reçois pour avoir accompli le plus sale boulot de mon existence.

— Mon cher Bathgate, j'apprécie sincèrement vos efforts et je vous suis extrêmement reconnaissant, répondit l'inspecteur Alleyn selon sa manière désarmante. Néanmoins, je vous demande de suivre mon conseil. Je pourrais vous offrir en récompense un morceau de choix pour vos lecteurs.

— Que voulez-vous dire ?

— Apprenez-leur que M. Jacob Saint vient d'être arrêté mais que l'on ignore les chefs de l'accusation.

18.

L'arrestation

— Pour être tout à fait honnête, poursuivit Alleyn après avoir contemplé avec satisfaction la bouche ouverte de Nigel, M. Saint se promène encore dans la nature. J'étais sur le point de partir accomplir ma mission. Vous plairait-il de m'accompagner ?

— Et comment ! Puis-je simplement téléphoner à mon bureau ? Je vais ainsi intercepter la dernière édition avant qu'elle ne soit mise sous presse.

— Bien sûr. Mais ne leur dites pas un mot de plus. D'ailleurs, vous feriez bien de les prier de patienter une vingtaine de minutes encore. Si jamais il n'est pas arrêté, vous les rappellerez. Suis-je bon avec vous !

— Très bon, répliqua Nigel avec ferveur.

A l'autre bout du fil, lui et sa nouvelle reçurent un accueil favorable.

— Et voilà, déclara-t-il en raccrochant.

— Nous nous mettrons en route dès que j'aurai reçu le message de mon sbire. Faites-moi penser aux menottes. Dieu, que je suis excité !

— Il y a cinq minutes, observa Nigel, on aurait dit que je vous avais assommé d'un coup sur la tête. Qu'est-ce qui vous prend subitement ?

— Je me suis raisonné.

— Allez-vous arrêter Saint pour meurtre ?

— Que ne donneriez-vous pas pour le savoir !

Un coup bref frappé à la porte annonça l'arrivée de l'inspecteur Fox.

— Notre homme vient d'appeler, dit-il. Le vieux gentleman est dans son bureau à la Licorne. Bonsoir, monsieur Bathgate.

— Allons-y, s'écria Alleyn.

— Les menottes, fit Nigel.

— Que ferais-je sans vous ? Avez-vous les menottes, Fox ?

— Oui. Vous feriez bien d'emporter un manteau, patron. La soirée est fraîche.

— Voici le mandat, murmura Alleyn.

Il enfila son pardessus et percha nonchalamment son feutre sur le sommet de sa tête.

— Ai-je l'air correct ? s'inquiéta-t-il. Ça fait mauvais effet d'arriver à une arrestation en tenue négligée.

Nigel songea avec détachement qu'il avait l'air extrêmement séduisant, et se demanda si l'inspecteur principal possédait ce fameux « quelque chose qui fait toute la différence ». Il se promit de poser la question à Angela.

Tandis qu'Alleyn les précédait dans le couloir, l'inspecteur Fox en profita pour déclarer dans un murmure rauque :

— Il est très préoccupé par cette affaire, monsieur Bathgate. Vous savez, toutes ces histoires louches...

Il avait tout d'une nounou discutant de l'enfant confié à ses soins.

Un policier et deux hommes en civil les attendaient en bas.

— Le théâtre de la Licorne, lança Alleyn.

— Il y a deux de ces satanés journalistes qui traînent devant l'entrée, l'informa Fox au moment du départ. Sauf votre respect, monsieur Bathgate.

— Ah, répondit Alleyn. Nous nous arrêterons dans la petite rue derrière le théâtre. Il y a une entrée latérale. Nous pourrons accéder au bureau par l'orchestre. Vous, Bathgate, vous pouvez contourner le bâtiment et aller échanger les dernières nouvelles de la Bourse avec vos confrères vautours. Vous arriverez ensuite par l'allée qui mène vers l'entrée des artistes, l'air de rien. Montrez cette carte au policier en faction là-bas, et il vous laissera passer. Nous nous retrouverons à l'intérieur. Racontez-leur une histoire à dormir debout.

— Comptez sur moi ! affirma Nigel avec enthousiasme.

En chemin, Alleyn rapporta à Fox l'aventure de Nigel à Sloane Street. Fox dévisagea Nigel comme s'il avait été un enfant audacieux.

La voiture s'engagea dans un dédale de ruelles étroites. Fox tapota sur la vitre pour demander au chauffeur de s'arrêter.

— Voici le dos de la Licorne, annonça Alleyn. Descendez, Bathgate. Tout droit et à gauche, et vous vous retrouverez devant l'entrée principale. Je vous laisse un peu d'avance.

Nigel sentit son cœur cogner sourdement dans sa poitrine tandis qu'il remontait la petite rue en courant. A la vue de l'imposante façade du théâtre avec ses bas-reliefs modernes en verre et acier et sa licorne mouchetée d'étoiles, il ralentit le pas. Nul doute possible, deux de ses confrères qu'il connaissait vaguement montaient la garde devant l'entrée.

— Alors, on est venu aux nouvelles ? lança Nigel joyeusement.

— Et vous ? demanda poliment l'un d'entre eux.

— J'ai rendez-vous avec une actrice. Si vous surveillez cette allée, vous ne regretterez pas de vous être déplacés.

— Qu'avez-vous derrière la tête ? s'enquirent-ils d'un ton soupçonneux. Vous et vos petits camarades de la police ?

— Patience : vous allez voir.

Nigel se dirigea d'un pas léger vers l'entrée des artistes gardée par un agent en uniforme. A son approche, celui-ci prit un air patiemment réprobateur, mais, voyant la carte d'Alleyn, il sourit et ouvrit la porte.

— Suivez tout droit cet escalier, monsieur.

Nigel fit un pied de nez à ses compagnons et monta dans le foyer. Là, il trouva Alleyn, Fox et les deux policiers en civil, en conversation avec un cinquième homme qu'il n'avait jamais vu.

— Il est arrivé il y a un quart d'heure, expliquait doucement ce dernier. J'étais en haut mais j'avais dit à l'agent à la porte de le laisser entrer. Il m'a regardé de travers et m'a demandé quand la police allait vider les lieux et le laisser s'occuper de ses affaires. Il a ajouté que du courrier l'attendait dans son bureau et qu'il devait le récupérer. J'ai fait des difficultés et l'ai retenu ici. Entre-temps, l'un de mes hommes a couru téléphoner au Yard, comme convenu. Il vient juste de se rendre dans son bureau, monsieur, au bout de ce couloir.

— Bien joué, fit Alleyn. Allons-y.

— Avez-vous une arme, monsieur ? demanda Fox.

— Non. Je savais que vous en emporteriez une, espèce de vieux vampire. Bathgate, vous suivrez en dernier.

Tandis qu'ils longeaient en silence le couloir, Nigel perçut nettement un changement d'atmosphère. Brusquement, ces hommes qu'il connaissait et estimait étaient devenus de simples policiers. « Je crois bien qu'ils marchent au pas », songea-t-il.

Ils s'arrêtèrent devant une porte au cadre d'acier. De l'autre côté, on entendait bouger quelqu'un.

Alleyn frappa une fois, appuya sur la poignée et entra. Les autres le suivirent. Fox gardait une main dans la poche de son veston.

Entre leurs épaules, Nigel aperçut Jacob Saint coiffé d'un chapeau melon, un cigare dans la bouche. Il venait de se détourner d'une liasse de papiers posée sur le bureau.

— Qu'est-ce que c'est ? interrogea-t-il.

Les autres officiers s'écartèrent, laissant le passage à Alleyn.

— Monsieur Saint, commença-t-il calmement, je dispose d'un mandat d'arrestation à votre nom...

Saint émit un bruit inarticulé. Alleyn s'interrompit.

— Vous êtes fou, fit Saint d'une voix sourde. Ce n'est pas moi. Je n'étais pas là. J'étais dans la salle.

— Avant de continuer, vous feriez mieux d'entendre les charges qui pèsent sur vous.

Saint se laissa tomber sur le fauteuil pivotant. Ses yeux allèrent rapidement d'un homme à l'autre pendant que sa main fouillait dans le bureau.

— Nous sommes armés, monsieur Saint, déclara Fox tout à coup.

Avec une sorte de grognement, le propriétaire de la Licorne reposa ses mains sur les bras du fauteuil.

— De quoi m'accuse-t-on ? demanda-t-il.

— De vous être livré à un trafic de stupéfiants. Pouvez-vous lire le papier à voix haute, Fox ? Je ne retiens jamais les termes exacts.

— C'est ignoble, déclara-t-il lorsque Fox se fut arrêté aussi abruptement qu'il avait commencé. C'est ignoble. Vous... Alleyn, vous allez vous couvrir de ridicule dans cette histoire. Vous y perdrez votre travail.

— Cela m'apprendra, répondit Alleyn. Venez, monsieur Saint.

La main de Saint glissa sur le revers de son veston. Se levant pesamment, il se détourna à demi.

L'instant d'après, Alleyn lui saisit le poignet. Les doigts épais tenaient un morceau de papier.

— Allons, monsieur Saint, nous ne pouvons pas vous laisser manger du papier.

La seconde suivante, une lutte acharnée s'engagea entre les deux hommes. Saint semblait avoir perdu la tête. Le fauteuil fut instantanément renversé, et les deux adversaires atterrirent sur le bureau. L'encrier roula sur le tapis, inondant le pantalon clair de Saint. Les autres hommes s'emparèrent de lui. Alleyn continuait de lui agripper le poignet. Le bras de Saint, tordu derrière son dos, formait une montagne de graisse et de muscles sous l'étoffe de son veston. Subitement, il cessa de lutter.

— Redressez ce fauteuil, ordonna Alleyn avec brusquerie.

Nigel qui était resté, impuissant, en dehors du champ de bataille remit le lourd siège sur ses pieds.

— Étendez-le doucement. Ça va passer, monsieur Saint. Quelqu'un peut-il ouvrir les fenêtres ?

Affaissé sur le fauteuil, Saint respirait avec difficulté. Son visage était devenu violacé. Alleyn dénoua sa cravate et lui déboutonna le col. Dans son cou, le pouls palpitait d'une façon irrégulière. Alleyn défit ses habits, le regarda quelques instants, puis se tourna vers le bureau et composa un numéro sur le cadran du téléphone.

— Scotland Yard ? L'inspecteur principal Alleyn à

l'appareil. Voulez-vous prier le médecin divisionnaire de se rendre au plus vite au théâtre de la Licorne ? Dites-lui qu'il s'agit d'une crise cardiaque. Vous avez noté ? Au premier étage. L'agent à l'entrée lui montrera. Le plus vite possible. Merci.

Il raccrocha et ajouta à l'intention de ses compagnons :

— Je pense que vous feriez mieux de sortir. Il a besoin de calme. Fox, voulez-vous attendre ici ?

Les trois policiers quittèrent la pièce sans bruit. Fox demeura immobile. Nigel alla s'asseoir dans un coin reculé, espérant passer inaperçu.

— Une crise cardiaque ! répéta Fox doucement.

— De toute évidence. Mais à mon avis, il s'en tirera.

Ils contemplèrent en silence le visage congestionné. Alleyn alluma le ventilateur électrique et l'approcha de Saint dont les rares cheveux se mirent à voler. Il ouvrit les yeux. Ils étaient terriblement injectés de sang.

— Ne parlez pas, fit Alleyn. Le docteur va arriver d'un instant à l'autre.

Il plaça les pieds de Saint sur un autre fauteuil, puis le bougea légèrement de sorte à l'allonger presque entièrement. Toutes ces opérations, il les effectua avec rapidité et efficacité, soulevant l'énorme masse sans effort apparent. Ensuite, il s'approcha de la fenêtre, et Nigel remarqua qu'il tenait à la main un morceau de papier. Se penchant par la fenêtre, il y jeta un coup d'œil et le mit dans sa poche.

Un profond silence régnait dans la pièce. Saint respirait plus aisément. Il finit par pousser un soupir et rebaisser les paupières. Fox rejoignit Alleyn qui lui parla à voix basse. Le ventilateur tournait d'un côté puis de l'autre en ronronnant. Les cheveux de Saint se soulevaient en fines mèches et retombaient, régulièrement. En examinant son visage alourdi, Nigel se demanda si c'était le visage d'un assassin.

Peu après, ils entendirent des voix dans le couloir, et la porte s'ouvrit sur le médecin divisionnaire. Celui-ci s'avança vers Saint et, prenant le poignet gras et blanc, posa un regard placide sur sa montre. Puis il lui fit une injection. Les lèvres de Saint s'entrouvrirent et se refermèrent maladroitement.

— Mieux, murmura-t-il, hors d'haleine.

— Je pense que oui, répondit le docteur. Vous allez vous reposer un peu, puis nous vous conduirons dans un endroit plus confortable.

Ils sortirent, suivis de Nigel qui laissa Fox fermer la porte derrière lui.

— C'est le cœur, dit le docteur tandis qu'ils s'éloignaient de quelques pas dans le couloir. Il a l'air mal en point. Qui est son médecin traitant ?

— Sir Everard Sim, répliqua Alleyn.

— Ah oui. Il ferait bien de l'examiner. Est-il en état d'arrestation ?

— Oui.

— Hum, pas de chance. Je vais appeler une ambulance et l'attendre avec lui. Laissez-moi deux de vos hommes. Je téléphonerai à Sir Everard. Saint n'est pas bien vaillant mais il s'en sortira.

— Très bien, acquiesça Alleyn. Je vous laisse en charge ici. Fox restera vous donner un coup de main.

— Oh, reprit le docteur, pendant que j'y pense... Il y a un message pour vous au Yard. Ils m'ont demandé de vous prévenir. Un dénommé Albert Hickson tient beaucoup à vous voir à propos de cette affaire-ci. Il ne veut parler à personne d'autre.

— Albert Hickson, s'exclama Nigel. Mais c'est Props !

— Tiens, vous voilà revenu à la vie, observa Alleyn. Vous n'avez rien à faire ici. Moi, il faut que je retourne au Yard.

Nigel battit en retraite mais parvint néanmoins à se glisser dans la voiture d'Alleyn, qui n'éleva pas d'objections. Pendant le trajet, l'inspecteur principal se montra peu loquace. En arrivant au Yard, il se tourna vers Nigel.

— Bathgate, croyez-vous que la nouvelle de l'arrestation soit déjà publiée ?

— Bien sûr, l'assura Nigel. Je n'ai pas appelé pour la démentir... tout Londres doit déjà être au courant. C'est formidable, ne trouvez-vous pas ? ajouta-t-il modestement.

— Tout Londres... Oui, ça fera l'affaire, murmura Alleyn.

Tel un chien, Nigel lui emboîta le pas à l'intérieur du Yard. On leur amena l'homme qui avait vu Props.

— Avait-il un journal sur lui ?

— Oui, monsieur.

— Avez-vous remarqué lequel ?

L'agent s'empressa de répondre par l'affirmative. Il s'agissait du journal de Nigel.

— Vous perdez votre temps à ce poste, lança Alleyn brièvement. Quel œil !

L'agent rosit de plaisir et lui tendit une feuille de papier.

— Voici le message qu'il a laissé, monsieur. Il a dit qu'il repasserait.

— Je vous remercie.

Plein d'espoir, Nigel suivit Alleyn jusqu'à son bureau. A la porte, Alleyn s'arrêta poliment.

— Puis-je entrer ? demanda-t-il. Ou bien préférez-vous rester seul ?

Nigel adopta l'attitude franche et virile d'un jeune Américain dans un film de gangsters. Couvant Alleyn d'un regard adorateur, il hocha la tête et proclama avec émotion :

— Dites donc, boss, vous... vous êtes un type bien.

— C'est bon, mon gars, gronda Alleyn. Allons-y.

Une fois dans le bureau, il sortit une chemise, l'ouvrit et posa à côté d'elle le papier pris à Saint, ainsi que celui de Props laissé au Yard.

— Qu'est-ce que c'est ? s'enquit Nigel.

— Avec votre passion des mots, je pense que vous appelleriez cela un dossier. C'est le dossier du meurtre de la Licorne.

— Et vous allez y ajouter ces nouveaux documents ? demanda Nigel en se rapprochant.

— Arrivez-vous à lire de là-bas ? questionna Alleyn avec sollicitude. Ou voulez-vous que je les place plus près ?

Nigel garda le silence.

— Le trophée de Saint est une seconde lettre de Mortlake qui précipite avec fracas Saint Jacob au pied de son échelle. Quant au message de Props...

Alleyn se tut.

— Eh bien ?

— Oh, tenez, lisez vous-même.

Nigel parcourut les quelques lignes tracées d'une écriture plutôt enfantine :

« Je sais qui l'a fait. Vous vous trompez d'homme. J. Saint n'y est pour rien et vous n'auriez pas dû arrêter un innocent. Bien respectueusement. A. Hickson. »

— Qu'est-ce que cela veut dire ? demanda Nigel.

— Cela veut dire que Props ne va pas tarder à rendre visite au meurtrier, répliqua Alleyn.

19.

Nigel est prié d'aller voir ailleurs

— Soyez gentil, ce n'est pas le moment de me harceler de questions, déclara Alleyn. Restez, si vous le désirez, mais sans faire de bruit. J'ai du travail.

Il pressa le bouton de la sonnette, ôta son chapeau et alluma une cigarette. Puis il décrocha le combiné du téléphone.

— Passez-moi l'inspecteur Boys, je vous prie. C'est vous, Boys ? Dites-moi, qui a pris en filature cet individu, Hickson ? Oh, Thompson... Quand doit-on le relever ? Il reste donc un quart d'heure environ. A-t-il appelé ? Oui ? Où est-il ? Je vois. Merci beaucoup.

A l'agent qui répondit à la sonnerie, il demanda :

— Voulez-vous m'envoyer l'homme qui a parlé à Hickson ?

Ce dernier apparut presque instantanément et se mit au garde-à-vous, tel un soldat. Nigel ne put s'empêcher de penser à Props.

— Comment vous appelez-vous ? s'enquit Alleyn.

— Naseby, monsieur.

— Bien, Naseby, j'ai du travail pour vous. Connaissez-vous Thompson ?

— Oui, monsieur.

— En ce moment, il est en train de filer Hickson, l'homme que vous avez vu cet après-midi. Ils doivent se trouver tous les deux dans une brasserie à l'angle de Westbourne Street et de Pimlico Road. Allez-y en taxi, attendez que Hickson sorte, puis faites semblant de tomber sur lui par hasard. Dites-lui que vous avez terminé votre journée. Tâchez de lier conversation avec lui sans éveiller sa méfiance. Racontez-lui que vous m'avez remis son billet et qu'à votre avis, il est inutile qu'il revienne. Dites que vous m'avez entendu confier à M. Bathgate, ici présent, que je le trouvais un peu dérangé et que j'étais sûr de tenir le vrai coupable. Et aussi que je vous ai prié de lui dire que je ne pouvais pas le recevoir au cas où il reviendrait. Je veux lui faire croire que je me désintéresse totalement de lui et de ses informations. Il vient seulement d'entrer au restaurant... peut-être arriverez-vous à temps pour vous asseoir à côté de lui et lui offrir un verre. Dites que selon vous, Saint va être pendu. N'essayez pas de lui tirer les vers du nez ; contentez-vous d'affirmer. Puis laissez-le partir. Le détective qui doit remplacer Thompson prendra le relais : dites-lui que si jamais il le perd de vue, je l'étriperai. Il ne faut pas qu'il rentre avant d'être sûr que Hickson soit couché dans son lit. Qu'il téléphone ensuite : nous le relayerons. Et surtout, qu'il note les numéros de toutes les maisons où il verra entrer Props... Hickson. Plus il recueillera de renseignements, et plus je serai content. Avez-vous tout compris ?

— Oui, monsieur. Avec votre permission, je vais récapituler.

— Très bien.

Naseby répéta les instructions, rapidement et avec précision.

— Parfait, fit Alleyn. Allez-y et repassez ici à votre retour. Voilà un garçon qui a de la jugeote, ajouta-t-il après que Naseby fut sorti.

Il demanda ensuite le compte rendu de la tournée des bureaux de poste effectuée dans l'après-midi.

La lettre anonyme reçue par Gardener avait été postée à Piccadilly. En raison d'une affluence particulière, les employés n'avaient pas prêté attention à l'expéditeur. Il portait un manteau, un cache-nez, un chapeau mou et des gants. Il avait posé la lettre sur le comptoir en disant : « Veuillez l'envoyer au plus vite. Le coursier pourra garder la monnaie. Je suis pressé. » Puis il était parti. Taille ? Moyenne. Voix ? Ils ne savaient pas trop. Rasé de près ? Si leurs souvenirs étaient bons... Silhouette ? Plutôt enveloppée.

— Bon, je vois, commenta Alleyn. Notre vieille connaissance, M. Tout le Monde. Ce pourrait être n'importe qui.

Il envoya chercher le brigadier Bailey, qui entra dans le bureau avec une mine perplexe.

— Il y a quelque chose de louche dans l'affaire de la machine à écrire, annonça-t-il tout de go. C'est elle qui a servi à taper la lettre : il n'y a aucun doute là-dessus. Quand nous avons relevé les empreintes le soir du crime, elle portait celles de M. Gardener et de Props. M. Gardener l'avait utilisée au cours de la pièce : c'était donc tout à fait normal. Eh bien, lorsque nous l'avons réexaminée suivant vos instructions, monsieur, le clavier ne comportait plus aucune empreinte, à l'exception de la lettre Q qui a conservé celles de M. Gardener. Au début, je n'y comprenais rien, mais je commence à avoir une idée.

— Ah oui ? Et quelle est-elle, Bailey ?

— Voyez-vous... après que nous l'avons examinée, la machine a été rangée dans la salle des accessoires. Comme vous le savez, tous les acteurs se trouvaient au vestiaire. Mais pas Jacob Saint, puisqu'il est arrivé plus tard. Supposez qu'il se soit faufilé dans la salle des accessoires pour taper ce billet doux. Les portes étaient fermées : nous ne pouvions pas l'entendre du plateau. Cela lui aurait demandé deux secondes. La feuille de papier était déjà dans la machine. Il aurait pu la glisser dans sa poche — vous l'aviez déjà fouillé — et s'en aller en toute tranquillité. Et, comme la lettre Q se trouve à l'extrémité du clavier, il aurait pu la manquer en essuyant les touches.

— Où est la salle des accessoires ? demanda Nigel.

— Au fond du couloir qui mène sur le plateau. C'est une sorte de hangar, en réalité. Une grande porte à double battant donne sur la scène, et, derrière le perchoir du vieux Blair, d'autres portes s'ouvrent sur la cour. Vous voyez ce que je veux dire, monsieur ? Une fois que Saint est sorti avec Miss Emerald, il passe devant notre homme posté à l'entrée des artistes, traverse la cour et s'introduit dans le hangar par l'ouverture de secours pratiquée dans la grande porte. La porte à double battant qui donne sur la scène est fermée. Il allume la lumière, tape sa lettre, essuie les touches et se glisse dehors. Pendant ce temps, la dame qui est au courant fait le guet.

— Je vois que vous vous intéressez toujours à la Emerald, fit remarquer Alleyn.

Nigel se remémora sa théorie à propos de Saint et de l'entrée à l'avant-scène, et se hasarda à l'exposer. Bailey l'écouta avec cette sorte de respect bourru qui lui était particulière.

— Eh bien, déclara Alleyn, ce n'est pas impossible, Bailey. Mais n'importe qui d'autre aurait pu se servir de la machine... ou, du moins, certains d'entre eux. Simpson, par exemple. Réfléchissez deux minutes. Qui se trouvait le plus près de l'entrée des artistes et aurait pu se glisser dehors inaperçu ?

Bailey le dévisagea avec stupeur.

— Bon sang ! répliqua-t-il enfin.

— *Vous voulez dire... le vieux Blair ?* fit Nigel lentement.

— Qui dormait, acheva Alleyn sur un ton placide.

Ses deux interlocuteurs ouvrirent de grands yeux.

— Rien de concluant pour l'instant, poursuivit-il, mais ça commence à venir. Oui, les choses sont en train de s'améliorer.

— Ravi de vous voir satisfait, monsieur, répondit Bailey avec une ironie inattendue.

— Et les empreintes sur la lettre ?

— Uniquement celles de M. Gardener et de M. Bathgate.

— Qu'en est-il du papier trouvé chez Surbonadier ? Celui avec la signature imitée ?

— Il y a surtout les empreintes de M. Surbonadier, et aussi quelque chose de très ancien et d'indistinct. J'ai demandé un agrandissement du cliché, et je ne pourrai pas me prononcer avant de l'avoir reçu. Il peut très bien s'agir d'une empreinte du défunt.

— Si c'est le cas, faites-le-moi savoir aussitôt, Bailey. J'aimerais voir la photographie.

— Bien, monsieur.

Bailey était déjà à la porte quand Alleyn l'arrêta.

— A propos, Bailey, dit-il, vous êtes sans doute au courant que nous n'avons pas pu aller plus loin avec les cartouches. D'après l'inspecteur Fox, tous les magasins d'armes ou de sport du pays ont été visités.

— En effet, monsieur. C'est fort ennuyeux.

A ces mots, le brigadier Bailey prit congé.

— Alleyn, demanda Nigel après une pause, ne pouvez-vous pas *obliger* Props à révéler qui il a vu se mouvoir dans l'obscurité ?

— Je pourrais essayer, mais il peut tout aussi bien répondre qu'il l'ignore. Ses paroles étaient : « Même si j'ai vu un homme, ou peut-être une femme, rôder dans le noir »... Pas très concluant.

— Mais s'il est persuadé à présent que vous vous êtes trompé d'homme, il le dira pour sauver Saint.

— Il tient énormément, répliqua Alleyn, à sauver... le meurtrier.

— Qui n'est probablement autre que Saint, acquiesça Nigel. Je vois. Mais que vient faire là-dedans Stephanie Vaughan ? Si vous l'aviez entendue comme moi, Alleyn... Seigneur, je suis sûr que c'est elle ! C'est elle qui l'a tué.

— Écoutez, Bathgate, pourriez-vous vous libérer demain pour aller faire un tour à la campagne ?

— Pour quoi faire ? questionna Nigel, stupéfait. J'ai mon propre travail, ne l'oubliez pas.

— Je voudrais que vous alliez à High Wycombe pour tenter de retrouver la trace d'un homme nommé Septimus Carewe.

— Vous voulez vous débarrasser de moi, riposta Nigel, indigné. Septimus Carewe, mon œil ! ajouta-t-il avec conviction.

— Je suis sérieux.

— Grands dieux, pourquoi ?

— Vous me posez un problème.

— A d'autres !

— Comme il vous plaira.

— Et vous, puis-je savoir ce que *vous* faites demain ?

— Moi, répondit Alleyn, j'organise une représentation à la Licorne.

— De quoi diable parlez-vous ?

— Tous les membres de la troupe ont été priés de venir pointer quotidiennement dans divers commissariats de police. Demain, ils doivent tous se présenter à la Licorne à onze heures du matin. J'ai décidé de procéder à une reconstitution du crime.

— Comme vous l'aviez fait dans l'affaire de Frantock ?

— Les circonstances ne sont pas les mêmes. Dans le cas présent, je me sers des personnages afin de fournir des preuves à ma théorie. Dans celui d'Arthur Wilde, je l'ai acculé à l'aveu. Cette fois, à moins que ces inénarrables histrions n'en rajoutent, risque de s'avérer moins spectaculaire.

— Quoi qu'il en soit, je serai là.

— Je ne veux pas vous voir là-bas.

— Mais pourquoi ?

— C'est une affaire extrêmement déplaisante. Je déteste les meurtres, et le résultat de cette enquête pourrait se révéler assez pénible.

— Si j'ai pu survivre à l'histoire de Frantock, quand mon propre cousin a été assassiné, j'arriverai à supporter celle-ci.

— Je vous déconseille de vous y mêler.

— Vous êtes une vraie tête de cochon, s'emporta Nigel.

Fox entra sur ces entrefaites.

— Tiens, fit Alleyn. Tout va bien ?

— Oui. Saint est au lit, et on a envoyé chercher le spécialiste.

— J'étais justement en train d'expliquer à M. Bathgate que je ne veux pas de lui demain au théâtre, mais il a pris la mouche.

— L'inspecteur Alleyn a raison, monsieur, déclara

Fox. Après ce que vous avez entendu ce matin, vous feriez mieux de vous tenir à l'écart de cette affaire.

— Pourquoi, craignez-vous que Miss Vaughan ne me fourre un chocolat à l'arsenic entre les dents ?

Les deux détectives échangèrent un regard.

— Bon, très bien, je m'en vais, jeta Nigel d'un ton hargneux.

— Bonne soirée, répondit Alleyn joyeusement.

En sortant, Nigel s'offrit le luxe douteux de claquer la porte.

Une fois dans la rue, il se sentit plutôt ridicule, et plus furieux que jamais contre l'inspecteur principal Alleyn qui était à l'origine de cette désagréable sensation. Il était déjà sept heures, et il avait faim. Nigel se dirigea d'un pas vif vers Regent Street et descendit au sous-sol du *Hungaria* où il se paya un dîner aussi morose qu'extravagant. Il le termina par un brandy et un cigare dont il n'avait pas envie et qu'il trouva mauvais. Ensuite, il demanda l'addition, laissa un pourboire au serveur et sortit du restaurant.

— Et puis zut, marmonna-t-il à la hauteur de Lower Regent Street. Je serai là demain, que cela lui plaise ou non.

Et il prit un taxi jusqu'à son appartement à Chester Terrace.

L'inspecteur principal Alleyn dîna seul, lui aussi, dans un restaurant proche du Yard. Peu après huit heures, il remonta dans son bureau, ouvrit le dossier de la Licorne et l'étudia soigneusement avec l'inspecteur Fox. Cette occupation leur prit deux heures. Naseby passa les voir pour faire un compte rendu de sa mission. Il avait réussi à avoir une petite causerie avec Props qui en fut grandement affecté. Naseby l'avait vu s'éloigner en direction de King's Road et entrer dans une cabine téléphonique, après quoi il avait passé le relais à Thompson, qui n'avait pas voulu être relevé.

Alleyn et Fox revinrent à leur dossier. Pièce par pièce, ils assemblèrent les événements des trois derniers jours. Alleyn parlait et Fox écoutait. A un moment, il se renversa sur son siège et dévisagea son patron pendant une bonne dizaine de secondes.

— Êtes-vous de mon avis ? demanda Alleyn.

— Oh oui, acquiesça Fox lentement. Entièrement.

Après quelques instants de réflexion, il ajouta :

— Je me disais que dans les affaires de meurtre aussi complexes que celle-là, il y a soit une absence de mobiles, soit trop de mobiles. Dans le cas présent, il y en a trop. Le défunt avait fait chanter Jacob Saint ; poursuivi et menacé Stephanie Vaughan ; ruiné la réputation de Trixie Beadle. Par sa faute, Props a subi ce que l'on appelle en langage juridique de « graves préjudices ». Le père de Trixie également. Grâce à sa mort, cette bonne femme, Emerald, hérite de toute la fortune de Saint. Je dois avouer que j'ai pensé à tout le monde à tour de rôle.

— Je sais, répondit Alleyn. Moi aussi, je suis passé par là. Maintenant, écoutez-moi bien, Fox. Il me semble qu'il y a plusieurs pièces maîtresses dans ce puzzle. L'une d'elles est le fait inexplicable que Surbonadier ait conservé ce morceau de papier avec la signature : Edward Wakeford, Edward Wakeford, Edward Wakeford. Je dis bien inexplicable, à la lumière des hypothèses avancées jusque-là. La deuxième, ce sont les empreintes relevées sur la machine à écrire. Et la troisième, le comportement de Stephanie Vaughan hier soir, chez Surbonadier. Pourquoi a-t-elle prétendu qu'il lui manquait une de ses lettres et m'a-t-elle envoyé à sa recherche ? Sachez que j'ai placé une feuille de papier pliée dans la boîte métallique. Elle l'a prise pendant que je me trouvais dans la pièce voisine. Pourquoi ? Parce qu'elle a cru que c'était le document qu'elle cherchait.

— La lettre de Mortlake ou les signatures ?

— Pas la lettre de Mortlake. Pourquoi prendrait-elle tous ces risques pour sauver Saint ?

— Les signatures, alors ?

— Je pense que oui. Maintenant, ajoutez cela au fragment de conversation que M. Bathgate a entendu ce matin. Qu'obtenez-vous ?

— Le *fragment* de conversation, répéta Fox avec lenteur.

— Exactement.

— Je crois que vous avez raison, monsieur. Mais avez-vous suffisamment de matière à présenter au tribunal ?

— L'un de nos hommes, à Cambridge, est en train de fouiller dans les archives du passé. Même s'il n'en tire rien, je ne renoncerai pas. Et puis, il y a la reconstitution de demain matin.

— Il ne sera pas là... Saint, je veux dire.

— C'est vous qui allez grimper à l'échelle de Jacob demain, mon Foxkin.

Le téléphone sonna, et Alleyn décrocha le récepteur.

— Allô ? Oui. Où ? Et nos hommes à l'entrée ? Simon's Alley, je vois. Eh bien, retournez-y, et s'il ressort, retenez-le. J'arrive tout de suite. Non, n'y allez pas seul. Depuis combien de temps avez-vous quitté les lieux ? Je vois. Retournez-y le plus rapidement possible.

Alleyn jeta le combiné et annonça :

— Nous partons à la Licorne, Fox.

— Maintenant ?

— Oui, et sans perdre une seconde. Je vous expliquerai en chemin.

20.

Exit Props

— Après le départ de Naseby, commença Alleyn, une fois dans la voiture, Thompson a surveillé Props dans la cabine téléphonique. Il a donné deux coups de fil. Aussitôt qu'il est sorti, Thompson est entré dans la cabine et a demandé les numéros. L'opératrice les avait perdus. Il s'est précipité dehors et a réussi à rattraper Props. Celui-ci a passé un certain temps à flâner dans les rues, tout en se rapprochant peu à peu de ce quartier. Juste avant que Thompson ne m'appelle, Props l'a entraîné dans un labyrinthe de ruelles derrière la Licorne. Il l'a gardé à l'œil jusqu'à ce qu'il ait tourné dans un cul-de-sac nommé Simon's Alley. Thompson l'a suivi et s'est retrouvé devant un portail. En regardant autour de lui, il a conclu qu'il devait se trouver quelque part derrière le théâtre. Il a escaladé le portail et a découvert une fenêtre ouverte située, selon lui, au dos de la Licorne. A l'intérieur, il faisait complètement noir. Confronté ainsi à un dilemme, Thompson a décidé de me téléphoner. Tout d'abord, il s'est mis à la recherche de l'un de nos hommes pour l'informer de ce qu'il venait de voir. Cela lui a pris un certain temps. L'homme a appelé un agent pour le remplacer pendant que lui-même allait jeter un coup d'œil au portail. Il a fallu du temps pour cela aussi. Thompson — qu'Allah le préserve, parce que moi, je ne le ferai pas — est parti chercher un téléphone et, finalement, a réussi à me joindre. Dieu sait pendant combien de temps le portail est resté sans surveillance. Cinq bonnes minutes, je dirais, sinon davantage.

— De toute façon, monsieur, quels que soient les projets de Props, ils doivent nécessiter plus de temps que cela.

— Oui, bien sûr. Certes, la position de Thompson n'était pas facile. Il ne pouvait tout de même pas se mettre à siffler et se trahir par la même occasion. Tenez, nous allons descendre ici et essayer de trouver Simon's Alley. Je vais simplement dire deux mots aux autres.

Ils revinrent sur leurs pas à l'endroit où une seconde voiture de police était arrêtée. Alleyn donna ses instructions aux six agents qui s'y trouvaient. Ils devaient entrer séparément par les différentes portes, laissant les hommes qui y montaient la garde à leurs postes.

— J'ignore ce que nous allons découvrir, déclara Alleyn, mais je suppose qu'il faudra chercher plutôt aux abords de la scène. Vous quatre, vous entrerez sans bruit chacun par une porte et vous attendrez devant la fosse d'orchestre. N'utilisez pas vos torches, à moins que vous n'y soyez contraints. Vous, vous passerez par la porte de derrière et par l'entrée des artistes. Ne bougez pas tant que vous n'aurez pas reçu un ordre de moi ou de l'inspecteur Fox. Saisissez-vous de tout ce qui va vous tomber sous la main, d'accord ?

— Bien, monsieur.

— Allez-y. Venez, vous aussi, Fox.

Ils s'étaient quelque peu éloignés du dos de la Licorne. Alleyn s'engagea le premier dans l'enchevêtrement de ruelles sordides situées derrière le théâtre. Lorsque, enfin, ils atteignirent une impasse aveugle et étroite, il désigna l'angle du bâtiment, et Fox lut sur la pancarte : « Simon's Alley ».

Ils progressèrent doucement sur les pavés inégaux. Au-dessus de leurs têtes, le toit gigantesque de la Licorne se détachait sur le ciel nocturne. Il n'y avait pas un chat dans Simon's Alley, et le trafic de Piccadilly et de Trafalgar Square semblait leur parvenir de très loin. Big Ben sonna onze heures. Peu après, ils distinguèrent une silhouette immobile dans l'obscurité.

— Est-ce vous, Thompson ? murmura Alleyn, arrivé à sa hauteur.

— Oui, monsieur. Désolé d'avoir provoqué tout ce gâchis.

— Ce n'est pas vraiment votre faute, mais il aurait mieux valu que vous gardiez votre relève avec vous. Êtes-vous sûr que Hickson est entré par là ?

— Oui, monsieur. J'ai dû laisser le portail sans surveillance pendant que j'allais chercher un agent. C'est assez loin, mais en tout, cela n'a pas pris plus de huit minutes. J'espère que Hickson est encore là-dedans.

— Restez ici et ne bougez pas à moins que vous n'entendiez mon sifflet. Vous venez, Fox ?

Il posa le pied sur la poignée du portail et l'escalada. L'espace d'un instant, sa silhouette sombre se dessina contre le ciel. Puis il disparut, suivi de Fox. Avec précaution, ils se frayèrent un chemin parmi les immondices qui jonchaient la cour. La fenêtre était là, au fond d'un passage étroit. Alleyn nota le vieux volet cassé et le carreau brisé par lequel on pouvait atteindre le loquet. Avec un haussement d'épaules mental à l'adresse du remarquable système de sécurité du théâtre, Alleyn se hissa sur le bord de la fenêtre et sauta à l'intérieur, bientôt rejoint par Fox. Ils ôtèrent leurs chaussures et demeurèrent immobiles dans le noir, l'oreille aux aguets.

Quand les yeux d'Alleyn se furent accoutumés à l'obscurité, il constata qu'ils se trouvaient dans une sorte de débarras dont la porte était ouverte. Au-delà, on apercevait un mur. L'endroit était humide et sentait le renfermé. Il alluma sa torche momentanément. Ils sortirent dans un étroit couloir dallé, gravirent une demi-douzaine de marches, franchirent une autre porte et tournèrent à droite en suivant le couloir. Devant eux, l'obscurité semblait moins épaisse. A la vue d'une rangée de portes fermées, Alleyn effleura la main de Fox qui hocha la tête. Ils étaient arrivés en terrain connu : c'étaient les loges des comédiens. Redoublant de précautions, ils atteignirent le tournant où Alleyn et Nigel avaient croisé Simpson le soir du meurtre. Ils passèrent devant la loge de Gardener, puis devant la porte ornée de l'étoile ternie. Un mince filet de lumière apparut au loin : Props avait dû allumer une lampe quelque part sur la scène. S'agrippant au mur, Alleyn continua sa lente progression. Soudain, il leva une main. Un son curieux leur parvint aux oreilles, une sorte de chuintement discontinu, comme si deux surfaces frottaient l'une contre l'autre par intermittence. Ils se figèrent, écoutant ce faible chuchotis auquel ils crurent entendre s'ajouter un craquement.

— Un élément du décor, souffla Fox. Accroché là-haut.

— Peut-être.

Alleyn s'avança dans le couloir jusqu'à ce qu'il pût voir une partie de la scène. Rien ne bougeait là-bas. Elle était très mal éclairée : il se dit que la lumière devait provenir de la veilleuse dans le trou du souffleur. Ils attendirent encore quelques minutes. De sa place, Alleyn pouvait voir que le rideau était levé. Là-bas, dans le noir, deux de ses hommes devaient se tenir aux aguets. Un autre homme était debout, immobile, sur sa gauche, et un quatrième était venu se poster à l'opposé, au milieu des ombres qui peuplaient le théâtre. Il savait qu'ils étaient tous là, aussi silencieux que lui-même, aussi silencieux que Props.

Il sortit enfin dans le couloir qui menait vers l'entrée des artistes et s'y arrêta, sachant que son policier devait le voir. Une main se posa brièvement sur son bras.

— Personne ici ni dans le hangar, monsieur.

Fox s'engageait déjà sur le plateau en direction des coulisses. Alleyn le suivit au bout de quelques minutes, passant près de la rampe où il savait que ses hommes le verraient. Il alluma sa torche : un visage surgit devant lui et cligna des yeux. C'était l'un des policiers. Il fit le tour de la scène restée dans l'état où il l'avait laissée. A travers sa chaussette, il sentit un éclat de verre sous son pied, sans doute un débris du lustre. Pendant tout ce temps, il entendit le chuintement et le craquement intermittents, maintenant au-dessus de sa tête.

Peut-être Props s'était-il de nouveau réfugié dans son perchoir sur le gril. Peut-être attendait-il, un câble entre les mains, l'occasion de lâcher sur eux une nouvelle masse de plusieurs tonnes. Mais pourquoi ce bruit, là-haut ? Il n'y avait aucun courant d'air.

Arrivé au centre de la scène, Alleyn parla tout haut. Il se rendit compte qu'il redoutait d'entendre le son de sa propre voix, et, lorsqu'elle résonna, elle lui parut étrange.

— Fox, où êtes-vous ? demanda-t-il.

— Je suis là, monsieur.

Fox se tenait penché sur le trou du souffleur.

— Grimpez sur cette échelle métallique le long du mur jusqu'au pupitre d'éclairage. S'il est ici, il fait le mort. Allumez toutes les lumières : je refuse de jouer à cache-cache avec M. Hickson.

Fox escalada lentement l'échelle. L'un des agents, en bas dans la salle, toussota, réprobateur.

Clic. Clic.

Le balcon s'illumina, puis l'orchestre. Les policiers se tenaient dans les allées entre les rangs.

Clic.

Un éclair blanc embrasa la rampe. L'avant-scène s'habilla d'une lumière chaude. Les coulisses revinrent à la vie. Une clarté étincelante inonda la scène. Le théâtre venait de s'éveiller.

Au centre du plateau, Alleyn, ébloui, plissa les paupières. Deux agents s'approchèrent de lui, se protégeant les yeux de la main. Fox déclara du poste d'éclairage :

— Il y a assez de lumière pour voir un homme invisible.

Les yeux toujours plissés, Alleyn se pencha pardessus la rampe.

— Vous deux, là-devant, ordonna-t-il, fouillez soigneusement tout le bâtiment, les bureaux, les vestiaires, tout. Nous nous chargerons de cette partie-ci.

Il se tourna vers les hommes sur le plateau.

— Nous allons examiner les lieux deux par deux. Cet homme souffre des séquelles d'une contusion, et, de plus, il se sent acculé. Il se cache quelque part dans ce terrier à lapins. A mon avis, il doit se trouver dans ses propres quartiers, derrière le décor. Attendons que nos deux hommes soient revenus.

Mal à l'aise, ils allumèrent des cigarettes. Dehors,

les portes qui s'ouvraient et se refermaient les informaient de l'activité de leurs collègues.

— C'est un drôle d'endroit quand il est vide, observa Fox.

— Oui, acquiesça Alleyn. Il respire l'attente.

— Avez-vous une idée de la raison pour laquelle il est venu ici, monsieur ?

— Malheureusement, oui. Une idée peu réjouissante.

Tout le monde attendit avec espoir.

Alleyn écrasa sa cigarette sur le plancher.

— Je pense qu'il avait rendez-vous, répondit-il. Avec le meurtrier.

Fox parut choqué et consterné.

— Ou la meurtrière, éventuellement, ajouta Alleyn.

L'un des hommes en civil se racla la gorge.

— Mais ils sont tous surveillés, objecta Fox.

— Je sais. L'homme de Thompson a bien réussi à le semer. Un autre de nos remarquables policiers a pu, lui aussi, laisser échapper l'objet de ses soins. C'est une hypothèse déplaisante mais tout de même envisageable. Quelle heure est-il ?

— Onze heures vingt, monsieur.

— Quel est diantre ce bruit sifflant ? demanda Alleyn avec irritation.

Il leva le regard vers les cintres : une toile avait été tendue au-dessous de la galerie inférieure, dissimulant le gril.

— J'ai entendu un bruit semblable le soir du meurtre, déclara Fox. Ce doit être un courant d'air qui remue la toile là-haut.

Apparemment, Alleyn ne l'avait pas entendu. Il se dirigea vers l'échelle par laquelle Props était descendu, et s'y immobilisa quelques instants.

— Je pense, fit-il enfin, que nous allons commencer par le gril.

Sa voix avait pris une inflexion bizarre.

Les deux hommes revinrent de leur expédition à travers le bâtiment. Alleyn s'approcha de la porte à l'avant-scène, fermée à clé. La clé était accrochée à un clou à côté d'elle. Il poussa le battant, qui émit une plainte stridente.

— Autant pour la théorie de Bathgate, murmura Alleyn.

Les autres le rejoignirent.

— Attendez ici, ordonna-t-il. Je monte au gril.

— Pas tout seul, monsieur, l'exhorta Fox. Ce type est peut-être embusqué là-haut, prêt à vous descendre.

— Je ne le crois pas. Suivez-moi, si vous le désirez.

Il gravit l'échelle qui courait le long du mur. L'ombre de la toile l'engloutit lentement. Fox le suivit.

Les quatre autres hommes les observaient, le visage levé. Le pied d'Alleyn disparut derrière la toile. L'échelle vibra légèrement.

— Un instant, Fox.

La voix d'Alleyn retentit au-dessus de leurs têtes, lugubre. Fox interrompit son ascension.

L'écho étouffé des pas d'Alleyn résonna sur la galerie. La toile s'affaissa dans un frisson. Il avait défait les attaches qui la maintenaient. Ses bords retombèrent avec une sorte de soupir bruissant, et le tout atterrit sur le sommet des coulisses dans un nuage de poussière.

Lorsque la poussière se fut dissipée, les hommes qui regardaient vers le haut aperçurent une paire de semelles en caoutchouc. Elles tournèrent lentement à droite, s'arrêtèrent, tournèrent lentement à gauche. La toile étant enlevée, elles ne frottaient plus contre elle avec un bruit chuintant. Mais, chaque fois qu'elles pivotaient, la corde autour du cou de Props faisait craquer le tasseau auquel elle était fixée.

21.

Cette innommable effronterie

Bien que l'inspecteur Fox fût accoutumé à ce qu'il nommait les désagréments, il faillit lâcher prise sur l'échelle métallique.

— Props, articula-t-il avec lenteur. C'était donc Props.

— Venez ici, dit Alleyn.

Fox le rejoignit sur la première galerie. Leurs visages se trouvaient à la hauteur des épaules du corps qui continuait à se balancer. La corde passée autour de son cou était celle qui avait servi à maintenir le lustre. On en avait attaché un bout à un tasseau de la galerie supérieure. Se penchant, Fox lui toucha la main.

— Il est encore chaud.

— C'est arrivé, répondit Alleyn, juste avant que Thompson ne téléphone au Yard.

Les mains crispées sur la balustrade de la galerie, il contemplait avec réticence le corps.

— J'aurais pu éviter cela. J'aurais dû procéder à l'arrestation cet après-midi.

— Voyons, répliqua Fox de son ton raisonnable, comment auriez-vous pu prévoir...

— Cette innommable effronterie, acheva Alleyn. Pauvre Props.

— Ce genre-là est très porté sur le suicide.

— Suicide ?

Alleyn se tourna vers lui.

— Ce n'est pas un suicide.

— Pas un... ?

— C'est un meurtre. Venez, montons.

Ils reprirent leur ascension. Lorsque ses épaules furent à la hauteur de la galerie supérieure, Alleyn fit une halte et alluma sa torche.

— Balayée ! déclara-t-il avec une sorte de triomphe. Maintenant, je te tiens, mon bijou !

— Qu'y a-t-il, monsieur ? demanda Fox d'en dessous.

— La galerie a été balayée. Les suicidaires nettoient-ils les lieux avant de passer à l'acte ? Plus loin, il y a une épaisse couche de poussière. La machine à écrire était trop propre : il en est de même pour cette galerie. Il n'y aura pas d'empreintes, mais partout, le criminel a laissé sa signature. Nous pouvons ramener le corps en bas, Fox. Redescendez ; moi, je resterai encore un instant ici.

Ils durent hisser le corps sur la galerie inférieure, puis le faire glisser le long de l'échelle, une tâche peu commode. Enfin, Props fut étendu dans son décor familier. En réponse au coup de sifflet de Fox, les autres policiers se rassemblèrent sur la scène. Blanc comme un linge, Thompson était incapable de proférer un son. Alleyn se tourna vers lui.

— Nous n'avons pas eu de chance aujourd'hui, Thompson. J'aurais dû prendre davantage de précautions.

— C'est ma faute, monsieur.

— Non, répliqua Alleyn. Le pauvre bougre a été trop rapide pour vous.

— Je ne comprends toujours pas comment c'est arrivé.

— Supposez que je vous aie donné rendez-vous ici.

Supposez que j'aie tué un homme, et que vous soyez au courant. J'arrive ici le premier, je monte sur la galerie, je fais un nœud coulant sur cette corde et en fixe l'autre bout. Après quoi, je redescends. Vous apparaissez, très nerveux. Vous dites que vous avez été suivi mais que vous avez réussi à les semer. Nous commençons à parler. Tout à coup, je déclare avoir entendu des pas dans le couloir. « Mon Dieu, ils sont sur nos talons, dis-je. Escaladons cette échelle, vite. » Je monte le premier et dépasse le niveau inférieur. Vous suivez. J'arrive à la galerie supérieure, et là j'attends, la corde avec le nœud à la main. En voyant apparaître votre tête, je la laisse tomber par-dessus et je tire d'un coup sec. Vous lâchez prise et agrippez votre cou. Je vous repousse et... voilà comment c'est arrivé.

— Ma parole ! fit Fox.

— J'ai pris soin de laisser un balai en haut, sachant que mon pied laisserait des empreintes dans la poussière. Alors, pendant que Props se balance dans l'air, je balaie la galerie. Il est caché par la toile ; on ne le cherchera pas avant le lendemain matin. Le bâtiment est vieux : un peu plus de poussière se sera déposée à ce moment-là. Peut-être ne le trouveront-ils pas tout de suite ; de toute façon, cela a l'air d'un suicide. Je rapporte le balai à sa place habituelle et je rebrousse chemin à travers ces couloirs de cauchemar vers le petit débarras. Thompson est dehors, dans la cour. J'attends. Enfin, je l'entends s'éloigner pour aller chercher quelqu'un devant l'entrée principale. C'est l'occasion ou jamais. Lorsqu'il revient, je ne suis plus là.

— Je vois, opina Fox pesamment. Oui, je vois.

— Maintenant, écoutez...

Alleyn se pencha sur le corps.

— La tête et les épaules sont recouvertes de poussière. Elle était déjà là pendant qu'il se balançait là-haut. Elle provient de la galerie supérieure : l'expertise le confirmera. Nous allons recourir à la science, Fox.

— Ce ne peut pas être Saint, et ce n'était pas Props. Deux personnes éliminées en faveur de votre théorie, monsieur.

— En effet.

— Qu'allons-nous faire, maintenant ?

— Réunir les hommes qui surveillaient le reste de la troupe.

— Je vais téléphoner au Yard. A cette heure-ci, ils ont déjà dû rentrer pour le rapport.

— Oui, allez-y, Fox. Je suis particulièrement impatient d'avoir des nouvelles de Cambridge, et de... comment s'appelle-t-il déjà ? Oh oui, le brigadier Watkins. Demandez s'il a été relevé, et si oui, qu'ils l'envoient sur-le-champ ici.

— Bien, monsieur.

— Téléphonez également à Bailey. Le pauvre vieux doit se trouver dans son lit à l'heure qu'il est, mais nous aurons besoin de lui. Et du médecin divisionnaire. Seigneur... nous voilà repartis pour un tour.

Fox sortit par la porte de l'avant-scène, et Alleyn retourna dans le couloir dallé. Après avoir allumé, il examina soigneusement le sol et les murs. Se tenant au mur, il rebroussa chemin jusqu'au débarras au carreau cassé. Là, il examina le sol, les parois, le bord de la fenêtre, puis la cour extérieure. S'éclairant de sa torche, il escalada le portail dont il inspecta minutieusement le sommet. Il y découvrit un minuscule fragment d'étoffe noire qu'il conserva précieusement.

Après quoi, il revint sur la scène.

Secouant un peu de poussière des cheveux de Props, il plaça celle-ci dans une enveloppe qu'il cacheta. Puis il prit une nouvelle enveloppe et en fit autant avec la poussière qui recouvrait les épaules de sa veste. Un autre échantillon de poussière fut prélevé à la galerie supérieure. A l'aide d'une loupe et de sa torche, il procéda à un examen méticuleux de la corde, prêtant une attention particulière au nœud coulant et aux quelques dizaines de centimètres qui le surplombaient. Ensuite, il scruta la rampe de la balustrade et le sol au-delà de l'endroit où aboutissait l'échelle. De retour sur la scène, il découvrit un balai sous la plate-forme de l'électricien et en ôta également un peu de poussière. Enfin, il examina le corps, et, plus attentivement, les mains. A leur arrivée, Bailey et le médecin divisionnaire le trouvèrent absorbé par cette tâche.

— Vous ne trouverez pas d'autres empreintes que les siennes, déclara Alleyn.

A son tour, le médecin examina le cadavre.

— J'ai entendu dire qu'il s'agissait d'un meurtre, observa-t-il. Mais, quelle que soit la façon dont vous l'interprétez, inspecteur, il est mort de strangulation et d'une fracture du cou. Je ne vois rien d'autre, à l'exception d'une légère meurtrissure à la base du cou.

— Aurait-elle pu être causée par un coup assené d'en haut par un pied dépourvu de chaussure ? demanda Alleyn.

— Oui, répondit le médecin.

Et, levant le regard sur l'échelle qui conduisait aux galeries, il ajouta :

— Je vois.

— Où est Watkins ?

— Il est rentré chez lui, répliqua Fox revenu sur le plateau, mais ils vont le joindre.

— Et Cambridge ? Y a-t-il du nouveau ?

— Oui, une longue déposition d'un domestique de

Peterhouse. L'officier qu'on a envoyé là-bas va la rapporter. A propos, le fourgon mortuaire est arrivé.

— Très bien, qu'ils viennent.

Fox se dirigea vers l'entrée des artistes et revint accompagné de deux hommes avec un brancard.

Il était minuit lorsque Props quitta la Licorne.

— J'éprouve la même sensation que Hamlet, quand il a tué Polonius, confessa Alleyn.

— Shakespeare, dit Fox. Personnellement, je ne lis pas ce genre de choses.

Mais le médecin, debout sur la scène, enchaîna doucement :

— « Toi, misérable impudent, indiscret imbécile, adieu ! » Je suppose que ces murs ont déjà entendu ces paroles.

— Mais pas dans les mêmes circonstances, rétorqua Alleyn d'une voix sourde.

— Voici Watkins, annonça Fox.

Le brigadier Watkins, un grand gaillard aux cheveux couleur de sable, arborait une expression inquiète.

— Vous désirez me voir, monsieur ?

— J'aimerais avoir un compte rendu de votre journée, Watkins.

— Elle a été plutôt monotone, à dire vrai. La personne que je devais surveiller est restée chez elle depuis l'instant de mon arrivée et jusqu'à mon départ.

— En êtes-vous sûr ?

Watkins rougit.

— J'étais assis sur un banc dans le jardin d'en face et je suis aussi resté sous le réverbère. Je n'ai pas quitté la porte des yeux, monsieur.

— Quelles ont été les allées et venues ?

— C'étaient les autres gens de l'immeuble. J'ai vu l'intéressé plusieurs fois : il regardait par la fenêtre.

— Quand l'avez-vous aperçu pour la dernière fois ?

— A dix heures moins le quart, monsieur, répondit Watkins, triomphant.

— Qui est sorti de l'immeuble après cela ?

— Des tas de gens, monsieur. Ils allaient dîner ou que sais-je encore. La plupart étaient des résidents, je les ai reconnus.

— Et ceux que vous n'avez pas reconnus ?

— Il y avait une femme d'allure plutôt modeste, une ou deux bonnes, et avant elles, un vieux monsieur vêtu d'un smoking, d'un chapeau mou et d'une sorte de cape d'opéra. Il boitait un peu. Le gardien lui a appelé un taxi. Je l'ai entendu dire : « Le théâtre Platza » au chauffeur. Pour en avoir le cœur net, j'ai interrogé le gardien à leur sujet. Il était plutôt obtus, ce garçon. D'après lui, la femme devait s'occuper du ménage dans l'un des appartements. Il ne connaissait pas le vieux monsieur mais il a dit qu'il venait de l'étage supérieur, et qu'il avait sans doute dîné ici. Les bonnes, elles, venaient de l'appartement du rez-de-chaussée.

— Est-ce tout ?

— Non, monsieur. Il y a eu autre chose. Un jeune homme vêtu d'un costume écossais noir et blanc, d'un chapeau melon et d'une cravate bleu sombre à rayures bleu clair. J'ai traversé la rue et l'ai entendu donner l'étage de l'intéressé au garçon d'ascenseur.

— Avait-il une moustache blonde et un œillet à la boutonnière ?

— Oui, monsieur.

— Est-il réapparu ? questionna Alleyn avec brusquerie.

— Il est ressorti cinq minutes plus tard et s'est dirigé vers le square. C'est tout, monsieur. J'ai été relevé à dix heures et quart par le brigadier Allison, qui doit être toujours en faction, actuellement.

— Merci, Watkins. Ce sera tout.

— Ai-je commis une erreur quelconque, monsieur ?

— Oui. Vous avez pris le meurtrier pour une personne innocente. Oh, je ne vous en blâme pas vraiment. Demandez à l'un de ces hommes d'aller relayer Allison et priez-le de venir ici immédiatement.

La mine piteuse, Watkins ne dit rien. Après avoir consulté Thompson, et mesurant l'enjeu, il hasarda timidement au bout de quelques minutes :

— Si c'est possible, monsieur, j'aimerais relayer Allison moi-même.

— Très bien, Watkins. Si quelqu'un sort de l'immeuble, homme ou femme, arrêtez-le, demandez-lui son nom et son adresse, et assurez-vous qu'il est bien celui qu'il paraît être. Vous pouvez partir vous aussi, Thompson, si vous le désirez. Ne prenez pas cet air abattu, tous les deux. Nous nous sommes tous fourvoyés, dans cette affaire.

Après un silence, Thompson s'adressa au bord de son chapeau avec une certaine emphase :

— Nous sommes tous deux prêts à retourner faire des rondes de nuit plutôt que de vous laisser tomber, monsieur. Si vous voyez ce que je veux dire.

— Ça, c'est vrai, monsieur, confirma Watkins avec ferveur.

— Oh, allez, disparaissez, espèce de clowns, répliqua Alleyn. Je vais téléphoner, annonça-t-il en se tournant vers Fox. La déposition de Peterhouse devrait arriver ici d'un moment à l'autre. Si Allison vient avant mon retour, demandez-lui un compte rendu en conséquence.

— Allez-vous solliciter un mandat d'arrêt pour ce soir ? s'enquit Fox.

— Non, je ne le crois pas. Je tiens à ma mise en scène de demain matin.

Alleyn sortit dans le hall où il trouva un téléphone dans le bureau de location. Des photos agrandies d'actrices lui souriaient ou lui lançaient des regards expressifs des murs. « Tous mes vœux », « A mon cher Robert », « A vous pour toujours », lut-il. Au milieu, il y avait un magnifique portrait d'une femme, debout devant une fenêtre ouverte. Deux mots seulement étaient tracés d'une écriture ferme en travers du cadre : « Stephanie Vaughan ». Tout en composant le numéro, Alleyn contempla ce portrait sans ciller.

— Allô, répondit une voix ensommeillée à l'autre bout du fil.

— J'ai cru vous avoir demandé de cesser vos petites visites.

— Ah, c'est vous...

— Oui, c'est moi, rétorqua Alleyn sombrement.

— J'ai eu une idée. Inutile de vous mettre dans tous vos états : je n'ai vu personne. J'ai sonné pendant cinq minutes, puis je suis reparti. Même le domestique était absent.

— Vous avez sonné pendant cinq minutes, dites-vous ? s'étonna Alleyn.

— Oui. Au fait, tout va bien ?

— Merveilleusement bien. Il y a eu un autre meurtre à la Licorne.

— Quoi !

— Retournez au lit et restez-y, lui conseilla l'inspecteur avant de raccrocher.

Il traversa la pièce pour voir de plus près la photographie sur le mur opposé.

— Oh, et puis zut ! marmonna-t-il en revenant sur la scène de la Licorne.

22.

Rideau final

Le matin du 17 juin, à onze heures moins le quart, le vieux Blair accrocha son melon élimé au-dessus du haut tabouret qui occupait son cagibi derrière l'entrée des artistes. Il jeta un coup d'œil sur l'horloge noircie et eut un claquement de langue désapprobateur en constatant que l'on avait négligé de la remonter. Puis il inspecta la boîte aux lettres qui contenait une carte solitaire adressée à Miss Max. L'approchant de son nez, Blair lut :

« Susan chérie, tout cela est affreux je suis de tout cœur avec vous ma chérie en ces instants terribles comme ce doit être éprouvant pour vous chérie, notre spectacle marche à merveille ici et nous faisons recette ma chérie. Tous mes vœux Daisy. »

Blair émit un « tss-tss », mais impossible de dire si c'était du dédain ou de l'approbation.

En entendant des pas dehors, il retourna vers l'entrée des artistes avec un grognement. L'agent posté à l'entrée de l'orchestre salua l'inspecteur Alleyn et l'inspecteur Fox, suivis du brigadier Bailey et de trois hommes en civil.

— Bonjour, Blair, fit Alleyn.

— 'Jour, monsieur.

Les nouveaux arrivants s'engouffrèrent dans le couloir. Deux autres hommes les attendaient sur la scène : Thompson et Watkins.

— Tout est prêt ? demanda Alleyn.

— Oui, monsieur.

Le regard de l'inspecteur principal alla vers les cintres. Une toile y avait été tendue, fixée à la galerie inférieure du gril.

— Vous entendez, monsieur ? dit Thompson.

Tous s'immobilisèrent. Un bruit de frottement leur parvint d'en haut, alterné avec un léger craquement. A l'un de ses bords, la toile formait une saillie comme si elle se trouvait en contact avec un objet. La marque de l'objet apparaissait et s'effaçait à intervalles réguliers, au rythme du bruissement chuintant.

— Ça ira très bien, répondit Alleyn. Avez-vous rouvert les loges ?

Apparemment, cela avait été fait. Alleyn promena un regard circulaire sur le plateau. Le décor était toujours celui de la scène au cours de laquelle Surbonadier avait chargé le revolver. Le rideau était levé, et les silhouettes fantomatiques des fauteuils revêtus de leurs housses se distinguaient à peine dans la pénombre. Un rayon de soleil filtra à travers un volet sur la galerie. Un bruit de pas dans le couloir précéda l'apparition de M. George Simpson. Il regarda nerveusement autour de lui et, apercevant Alleyn, émit quelques sons confus.

— Ah, vous voici, monsieur Simpson, fit Alleyn. J'étais justement en train de jouer les régisseurs. Voyez si rien ne manque sur la scène.

Simpson descendit d'une marche et examina la scène. Le petit homme semblait avoir recouvré un peu de son professionnalisme.

— A mon avis, tout est en ordre, déclara-t-il.

— Je vais attendre que toute la troupe soit là pour expliquer la raison de cette convocation.

— Certains sont déjà arrivés.
— Parfait. Voulez-vous utiliser le brigadier Watkins en tant que coursier ? Aussitôt que tout le monde sera rassemblé sur le plateau, je leur parlerai.

Simpson et le brigadier Watkins se dévisagèrent d'un air sceptique.

— Que tenez-vous à la main, Watkins ? questionna Alleyn brusquement.

— C'est l'une de vos cartes, monsieur. Le jeune homme que j'ai vu hier, si vous vous en souvenez, monsieur, a demandé à venir s'asseoir à l'orchestre.

— Montrez-la-moi.

Alleyn jeta un coup d'œil maussade sur sa propre carte de visite sur laquelle il avait griffonné : « Laissez entrer le porteur au théâtre. R.A. ». Il l'avait remise à Nigel avant l'arrestation de Saint. Avec une remarquable présence d'esprit, M. Bathgate l'avait conservée et s'en était servi à la première occasion.

La mâchoire légèrement contractée, l'inspecteur Alleyn s'avança vers la rampe et scruta du regard l'obscurité abyssale de l'orchestre.

— Monsieur Bathgate, appela-t-il.

Seul le silence lui répondit.

— Monsieur Bathgate, je vous vois, mentit Alleyn.

— Vous ne regardez pas du tout dans ma direction, protesta une voix indignée.

— Venez ici, ordonna Alleyn.

— Non.

— Comme vous voudrez.

Il y eut un autre silence obstiné, puis Alleyn demanda calmement :

— Voulez-vous éclairer la salle, monsieur Simpson ?

Le régisseur grimpa l'échelle métallique, et, l'instant

d'après, l'orchestre apparut dans la grisaille des housses. Nigel était assis au milieu du rang F, petite silhouette solitaire. Alleyn lui fit signe d'approcher. L'air penaud, Nigel se leva et entreprit de remonter la travée centrale.

— Et maintenant, fit Alleyn lorsque le coupable eut atteint la fosse d'orchestre, et maintenant, mon ingénieux ami...

Nigel grimaça un sourire mais ne dit rien.

— J'aurais envie de vous faire jeter dehors avec un coup de pied quelque part, poursuivit Alleyn. Mais je ne le ferai pas.

Il considéra Nigel d'un air grave.

— Je vais seulement vous rendre ma carte avec un post-scriptum. Si, après cela, vous tenez toujours à rester, libre à vous.

Il griffonna quelques mots au dos de la carte et la jeta par-dessus la fosse d'orchestre. L'ayant attrapée au vol, Nigel l'approcha de la lumière. L'inspecteur Alleyn avait une écriture minuscule mais parfaitement nette. Pourtant, bien qu'il n'eût écrit que sept mots, leur déchiffrage sembla prendre à Nigel un temps interminable. Lorsque enfin il releva la tête, Alleyn et lui échangèrent un regard.

— C'est une erreur, dit Nigel.

— Non.

— Mais...

Il s'interrompit et s'humecta les lèvres.

— Il n'y a aucun mobile, articula-t-il finalement.

— Il y en a des quantités.

— Je reste, déclara Nigel.

— Très bien. Lumière, je vous prie, monsieur Simpson.

La salle se replongea dans l'obscurité.

— Je pense qu'ils sont tous là, inspecteur Alleyn, observa Simpson nerveusement.

— Allez les chercher, Wilkins, voulez-vous ? demanda Alleyn.

Pour la dernière fois, la troupe du *Rat et le Castor* se rassembla sur la scène de la Licorne. Les comédiens arrivèrent à la queue leu leu : d'abord Miss Max et Stephanie Vaughan, puis Janet Emerald, avançant d'une démarche qu'elle avait utilisée en province dans le dernier acte de *Madame X*. Elle était suivie de Dulcie Deamer dont toute la personne reflétait une consternation tragique. Venait ensuite Felix Gardener, très pâle et solitaire. Howard Melville et J. Barclay Crammer apparurent après tout le monde, bras dessus bras dessous et la tête haute, tels des aristocrates français montant à l'échafaud.

— Tout le monde en scène, s'il vous plaît, annonça George Simpson.

Les acteurs franchirent les coulisses et s'arrêtèrent silencieusement en un demi-cercle. La même concentration se lisait sur tous les visages. On eût dit que les feux de la rampe leur avaient rendu leur consistance. Ils ne paraissaient plus ridicules, ni même artificiels dans leur vrai environnement, ni d'ailleurs redevenus naturels.

Debout sur une marche, Alleyn se tenait face à la scène. Vu de la salle sur le fond du plateau illuminé, c'était lui qui ressemblait à une ombre désincarnée. Mais pas aux yeux des acteurs. Il occupait la place habituelle du metteur en scène, et tous les regards attentifs convergeaient vers lui.

— Mesdames et messieurs, commença Alleyn, je vous ai réunis ici ce matin afin de procéder à la reconstitution de la première scène au dernier acte du *Rat et le Castor.* Comme vous le savez, au cours de la scène en question, le défunt a chargé le revolver qui a causé son décès. Vous avez tous été informés de l'arrestation de M. Jacob Saint. Il sera donc absent aujourd'hui. Sinon, à l'exception du défunt dont le rôle sera tenu par M. Simpson, nous sommes tous là.

Il fit une pause. Le régisseur ouvrit la bouche.

— Oui, monsieur Simpson ?

— Euh... je ne sais pas si c'est important. Le chef accessoiriste n'est toujours pas arrivé. Comme c'est lui qui m'a donné les fausses cartouches, j'ai pensé...

— Nous nous passerons de lui, répliqua Alleyn. Les habilleurs sont-ils ici ?

Simpson jeta un regard dans les coulisses. Beadle et Trixie Beadle sortirent gauchement et se postèrent à l'extrémité du demi-cercle.

— Avant tout, je tiens à vous prévenir que la police a abouti à une conclusion définitive en ce qui concerne le crime. Cette reconstitution nous servira de démonstration. J'insiste sur le fait que, hormis les associations déplaisantes, elle ne doit vous inspirer aucune inquiétude. Simplement, je demande aux personnes innocentes de rejouer cette scène afin de m'aider à vérifier ma théorie sur les mouvements du criminel. Je vous prie instamment, dans la mesure où votre mémoire le permet, d'accomplir les mêmes gestes que durant la dernière représentation de cette scène. C'est une occasion de prouver vos alibis respectifs, ainsi que de réunir les éléments nécessaires à l'instruction. Je compte sur vous pour jouer le jeu en toute honnêteté. Étant innocents, vous n'avez rien à craindre. Sommes-nous bien d'accord ?

Il y eut une pause. Puis Barclay Crammer s'éclaircit

la voix d'un air solennel, et, avançant vers la rampe, fit face à la salle.

— J'ignore ce qu'en pensent Miss Vaughan ou M. Gardener..., commença-t-il.

— Rien, s'empressa de répondre Stephanie Vaughan. Je suis tout à fait prête à le faire.

— Moi aussi, ajouta Gardener.

— Dans ce cas, poursuivit M. Crammer sur un ton vibrant, je dis tout de suite que j'accepte de me livrer à cette sinistre comédie... jusqu'au bout.

Sa voix s'enroua légèrement.

— Si Dieu le veut, nous serons ses instruments pour venger le pauvre Arthur.

Il esquissa un geste de noble résignation et manqua de saluer la salle vide. Nigel se retint à grand-peine d'applaudir. Alleyn croisa le regard de Gardener. On eût dit que ce dernier allait lui adresser un clin d'œil.

— Tout est arrangé, alors, reprit Alleyn. La seule différence avec le vrai spectacle est que je ne vais pas faire obscurcir la scène. Je demanderai à tous ceux qui se trouvaient dans leurs loges à la fin de l'entracte de s'y rendre maintenant. Il vous faudra réitérer tous vos déplacements d'une pièce à l'autre. J'ai posté des policiers le long des couloirs : faites, s'il vous plaît, comme s'ils n'étaient pas là. Nous allons reproduire sur scène la conversation entre Miss Max, M. Surbonadier, Miss Emerald et M. Simpson avant le lever du rideau. Je donnerai un coup de sifflet pour signifier l'obscurcissement, et un autre, quand la lumière se sera rallumée. A présent, je vous prierai de regagner vos loges.

Les acteurs sortirent en file indienne. Simpson se dirigea vers le trou du souffleur où le brigadier Watkins le rejoignit.

Alleyn s'approcha d'eux pour leur dire deux mots. Fox et Bailey allèrent se poster dans les coulisses, devant la première et la troisième entrée de gauche. Deux autres hommes disparurent dans le fond de la scène. Thompson et un troisième homme sortirent dans le couloir qui menait aux loges.

— Parfait, fit Alleyn, retournant à son poste d'observation sur la marche.

— Voulez-vous annoncer le dernier acte ? demanda Simpson au brigadier Watkins.

Watkins sortit dans le couloir, et sa voix parvint sur le plateau :

— Dernier acte, en scène, s'il vous plaît !

Miss Max, dont la loge se trouvait derrière le détour du couloir, apparut la première, monta sur la scène, s'assit sur une chaise dans le fond et prit son tricot. Elle fut suivie de Janet Emerald qui se dirigea tout droit vers la fenêtre.

— Restez-y comme si vous étiez en train de parler à Surbonadier, fit doucement Alleyn. A vous, monsieur Simpson.

Émergeant du trou du souffleur, Simpson s'approcha du bureau et fit mine de placer quelque chose dans le tiroir du haut.

— Miss Emerald ?

— Je ne me rappelle plus... ce que j'ai dit.

— A propos des cartouches, ma chère, intervint Miss Max avec calme.

— Je... j'ai toujours peur que vous n'oubliiez les cartouches.

— Faites confiance au vieux George, répondit George Simpson.

— George, venez voir. Ce paillasson est mal mis, mon cher.

— Qu'est-ce qui ne va pas, Susan ?

— Il bouche l'entrée et me gâche mon « eggzit ».

— Est-ce mieux ainsi ?

— Voilà sa bonne place. Venez ici, je voudrais mesurer la longueur de mon écharpe.

— Pendant ce temps, Miss Emerald, vous parliez à Surbonadier.

— Je... je ne peux pas. C'est trop affreux.

— Tournez à gauche et allez à la rencontre de M. Simpson. Dites-lui : « Arthur a bu, George. J'ai peur. »

— Arthur a bu, George. J'ai peur.

— En tout cas, il joue rudement bien.

— Maintenant, appuyez-vous sur le bureau et murmurez : « Je l'aurais tué. »

— Je... l'aurais...

— Tout le monde en place, s'il vous plaît.

Janet Emerald se redressa et se détourna vers le fond de la scène.

— La salle, s'il vous plaît. Attention, lumière.

Alleyn émit un long coup de sifflet. Le scénario à la main, Simpson monta sur le plateau. Alleyn resta dans les coulisses, d'où il pouvait voir à la fois la scène et le couloir. Melville, qui était demeuré devant le trou du souffleur, s'éloigna sur la pointe des pieds. Miss Vaughan sortit de sa loge, laissant la porte ouverte, et alla frapper à la porte de Gardener.

— Entrez, répondit-il.

Elle entra et ferma la porte derrière elle. Celle-ci se rouvrit pour livrer passage au vieux Beadle. Il s'arrêta dans le couloir, sortit une cigarette et la mit, sans l'allumer, dans sa bouche. Trixie Beadle le rejoignit, et ils disparurent derrière le détour du couloir.

Felix Gardener sortit de sa loge et se dirigea sans

bruit vers la scène. Soudain, il fit une halte, sursauta, se baissa pour se masser le pied, murmura : « Que diable ! » et poursuivit son chemin en boitillant. Les Beadle s'éloignaient dans le couloir en direction du vestiaire. Tout cela prit un laps de temps très court. Sur scène, Simpson appela :

— Rideau !

Les acteurs se mirent à réciter leur texte en marmonnant les phrases et en élevant la voix à la fin de chaque réplique. Cela dura une demi-minute peut-être, puis le régisseur ordonna :

— Lumière !

Alleyn donna un nouveau coup de sifflet et appela :

— Tout le monde en scène.

La troupe se rassembla une fois de plus.

— Je vous remercie, déclara Alleyn. Votre aide m'a été précieuse. Je suis sûr que chacun de vous a trouvé cela pénible et déplaisant. A présent, je peux vous fournir davantage d'explications ; vous l'avez bien mérité. Cette reconstitution a prouvé que personne, de ceux qui se trouvaient au fond du couloir, n'aurait pu arriver sur scène sans croiser les deux habilleurs, qui se sont rendus au vestiaire à la fin de la période d'obscurcissement. D'après M. Gardener, quelqu'un lui a marché sur le pied au moment où il se dirigeait vers les coulisses. Seuls trois hommes pouvaient s'y trouver alors : M. Simpson, le chef accessoiriste et... M. Jacob Saint.

Janet Emerald laissa échapper un petit cri étouffé, mais un regard froid d'Alleyn suffit à la réduire au silence.

— M. Saint se trouvait dans sa loge à l'avant-scène. Selon l'une des hypothèses, il aurait pu sortir par la porte la plus proche, changer les cartouches de tiroir et revenir par le même chemin. Watkins, voulez-vous aller ouvrir cette porte et avancer jusqu'au bureau ?

Le brigadier Watkins s'exécuta. La porte émit un grincement déchirant.

— Voilà qui règle le problème, conclut Alleyn. Restent Props et M. Simpson. Durant l'obscurcissement, Props se trouvait sur le plateau. Il aurait pu effectuer la substitution et disparaître, ni vu ni connu. Personne ne se souvient l'avoir aperçu dans les coulisses au moment où la lumière s'était rallumée. Où aurait-il pu aller ? D'après notre théorie, il aurait escaladé cette échelle et se serait réfugié derrière la toile. Je pourrais l'illustrer avec votre aide. M. Simpson se tient dans le trou du souffleur ; Miss Max, Miss Emerald et le défunt sont sur scène. M. Gardener sort dans le couloir et tombe sur Props qui vient juste d'intervertir les cartouches. Il échappe à M. Gardener et grimpe sur l'échelle. Comme il porte des semelles de caoutchouc, personne ne l'entend. Il a gardé les gants de M. Saint que ce dernier a oubliés sur le plateau. Monsieur Simpson, voudriez-vous avoir l'amabilité de jouer son rôle ?

Simpson s'humecta les lèvres.

— Je... je... ne peux pas monter sur cette échelle. Je ne supporte pas le vide. Ce serait... Je ne peux pas.

Alleyn considéra d'un air sceptique la silhouette massive de Crammer et la figure verdâtre de M. Melville. Puis, comme à contrecœur, il se tourna vers Gardener.

— Soyez gentil, fit-il.

— Bien sûr, acquiesça Gardener calmement.

— Si vos nerfs vous le permettent, monsieur Simpson, peut-être accepterez-vous d'incarner M. Gardener ?

Simpson ne répondit pas.

— Vous êtes certainement capable de le faire.

— Je veux bien le faire, offrit Melville.

— Je vous remercie... je préfère que ce soit M. Simpson. Allons, monsieur Simpson !

Se détournant, Simpson alla dans la loge de Gardener.

— Allez-y, dit Alleyn à Gardener.

Celui-ci hocha la tête et se dirigea vers le bureau. Ouvrant le tiroir supérieur, il fit mine d'y prendre quelque chose et de mettre autre chose à la place. Puis il ouvrit le tiroir inférieur, le referma, hésita, jeta un regard interrogateur en direction d'Alleyn et revint dans les coulisses.

— Venez, monsieur Simpson, appela Alleyn.

Simpson sortit de la loge et s'engagea dans le couloir. Après être entré en collision avec lui, Gardener s'écarta et se mit à escalader l'échelle.

— Jusqu'en haut ? demanda-t-il.

— S'il vous plaît.

Gardener continua son ascension sous le regard des autres. Soudain, ils entendirent une sorte de chuintement à l'endroit où la toile paraissait former une bosse. Les pas de Gardener résonnèrent sur les barreaux métalliques. Sa tête disparut derrière la toile. Tout à coup, un cri d'horreur retentit au-dessus de la scène.

— Mon Dieu, qu'y a-t-il ? glapit Simpson.

Le corps de Gardener se détacha de l'échelle. On eût dit qu'il allait tomber. Son pied se déroba, et, l'espace de quelques secondes, il se maintint uniquement à l'aide de ses mains. Puis il parvint à recouvrer l'équilibre.

— Alleyn, cria-t-il d'une voix terrible, Alleyn !

— Que se passe-t-il ?

— Il est là... il s'est pendu... c'est lui.

— Qui ?

— Props... c'est Props.

Il baissa vers eux son visage horrifié.

— C'est Props ! répéta-t-il.

Fox, Bailey, Watkins et Thompson vinrent se poster au pied de l'échelle.

— Descendez, dit Alleyn.

Gardener se mit à descendre. A six barreaux du sol, il se retourna et vit les hommes qui l'attendaient. Il s'immobilisa avec un cri étouffé. Ses lèvres retroussées laissaient entrevoir ses gencives. Un filet de salive lui coula sur le menton. Ses yeux se révulsaient.

— A propos, comment savez-vous que c'est Props ? s'enquit Alleyn.

Gardener lui assena un violent coup de pied au visage.

— Ne recommencez pas, jeta Alleyn. Cette fois était une fois de trop.

Fox dut traîner Gardener en bas par les chevilles. Cette fois-ci, Alleyn avait pensé à emporter les menottes.

23.

Épilogue à la pièce

Si l'inspecteur principal Alleyn avait eu le goût du spectacle, quelle n'eût pas été sa satisfaction à la pensée que l'épilogue du meurtre de la Licorne fut prononcé sur la scène même du théâtre.

Les policiers emmenèrent Gardener. Miss Emerald partit en proie à une authentique crise de nerfs. Barclay Crammer, George Simpson, Howard Melville et Dulcie Deamer, personnages étrangement irréels en face de la vraie tragédie, disparurent en direction de l'entrée des artistes. Les Beadle sortirent en compagnie du vieux Blair.

Seuls Alleyn, Stephanie Vaughan et un Nigel très bouleversé étaient demeurés au théâtre. On avait enlevé la toile, et le sac lesté qui avait été accroché à la galerie du haut gisait en un tas difforme sur le plancher. Le ramassant, Alleyn le jeta dans le hangar et referma les portes. Puis il s'approcha de Nigel qui se tenait dans le couloir.

— C'est ainsi, Bathgate, déclara-t-il. Ne vous liez jamais d'amitié avec un flic.

— Ce n'est pas la conclusion que j'en tire, répondit Nigel lentement.

— Vous êtes généreux, répliqua Alleyn.

— Pourquoi ne m'avez-vous rien dit ?

— Qu'auriez-vous fait si je vous avais mis au courant ?

Nigel ne sut que répondre.
— Je ne sais pas, avoua-t-il.
— Moi non plus, je ne le savais pas.
— Je vois.
— Cette idée ne vous a jamais effleuré ? demanda Alleyn avec compassion.
— Au début, je soupçonnais Saint, et ensuite...
Il jeta un coup d'œil à travers les coulisses.
Stephanie Vaughan était assise dans le fauteuil qu'elle avait occupé lorsque Alleyn l'avait interrogée le soir du meurtre.
— Attendez-moi quelque part ailleurs, demanda l'inspecteur.
Nigel sortit dans la cour.
— Où que vous soyez, fit doucement Alleyn en retournant sur scène, revenez-en.
Elle leva les yeux sur lui.
— Je ne ressens rien du tout, murmura-t-elle.
L'espace d'un éclair, il posa sa main sur la sienne.
— Elle est froide, remarqua-t-il. C'est le choc. Chaque fois que je vous ai touché les mains, elles étaient froides. Rien d'étonnant. Voulez-vous que je vous appelle un taxi ?
— Pas encore. Je dois rassembler mes affaires.
Elle contempla ses doigts en fronçant les sourcils, comme si elle tentait de se souvenir de quelque chose.
— Je suppose que vous étiez fixé sur mon compte depuis le début ? fit-elle enfin.
— Pas tout à fait. J'ai commencé à me poser des questions quand vous avez rendu Surbonadier responsable de votre épaule meurtrie. Je me suis rappelé la main de Gardener sur votre épaule, au moment où Surbonadier vous avait insultée. J'avais remarqué la façon dont il vous avait agrippée.

Elle frissonna.

— J'avais peur qu'il ne commette une folie.

— Si cela peut vous consoler, il aurait agi exactement de la même manière si vous n'aviez pas existé.

— Je sais. Je n'étais qu'une considération secondaire, n'est-ce pas ? Mais certainement pas le mobile.

— A l'appartement de Surbonadier, reprit Alleyn, je savais que vous étiez prête à risquer gros pour lui. Je vous ai laissée jouer votre rôle et croire que vous aviez réussi.

— A quoi bon remuer le couteau dans la plaie ?

— J'ai pensé que, pour s'exprimer dans un langage fleuri, en m'attirant votre haine, je créerais une diversion.

— Oh, répliqua-t-elle, songeuse. Je ne vous hais pas.

— Cela m'étonne.

— Vous étiez beaucoup trop fin pour moi.

— Et pourtant, rétorqua Alleyn, la moitié de la victoire vous appartient. Je regrette de tout cœur que les choses aient tourné de la sorte. Si cela avait une importance quelconque, je dirais que je m'en suis voulu quand je vous ai tenue dans mes bras. Mais ce ne serait qu'une demi-vérité. J'étais partagé entre le triomphe et l'anéantissement.

— Que va-t-il lui arriver ? demanda-t-elle soudain, les yeux agrandis.

— Je ne sais pas. Il sera jugé. Il est coupable, et, du reste, c'est un individu peu recommandable. Ne jouez donc pas la comédie : vous ne l'aimez pas. Ce sera difficile pour vous, mais vous avez cessé de l'aimer en apprenant qu'il était l'assassin.

— Oui, c'est vrai.

Elle se mit à pleurer, sans grâce, le visage convulsé

et à gros sanglots déchirants. Alleyn la contemplait gravement, et, lorsqu'elle tendit la main, il y plaça son mouchoir. Puis il se rendit dans la loge de Surbonadier où il découvrit une flasque en nickel contenant du whisky. Avec une grimace, il lava un verre et y versa une généreuse rasade. Ensuite, il revint vers elle.

— Buvez cela. Ça vous remontera.

Elle avala une gorgée, s'étrangla et réprima un frisson.

— Maintenant, je vais appeler le taxi, dit Alleyn.

Les voyant sortir, Nigel se réfugia sous le hangar. Elle monta dans la voiture.

— Au revoir, fit-elle. Vous saurez où me trouver... en cas de besoin.

— Oui, ma pauvre enfant.

Elle lui tendit la main, et, après une seconde d'hésitation, il y déposa un baiser.

— Vous vous en remettrez, déclara-t-il. Au revoir.

Il donna l'adresse au chauffeur et resta quelque temps immobile dans la cour déserte. Puis il rejoignit Nigel.

— Alors ? s'enquit-il. Que voulez-vous savoir ?

— Tout, répliqua Nigel.

— D'accord. Ouvrez grandes vos oreilles. Allons-y.

Il alla chercher deux fauteuils branlants, puis repoussa les portes du hangar, laissant entrer quelques pâles rayons du soleil.

— Allons-y, répéta-t-il.

Et, après avoir allumé une cigarette, il commença son récit :

— Dans les affaires de meurtre, la police opte généralement pour le suspect le plus évident. Et, quoi qu'en disent les psychologues — dont la compétence n'est nullement en cause — l'homme en question s'avère fréquemment être le bon. Dans le cas présent, le suspect numéro un était celui qui avait appuyé sur la détente : Gardener. Je l'ai observé en conséquence avec la plus grande attention. Quelqu'un d'autre se serait-il risqué à changer les cartouches ? Supposez que Gardener n'eût pas pressé la détente, ou l'eût pressée trop tôt ? Il se pouvait qu'un autre eût tenté sa chance. Mais si Gardener était le meurtrier, lui-même ne courait aucun risque. Ensuite, je me suis rappelé que j'avais affaire à un excellent acteur. Je n'ai donc tenu aucun compte de son remords ou de son désarroi. Comme c'était intelligent de sa part, toutes ces allusions sur l'hypocrisie des acteurs, au milieu desquels il apparaissait comme le seul être sincère ! J'ai délibérément ignoré tout cela. Lorsque nous avons pris les dépositions des autres membres de la troupe, j'ai tout de suite remarqué que lui et Stephanie Vaughan se trouvaient le plus près de la scène.

« Bien sûr, à ce moment-là, je gardais un œil sur tout le monde. Seulement, eux deux étaient dans sa loge à lui, et sa loge à elle, à proximité de la scène, était restée vide. Il eût été facile pour lui de s'y précipiter en sortant, d'enfiler les gants de Saint trouvés sur le plateau (une aubaine pour lui : il avait pensé à utiliser les siens), de s'assurer que le couloir était vide, puis de se glisser dehors pour intervertir les cartouches dans le noir. Je me suis demandé s'il avait inventé l'histoire du pied écrasé de toutes pièces, et je lui ai volontairement suggéré le parfum. Il a mordu à l'hameçon, et, à partir de là, j'ai décidé de m'occuper plus sérieusement de lui. Plus tard, il a accepté de vous reparler du procès en diffamation, mais seulement quand il a su que nous découvririons la vérité nous-mêmes. Il vous a dit que Surbonadier était l'auteur de l'article. Moi, je me suis demandé si ce n'était pas lui. J'en ai acquis la conviction après avoir trouvé les signatures imitées dans l'appartement de Surbonadier. Admettons que Surbonadier l'eût fait chanter, menaçant de tout révéler à Saint. Saint aurait brisé sa carrière. Admettons que Surbonadier eût menacé de dire à Stephanie Vaughan ce que je supposais être la vérité sur l'époque de leurs études à Cambridge. Tout n'était que suppositions, mais suffisamment plausibles. L'homme que j'ai envoyé à Cambridge a rencontré un vieux domestique qui avait été au service de Gardener. Celui-ci avait surpris une conversation entre lui et Surbonadier : ce dernier accusait Gardener d'avoir écrit l'article. Voyez-vous, Gardener était bien plus mêlé à cette affaire de drogue qu'il ne vous l'a laissé entendre. Sans doute a-t-il été sincère en proclamant sa passion pour Stephanie Vaughan et sa haine à l'égard de Saint. La drogue aidant, cette même passion lui a inspiré l'article. J'ai reçu la déposition de Cambridge hier soir seulement. Elle a confirmé notre hypothèse.

« Le fard, maintenant. Le pot a été renversé après que nous avons quitté la loge. D'après Miss Vaughan, seules elle et Trixie Beadle y étaient restées après le départ de Surbonadier. Nul autre que Gardener n'aurait pu y entrer : il serait tombé sur les Beadle qui s'étaient attardés dans le couloir avant de se rendre au vestiaire. Gardener, donc, a laissé Miss Vaughan dans sa loge pour aller sur le plateau. Si Props avait été le coupable, jamais il n'aurait pu s'approcher de la loge principale. Pas plus que Simpson, qui était sur la scène. Saint non plus, s'il était passé par la porte de l'avant-scène qui, du reste, grince comme une âme damnée. Mais Gardener en aurait eu la possibilité. »

— Vous voulez dire qu'il a renversé le pot de fard

pendant qu'il enfilait les gants dans sa loge ? questionna Nigel.

— Oui.

— Et la lettre de menaces ?

— Ah ça, elle a été son premier faux pas. Il l'a tapée sur scène pendant le dernier acte, au cas où il aurait besoin de corroborer son histoire du pied écrasé. Puis il a dû se remémorer qu'après le meurtre, il serait certainement fouillé. Il n'avait rien prévu pour la circonstance : tout l'épisode de la lettre n'était qu'une improvisation inspirée par sa rencontre inopinée dans l'obscurité. J'imagine qu'il a dû regretter sa brillante idée car il ne pouvait pas détruire le papier sur scène. Il l'a donc fourré au hasard dans la pile du papier machine inutilisé. Après que je l'ai fouillé, il a eu tout le loisir de le récupérer, pendant qu'il attendait Miss Vaughan sur le plateau. Vous m'aviez dit qu'il appuyait toujours sur la lettre Q au cours du spectacle. Il a dû s'en souvenir car, au moment de reprendre le papier, il a essuyé toutes les touches, excepté celle de Q. Un coup de maître... mais, par bonheur, Bailey avait déjà examiné la machine, consciencieux comme il est, et il a trouvé les empreintes de Gardener sur tout le clavier. Pourtant, lors du second examen, seule la lettre Q portait encore des empreintes. Tout aurait fonctionné à merveille, si Bailey avait fait preuve de moins de zèle.

— Mais Stephanie Vaughan a avoué... commença Nigel.

— Avoué quoi ? Qu'elle est allée chez Surbonadier pour récupérer le papier avec les signatures dont elle connaissait la cachette ? Que je l'y ai surprise, mais qu'elle espérait m'avoir fait croire qu'elle cherchait ses lettres ? Que je l'ai tenue dans mes bras et que j'étais son pire ennemi...

Alleyn s'arrêta net.

Il y eut un long silence pendant lequel Nigel dévisagea son ami avec intérêt.

— Et Props ? finit-il par demander.

— Lui, je ne l'ai jamais soupçonné. Un meurtrier n'aurait jamais accablé Surbonadier comme il l'a fait. Le pauvre bougre était trop stupide pour commettre un acte pareil. Il avait dû reconnaître Gardener dans l'obscurité. Peut-être l'avait-il frôlé, lui suggérant l'idée du pied écrasé. C'est tout à fait possible. En tout cas, Props n'a pas songé une seconde à trahir l'assassin du séducteur de son amie. Jusqu'au jour où il a appris l'arrestation de Saint. Il m'a alors écrit ce billet. Puis il a téléphoné à Gardener et lui a dit certainement qu'il savait quelque chose. Gardener lui a proposé de le retrouver au théâtre. C'est Props probablement qui lui a parlé de la fenêtre dans Simon's Alley. Avec sa cape d'opéra, vêtu en vieillard, Gardener a roulé sans difficulté notre M. Watkins. En général, le déguisement relève du roman policier, mais attention... Gardener était un excellent acteur. Il pouvait se permettre de prendre ce risque. Vous êtes passé chez lui pendant qu'il était en train d'assassiner Props.

Et Alleyn lui exposa sa théorie concernant le second meurtre, que Nigel écouta, l'air atterré.

— Le successeur de Watkins a vu rentrer le vieux monsieur vêtu d'une cape d'opéra, mais sans le reconnaître. Ce matin, l'appartement a été fouillé. Nous espérons retrouver les traces de son déguisement. A mon avis, l'immense aplomb commun à la plupart des criminels a dû faire défaut à Felix Gardener. L'assassinat de Props fut une erreur fatale... mais avait-il eu le choix ? Cette pauvre andouille de Props lui a sûrement déclaré qu'il ne laisserait pas juger et sans doute condamner un innocent. Il fallait s'en débarrasser. J'avoue que le moyen n'était pas dépourvu d'ingéniosité. Si vous n'étiez pas passé chez lui en son absence ; si le vieux domestique n'avait pas entendu il y a des années une conversation entre lui et Surbonadier ; si le fard ne s'était pas répandu sur les gants... Bref, nous n'avons pas été très brillants. Je ne me lancerai pas de fleurs dans cette affaire.

— Mais pourquoi avez-vous tenté de m'écarter ?

— Parce que, mon cher, vous étiez son ami ; qu'il se demandait ce que vous aviez pu entendre au juste en arrivant dans son appartement à l'improviste ; parce que... en un mot, parce qu'il était un meurtrier.

— Je ne suis pas convaincu, Alleyn.

— Dites plutôt que vous ne voulez pas l'être. Je sais, cela vous est très pénible. Étiez-vous très lié à lui ? Allons, répondez franchement...

— Je... eh bien, peut-être pas très lié, mais nous étions quand même amis.

— Où étiez-vous au moment de l'arrestation ?

— J'étais dans les coulisses, sous la plate-forme de l'électricien.

— Alors vous l'avez vu descendre. Vous l'avez vu m'assener un coup au visage comme il l'a fait avec Props. Vous avez...

— Oui, oui... j'ai vu son expression.

— Son attitude a été plus révélatrice que je n'osais l'espérer. Quand je l'ai envoyé escalader l'échelle, je savais qu'il s'apprêtait à mimer l'horreur devant la découverte d'un cadavre. Mais je pensais qu'il s'apercevrait de la supercherie — il s'agissait d'un sac lesté —, et je voulais voir sa réaction. Or, celle-ci a dépassé toute mon attente.

— Que voulez-vous dire ?

— Il ne l'a même pas regardé. En voyant un objet frotter contre la toile, il l'a pris pour les pieds du cadavre. Son esprit avait gardé l'image d'un corps qui se balançait, et, dans le violent tourbillon de ses émotions, il n'a pas pris la peine... il n'a pas voulu regarder. Interprétant son rôle d'homme horrifié à la perfection, il a reconnu... Props. Un innocent se serait rendu compte illico qu'il s'agissait d'un simple sac attaché à une corde.

— Cela m'étonne qu'il ait consenti à grimper sur cette échelle.

— Il ne pouvait pas refuser. Par ailleurs, j'ai fait mine de classer Simpson parmi les principaux suspects. Le petit homme était mort de peur, et Gardener se sentait rassuré. Il eût été impossible de refuser.

— Un si grand risque, observa Nigel, pour un motif apparemment si insignifiant.

— Pas si vous étudiez le dossier de près. Si Surbonadier avait vendu la mèche, Gardener aurait eu affaire à Saint. Si celui-ci avait découvert qu'il était l'auteur de l'article du *Morning Express*, il l'aurait ruiné. Soyez certain que Surbonadier le saignait à blanc. Les toxicomanes ont besoin de beaucoup d'argent. Et il aurait pu révéler à Stephanie Vaughan quelques vérités fort déplaisantes au sujet de Felix Gardener. Je me demande ce que Gardener lui-même lui a raconté. Il en a dit suffisamment, en tout cas, pour qu'elle risque cette visite chez Surbonadier. C'est une femme courageuse.

Nigel le considéra avec curiosité.

— Elle a l'air de vous plaire beaucoup, hasarda-t-il.

— Oui, quand elle ne joue pas les premiers rôles, répondit Alleyn sèchement.

— Vous êtes un drôle d'oiseau.

— Vous trouvez ? Venez, allons déjeuner. Je dois retourner au Yard.

— Je n'ai pas faim, répliqua Nigel.

— Je vous conseille de faire un effort.

Ils remontèrent l'allée en direction de la façade. La licorne gigantesque, toute de verre et d'acier, étincelait sur son fond d'étoiles. Alleyn et Nigel la contemplèrent quelques instants.

— Cette affaire présente une particularité, déclara Alleyn.

— Laquelle ?

— Grâce à vous, j'ai pu assister au meurtre confortablement assis dans un fauteuil offert par le meurtrier.

Il leva sa canne pour stopper un taxi, et ils quittèrent les lieux en silence.

Imprimé en France sur Presse Offset par

BRODARD & TAUPIN

GROUPE CPI

La Flèche (Sarthe), 10182
N° d'édition : 2438
Dépôt légal : septembre 1994
Nouveau tirage : novembre 2001